L'ÉVASION

Francis Collomp

L'Évasion

XO ÉDITIONS

ISBN : 978-2-84563-721-4

À ma mère

CARTE DU NIGERIA

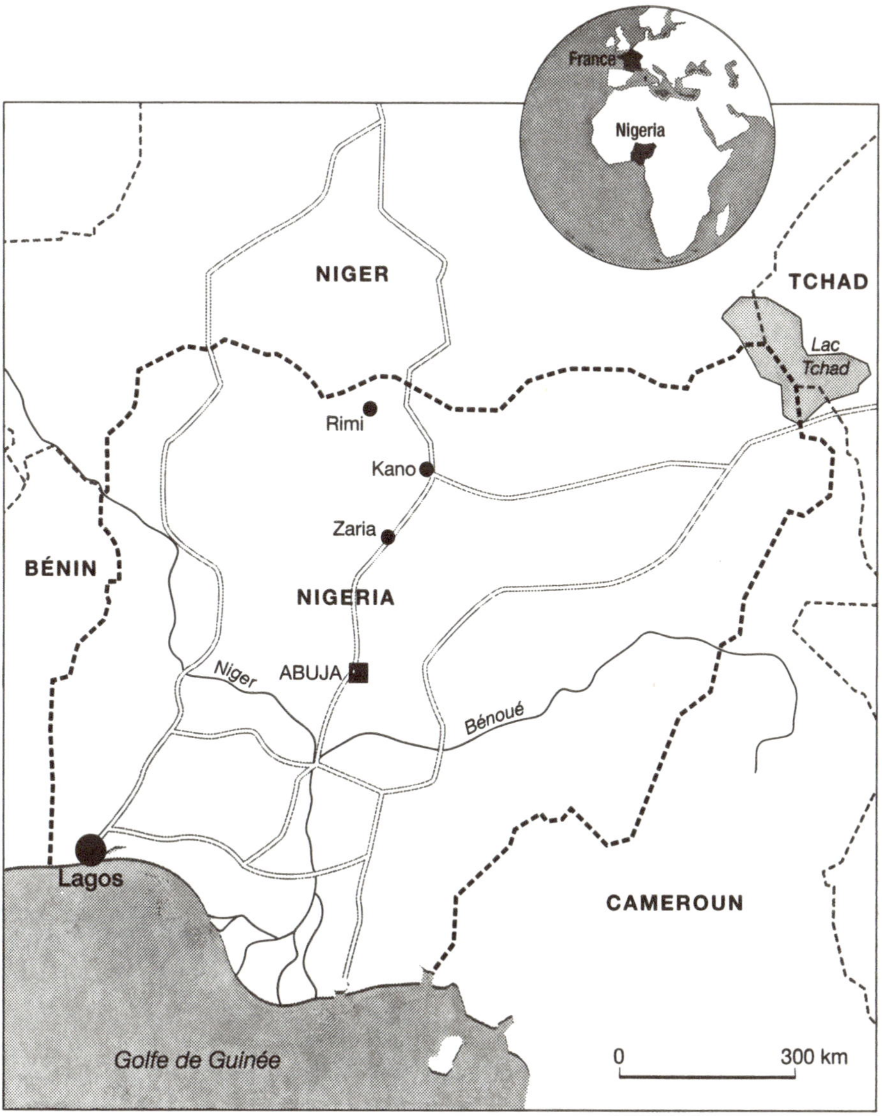

1

DES ÉOLIENNES POUR L'AFRIQUE

Aéroport de Roissy, 30 novembre 2012

C'est l'heure du départ.

Après une longue escale parisienne qui m'a permis de revoir mes vieux copains, je m'apprête à m'envoler pour le Nigeria. Même si cette mission m'éloigne de nouveau de l'île de la Réunion et d'Anne-Marie, ma femme, je suis heureux de retrouver ce chantier. Depuis trois ans, j'installe à Rimi, au nord du pays, à quelques dizaines de kilomètres de la frontière avec le Niger, des « éoliennes cycloniques » qui se rabattent au sol en cas de tempête. Demain, grâce à cette prouesse technologique, des villages entiers seront alimentés en électricité. Je suis fier de cette mission et de mon boulot d'ingénieur. En embarquant pour le Nigeria, je ne pars pas en terre inconnue. C'est la quatrième fois que je me rends à Rimi pour la société Vergnet. Et puis l'Afrique, je connais. Je suis toujours entre routine et aventure sur ce continent où j'ai travaillé dans plus de quinze pays. Tout en gagnant ma vie, j'ai le sentiment de rendre service à cette population africaine qui en a tant besoin. Souvent, je me dis que je me sens mieux là-bas qu'en France.

Aéroport d'Abuja, 1er décembre 2012

À l'aéroport d'Abuja, la capitale du Nigeria, je suis attendu par Scham, le chauffeur de Jean-Claude Jallon, mon coéquipier responsable de la comptabilité et de l'administration. Ma valise, en revanche, n'a pas été déchargée. Elle est même repartie en Europe !

– Vous ne la récupérerez que trois jours plus tard, me dit un employé. Le temps d'une rotation aérienne...

Jean-Claude Jallon décide de me rejoindre. Ce Bordelais de 46 ans, marié à une Nigériane, est un ami de longue date. Un type chaleureux et compétent. Il tient à rester avec moi, le temps que je remette la main sur mes affaires. Ensemble, nous partons nous balader à travers cette ville de 1 million d'habitants, qui n'a pas beaucoup d'intérêt. Située au centre du pays, Abuja est la capitale depuis 1992. Auparavant, c'était Lagos, au Sud-Ouest. La ville a été choisie comme centre administratif par les autorités, parce qu'elle présente l'avantage, ethniquement et religieusement, d'être dans une zone neutre. Depuis plusieurs années, ce pays – le plus peuplé d'Afrique avec 170 millions d'habitants – est divisé entre un Nord musulman et un Sud chrétien, qui contrôle l'essentiel des ressources énergétiques. Un pays confronté aussi – je le sais et j'en connais les risques – aux attentats et aux enlèvements perpétrés par le mouvement islamiste Boko Haram.

Pendant trois jours, Scham nous conduit à travers la ville. Nous écumons les marchés où j'achète quelques tableaux naïfs. En voiture, je suis assis à côté de lui, à l'avant. Je n'aime pas son côté obséquieux. Musulman très religieux, il porte une longue barbe. C'était lui, déjà, lors de mes précédents séjours, en mars et décembre 2011, puis en mars 2012, qui était venu me chercher à l'aéroport.

Cet homme ne m'inspire aucune confiance.

Mardi 4 décembre 2012

J'ai enfin récupéré ma valise. Jean-Claude Jallon s'adresse aussitôt à Scham :

– Tu prends la route du Nord, direction Rimi !

Ce périple de près de sept cents kilomètres n'est pas recommandé pour les Blancs. Pourtant, je ne ressens pas d'inquiétude particulière. Je pense aux essais que je vais mettre en place. Et j'admire le paysage. Collines, savanes, plateaux, déserts, plus nous avançons, plus les paysages sont arides. Bientôt, les palmiers à huile se font rares ; seuls quelques baobabs et tamariniers se dressent sur les sols pauvres de latérite rouge. Dans les villages, nous croisons des Afars, des Touaregs, des Bagarras, communautés en majorité musulmanes. Nous laissons Kano sur notre droite, la capitale régionale du nord du pays – plus de 3 millions d'habitants, tous musulmans –, pour nous diriger vers Katsina. De là, il nous reste dix-huit kilomètres pour atteindre Rimi, notre destination finale, une agglomération de 200 000 habitants située juste au-dessous de la frontière du Niger.

C'est la quatrième fois que j'emprunte cette portion de route. La zone est réputée dangereuse, le parcours ponctué de *check points*. Rituel immuable : franchir des chicanes et s'arrêter devant le militaire qui s'approche, méfiant, le doigt sur la détente. À chaque stop, l'atmosphère est tendue. Les militaires sont nerveux. Dans cette région, la guerre est ouverte entre l'armée régulière et les groupes islamistes radicaux. La route est aussi utilisée pour des trafics d'armes et d'alcool. Difficile de compter sur la loyauté de soldats mal payés et souvent corrompus.

Avec tous ces contrôles, nous mettons plus d'une heure et quart pour rejoindre Rimi. Lorsque enfin, vers 19 heures, nous arrivons devant la villa louée par la société Vergnet, la nuit est tombée. Froide. En face de la maison, la pharmacie est encore éclairée. Scham klaxonne pour faire ouvrir le portail sécurisé. Christopher, un des gardes, nous ouvre. Le 4 x 4 avance dans la courette et les lourdes portes de métal se referment derrière nous. À l'intérieur de la maison, la sécurité est renforcée par quatre hommes de la police nigériane, casqués, équipés de gilets pare-balles et armés de kalachnikovs. Chaque fois que des « batoulés » débarquent – c'est-à-dire des Blancs –, les autorités nigérianes sont sur les dents. Un an plus tôt, en décembre 2011, une autre maison louée par la société Vergnet, à six cents mètres de la nôtre, a été attaquée, nous obligeant, par prudence, à nous replier quelque temps dans un hôtel à Kano. En arrivant, pourtant, le dispositif de surveillance nous fait oublier le danger. Je retrouve Moussa, le chauffeur qui m'accompagnait lors de mes précédents séjours. La société Vergnet avait voulu s'en séparer, mais j'ai exigé qu'il soit à mes côtés. J'ai confiance en lui. Kofi, le cuisinier togolais, nous attend également. Il nous aide à déballer les provisions que nous avons faites à Abuja : du poisson, de la charcuterie et trois bouteilles de bordeaux. En découvrant que nous avons du porc, je sens bien que Scham, le chauffeur du patron, est contrarié. Mais les autres employés, eux, ne semblent pas s'en soucier.

La villa est protégée par de hauts murs d'enceinte. Ce n'est pas une forteresse, mais, théoriquement, personne ne peut y entrer sans l'accord des forces de sécurité ou des occupants. Sur la droite de la cour d'entrée, une porte sécurisée ouvre sur un patio autour duquel sont disposées les différentes pièces à vivre. Kofi a préparé le repas. Il fait trop froid pour dîner à l'extérieur. Je suis heureux d'être ici. L'attente a été longue, mais je suis impatient de retrouver le chantier. Avec la fatigue du voyage, je vais vite sombrer dans le sommeil.

Mercredi 5 décembre

À 7 h 45, Moussa m'emmène en pick-up sur le chantier. Il faut à peine cinq minutes pour s'y rendre. Sur le trajet, il m'apprend de nouveaux mots de haoussa, la langue locale.

– Tu sais comment on dit chèvre ?

– Aucune idée !

– *Akouya…*

– Et mouton ?

– *Tunkouya…* Allez, répète !

Je m'y essaye et nous rions beaucoup. Ajoutées à mon anglais (pas très orthodoxe), ces bribes de vocabulaire m'aident à me faire comprendre. Dès 8 heures, je suis au boulot, heureux de retrouver, après des mois d'absence, toute l'équipe. Dans trois mois, si tout va bien, les éoliennes seront mises en service. Le chantier fait huit à dix fois un terrain de foot. Quand le vent souffle, la poussière et le sable volent dans tous les sens. Les ouvriers portent des foulards sur la bouche. Avec moi, j'ai un géomètre, deux ingénieurs électriques, deux ingénieurs mécanos, trois manœuvres et une trentaine d'ouvriers. Tous sont nigérians. Tous sont compétents et prêts à travailler d'arrache-pied pour tenir l'objectif. Tous sauf un : Abdusalam, un ouvrier qui demande à partir. Je ne comprends pas pourquoi. Il travaille très bien et, jusque-là, il a montré un grand enthousiasme.

Je n'aime pas les gens qui partent brusquement, sans explication. J'essaye de le retenir, mais il insiste pour quitter le chantier. Je deviens suspicieux. Je ne crains pas tant un attentat qu'un vol de matériel à grande échelle. Ces derniers jours, des câbles de cuivre et des talkies-walkies ont disparu. Pour renforcer la surveillance, je bricole une tour de contrôle en redressant un container.

En rentrant, le soir, je tombe, dans la cour de la villa, sur un gamin d'une quinzaine d'années que je connais bien. Lors de mon dernier séjour, je lui avais donné l'autorisation de recharger son téléphone portable sur l'une des prises du mur d'enceinte. J'aime bien ce gosse. Il est discret et souriant. Je suis content de le retrouver, de lui rendre service.

Samedi 8 décembre

Avec Jean-Claude Jallon, nous partons boire un verre à Katsina, à vingt kilomètres de la villa. Cette ville est un haut lieu de l'histoire du pays, le cœur du royaume haoussa aux XVIIe et XVIIIe siècles. Nous y avons nos habitudes. Parmi nos cafés préférés, le Fadama, un endroit baroque, un peu mystérieux, à la fois trouble et joyeux, où gravitent des ouvriers, des voyous, des étudiants, des militaires, des prostituées. C'est un bistro, pour partie à ciel ouvert, qui n'a pas de lumière. Seuls les écrans de télévision qui diffusent des *telenovelas* mexicaines et du foot éclairent la terrasse. Les Nigérians sont des fans de ballon rond. Ils suivent avec passion le championnat anglais qui compte plusieurs joueurs du pays. Le Fadama est aussi un des rares endroits de la ville où l'on peut boire une bière sans être dévisagé. Jean-Claude et moi sommes les deux seuls Blancs à fréquenter le bistro. Pour y entrer, il faut passer à la poêle à frire, le détecteur de métaux. Pas question de venir ici avec des armes à feu. Quand il y a des coupures d'électricité et que les écrans de télé s'éteignent, les portables s'allument. Tout le monde continue à boire et à manger en s'éclairant avec les téléphones. J'aime beaucoup ce lieu. C'est l'Afrique que j'aime. J'y retrouve aussi Esther, une belle Nigériane, aux cheveux touffus et frisés, qui cuisine et sert les grillades. Cette femme courageuse élève seule son enfant. Elle est devenue une amie. Je lui propose souvent de venir voir des DVD à la villa.

Le samedi suivant, je suis de nouveau au Fadama avec Jean-Claude. Il s'apprête à repartir pour les fêtes, à Bordeaux, avec sa jeune femme nigériane et leur fille.

– Et toi, Francis, quels sont tes projets ? m'interroge Jean-Claude.

À vrai dire, je n'en ai pas. Revenir à la Réunion où je réside demande beaucoup trop de temps. Et, surtout, je n'en ai pas envie. Mes relations avec Anne-Marie sont devenues compliquées. J'ai besoin de réfléchir un peu. Je vais avoir 63 ans dans quatre jours, le 19 décembre, et je me sens à un carrefour de mon existence. Et puis, si je pars quelques jours, je prendrai encore du retard dans mon travail. Non, je resterai à Rimi. Je rassure Jean-Claude :

– Ne te fais pas de souci, je tiendrai la baraque !

Jean-Claude n'est pas inquiet. Plutôt triste que je me retrouve seul, loin de mon épouse. Trois jours plus tard, le 18 décembre, il quitte la villa avec Scham au volant. Décidément, je n'aime pas ce chauffeur. En croisant son regard, l'ombre d'un doute me traverse l'esprit. Je chasse aussitôt cette mauvaise pensée. Une chose est sûre : je suis soulagé de le voir partir. Je reste seul avec Moussa, mon propre chauffeur, Kofi, le cuisinier, et les gardes à la porte de la villa.

Avec eux, je suis en totale confiance.

Mercredi 19 décembre

C'est mon anniversaire. 63 ans. À mes yeux, aucune raison d'en faire un événement. Je me lève à 5 heures du matin et passe la journée sur le chantier. La routine... Quand je reviens à la villa, vers 18 h 30, la nuit est déjà tombée. Anne-Marie m'a gentiment laissé un message sur mon répondeur. Je la rappelle aussitôt. La conversation est simple, pleine d'attentions. Elle me souhaite mon anniversaire. Puis nous évoquons ce chantier qui, de nouveau, nous sépare.

– Et toi, comment te sens-tu ? demande-t-elle.

– Ne t'inquiète pas, je vais bien. Avec tout mon travail, je ne souffre pas de solitude...

Depuis quelque temps, notre couple n'est pas au sommet. Mais, en trente-cinq ans, nous avons construit une vie commune et le ciment reste solide. Même si je ne lui dis pas, son appel me fait un immense plaisir.

Kofi, le cuisinier, me prépare un repas qui sort un peu de l'ordinaire. Quant à moi, j'ouvre une bouteille de château-pougeaut 2009, un bordeaux que j'ai rapporté de France. Pas de tenue spéciale, en revanche, pour le dîner. Je suis en short, tee-shirt blanc et tongs. À 20 h 45, Kofi et Moussa quittent la villa. Au même moment, Esther, mon amie du Fadama, me téléphone.

– J'aimerais bien venir t'embrasser pour ton anniversaire, me dit-elle. Et puis regarder avec toi un DVD de catch américain !

Elle n'est pas loin, à huit cents mètres de la maison, au croisement de la route de Rimi et de Kano. Même s'il n'est pas recommandé de conduire la nuit, je propose de venir la chercher en voiture. Je me réjouis de passer la soirée avec elle.

2

19 DÉCEMBRE, 21 HEURES

L'aller-retour pour récupérer Esther a duré moins de cinq minutes. Nous rentrons dans la villa et je gare le pick-up dans la deuxième cour. Les gardes referment le portail derrière nous. J'installe Esther dans le salon, devant la télévision. Je lui dis que je vais prendre une douche rapide dans la salle de bains de ma chambre, de l'autre côté du patio. Je n'en ai pas pour longtemps. À l'instant où je reviens dans le salon, une rafale de kalachnikov retentit. Puis une autre. Les salves se multiplient. Elles se rapprochent. Je tire le canapé appuyé contre le mur et hurle à Esther :

– Planque-toi là, vite !

Elle plonge. Je repousse le canapé pour la dissimuler. Dehors, ça claque encore. Par la fenêtre du salon, je vois l'éclair d'un percuteur qui libère une cartouche. J'éteins tout, les lumières, la télévision. Pas de doute, c'est un assaut contre la villa. Je suis visé, j'en suis sûr. À part moi, qui voudrait-on kidnapper… ou tuer ? Je fonce dans le patio pour vérifier que les portes en acier sont bien fermées. Elles sont verrouillées. Les types ont dû faire sauter le portail qui donne sur la cour d'entrée. Que faire s'ils parviennent à franchir les portes en acier ? Mon cerveau va à mille à l'heure. Monter sur le toit pour tenter de filer ? Je ne suis pas armé. Et un tireur est probablement en embuscade. Je m'inquiète pour Esther. Impossible de la laisser seule. S'ils ne me capturent pas, ils finiront par la découvrir, elle, et l'abattront. Je traverse de nouveau le patio, fonce dans ma chambre pour enfiler des chaussures. Il faut que je puisse courir vite. Soudain, un fracas assourdissant fait trembler la maison. La porte en acier du patio vole en éclats. La charge explosive est énorme. Abasourdi par le bruit, je suis pris dans un épais nuage de poussière. Autour de moi, dans une odeur de poudre, tout a été soufflé. Je suis sonné par la déflagration, incapable de prendre une décision et d'agir. Deux hommes en treillis, armés de kalachnikovs, jaillissent dans le patio. L'un est tout petit, l'autre très grand. De manière incongrue, je me dis : « Tiens, c'est la boule et le cochonnet ! » J'espère un instant qu'ils sont policiers et qu'ils viennent me sauver. Je fais un pas vers eux. Mais ils m'arrêtent en hurlant :

– *I kill you ! I kill you !*

L'un d'eux ajoute, son arme braquée sur moi :

– *Dollars, money !*

Je hurle à mon tour que je n'ai rien. Pas d'argent. Pas de dollars. Ils se jettent sur moi, me collent leurs kalachnikovs sur la figure. De manière instinctive, je me mets à les menacer :

– Faites attention ! Faites bien attention à ce que vous êtes en train de faire !

Une pluie de coups s'abat alors sur moi. Je tombe à terre. L'un des deux hommes défait ma ceinture et tente de m'attacher les poignets dans le dos. Puis l'autre arrive avec un gros Scotch blanc. Il me plaque au sol et me lie les mains. Les deux hommes finissent par me relever et me traîner vers le salon. La villa est plongée dans le noir. Ils tâtonnent, trouvent un interrupteur, rallument. La télévision se remet aussitôt en marche, relançant le commentaire du combat de catch. Ils avancent vers le canapé où Esther est planquée. S'ils la trouvent, ils la tuent. Je me cabre, je hurle :

– Non, non. Pas par là... C'est par là qu'on sort !

Leur réaction est immédiate. Ils se retournent et m'entraînent dans le patio. Nous franchissons la porte d'acier pulvérisée par l'explosion. Dans la cour, c'est un paysage de guerre. Un champ de ruines. Une des voitures est déchiquetée. Les deux hommes pressent le pas. J'aperçois au sol le corps de deux des militaires qui sécurisaient la maison. Ils ont l'air morts. Plus loin, le garçon de 15 ans qui était venu recharger son téléphone portable baigne dans une mare de sang. Un sentiment de désespoir m'envahit. Je suis brisé, incapable de réagir, de me révolter. Si je proteste, c'est certain, je suis mort. Et Esther, où est-elle ? Vont-ils retourner fouiller la villa ? Ils ont l'air pressés de prendre la fuite. Ils ont trouvé ce qu'ils cherchaient : un Blanc. Un otage. Un Français.

Qui m'a balancé ? Scham, le chauffeur de Jean-Claude ? Abdusalam, l'ouvrier qui a quitté le chantier précipitamment ? Un autre ? Nous passons devant la pharmacie qui fait face à la villa, puis ils m'entraînent au pas de course dans une petite rue déserte, sur la droite. Dans la pénombre, trois hommes nous attendent. Ils sont dissimulés sous des keffiehs. Nous parcourons avec eux quelques mètres. Nous voilà à la hauteur de trois 4 x 4. Une dizaine de types masqués, armés de kalachnikovs et de lance-roquettes, entourent les voitures. Deux d'entre eux m'enfilent un sac en plastique opaque sur la tête. Je n'arrive plus à respirer. Je pousse des cris d'angoisse. J'ai peur de mourir étouffé. Je suis asthmatique. Je ne sais pas s'ils veulent me tuer ou m'enlever. Je suis en panique, affolé, totalement perdu. Soudain, des coups sur la tête. On me jette dans une voiture dont le moteur tourne. Je comprends que c'est la banquette arrière d'un des 4 x 4. Mon corps me fait atrocement mal. Les deux hommes qui m'encadrent m'obligent à enfouir la tête entre mes genoux. J'ai leurs armes enfoncées dans les côtes. J'entends deux hommes monter à l'avant du véhicule. Les portières claquent. Le convoi s'arrache à toute vitesse. Des coups de feu sont tirés en l'air. Puis le silence retombe. J'entends juste le bruit du moteur. Et la respiration des quatre hommes autour de moi. Mon cœur bat à tout rompre. La peur m'envahit.

À l'intérieur du 4 x 4, une odeur aigre rend l'atmosphère suffocante. Mon corps est douloureux. Mon dos brisé à force d'être plié en deux, la tête dans les genoux. Les canons des deux kalachnikovs tressautent sans arrêt. Je sens la nervosité des deux hommes qui m'entourent. Où m'emmènent-ils ? Veulent-ils m'exécuter ? Mes pensées sont confuses. Je respire mal. Le sac plastique m'empêche de prendre des bouffées d'air pour desserrer l'étau qui écrase mes poumons. J'ai froid. La peur me tenaille de plus en plus. Au moindre geste de rébellion, je le sens, ils me tueront. Je m'impose de respirer doucement pour ne pas m'asphyxier. J'ai le visage en sueur et le corps glacé par la nuit tropicale. Je pense à mon cœur déjà malade. Va-t-il tenir ? La violence de l'attaque n'a pas dû l'arranger. J'essaye d'écouter les pulsations, mais impossible de me concentrer. Je suis ahuri de ce qui m'arrive, paniqué par la situation, incapable de fixer une pensée.

La voiture fonce dans la nuit nigériane. Vers quelle destination ? Vers quelle issue ? Pour m'en sortir, je dois reprendre le contrôle de moi-même. Rester calme. Après tout, je suis ingénieur. Cartésien. J'ai déjà surmonté des situations difficiles. Pas question de flancher. J'écoute ce qui se passe dans la voiture. Manifestement, deux hommes sont à l'avant. Ils se parlent en haoussa ou en arabe. Je ne comprends rien à leurs échanges. Le conducteur passe des appels brefs sur son téléphone portable. C'est sans doute le chef.

Les kalachnikovs pointées sur mon ventre m'obsèdent. Je connais bien ces armes. Elles sont ultrasensibles. À Djibouti, des copains légionnaires m'ont appris à m'en servir. Il suffit qu'une « kala » soit mal verrouillée pour qu'un coup parte tout seul. Avec toutes les secousses de la voiture, je peux me retrouver en bouillie. Jamais je ne me suis senti aussi impuissant. Jamais, dans ma vie, je n'ai eu aussi peur. Pour me rassurer, je m'accroche à une idée : s'ils voulaient me tuer, ils n'auraient pas besoin de cacher leurs visages sous des keffiehs ou des cagoules.

Au bout d'une heure de route, peut-être deux – je ne sais pas exactement, j'ai l'impression d'avoir perdu la notion du temps –, je le supplie de s'arrêter.

– Je voudrais me soulager, s'il vous plaît…

Ils acceptent. Ils me retirent le sac plastique. Dans la nuit noire, j'aperçois leurs ombres menaçantes et leurs figures masquées. Qui sont-ils ? Quels sont leurs objectifs ? Je ne crois pas à ces coupeurs de route sans foi ni loi qui chassent la rançon dans le nord du Nigeria. Alors qui ? Des fanatiques religieux ? Je suis hanté par la violence de l'attaque de la villa et l'image du gamin baignant dans son sang. Il faut être fanatique pour agir aussi cruellement. Pendant cette courte pause, je remarque qu'il y a deux autres véhicules pour nous encadrer. Des hommes en descendent, armés de fusils-mitrailleurs et de roquettes. Dans un brusque moment de révolte, je suis traversé par l'idée de m'emparer d'une arme et de la retourner contre eux. J'oublie que j'ai les mains menottées et que je suis face à dix, vingt, peut-être trente hommes, prêts à me déchiqueter la tête.

Je remonte dans la voiture. Ils m'ont remis le sac sur la figure. De nouveau, le stress me paralyse. D'habitude, dans la vie, j'observe attentivement ce qui m'entoure. Je ne peux pas entrer quelque part sans tout balayer du regard. Je tends l'oreille, j'évalue l'environnement, je repère ce qui cloche. Mais là, avec ce sac sur la tête et les deux kalas enfoncées dans les côtes, je n'ai plus de boussole. Ma réflexion est brouillée.

Nous fonçons sur des chemins défoncés. Des heures, désormais, que nous roulons. J'ai le sentiment que nous tournons en rond. Comme si nous cherchions à égarer un poursuivant. Mon gardien de droite est pris de nausées. Il vomit sans chercher à m'épargner. L'odeur est insupportable. Les trois autres rient aux éclats, ils se moquent de lui. Nous continuons à tourner. À droite, à gauche. Parfois, le conducteur s'arrête. Il coupe le moteur. Nous attendons en silence plusieurs minutes. Puis il redémarre en trombe. De nouveau, nous roulons dans toutes les directions. Il n'y a aucune hésitation dans leurs changements de cap. J'en déduis qu'ils connaissent très bien la région. Je suis presque sûr que nous nous dirigeons vers Kano. Quand nous avons quitté Rimi, après l'attaque de la villa, la voiture a tourné à gauche. Si nous avions obliqué vers la droite, nous serions partis vers le Niger, dont la frontière n'est qu'à quarante kilomètres.

Après ces kilomètres de piste, nous revenons sur une route de goudron. La voiture ralentit, puis s'arrête. Ils me font descendre. Mon corps est en mille morceaux. J'ai l'impression que mes côtes ont été fêlées par le choc incessant des kalachnikovs. Il me faut de l'air pour ne pas perdre connaissance. Je soupire :

– *Please, please*, ôtez-moi le sac en plastique…

Je veux survivre. Autour de moi, je sens qu'ils s'agitent. Puis une main se pose sur ma tête et arrache le sac. Je respire profondément. Je suis au bord de l'évanouissement. Soudain, je crache et vomis sur le sol. Je me redresse, tremblant. Je discerne alors des ombres qui tournent autour de moi : mes ravisseurs. Je les cherche du regard, mais leurs cagoules et la nuit noire m'empêchent de capter la moindre expression. Ils me semblent totalement indifférents. Ma vie ne compte pas pour eux. Je ne suis qu'une marchandise : je dois l'intégrer et ne jamais l'oublier.

J'essaye de bouger un peu pour dénouer mes muscles tétanisés par la fatigue. La route est bordée d'une masse de rochers noirs. C'est peut-être une falaise. L'aube finit par pointer. Je me dis qu'après le froid de la nuit qui m'a endolori tout le corps, la température va bientôt remonter. Mes ravisseurs sont nerveux. Pas affolés, mais nerveux. Ils semblent attendre quelqu'un. Leurs plans ont-ils été contrariés ? Je tremble soudain en imaginant le pire : mon exécution, ici, sur le bord de la route. J'essaye de me rassurer. Si je ne valais rien à leurs yeux, ils m'auraient déjà abattu. Ils ont provoqué un bain de sang pour me capturer. Ils me tiennent. Je suis leur proie. Ils veulent me garder parce que j'ai de la valeur. Je me répète le raisonnement cent fois. Peut-être que j'ai tort. Mais si j'ai raison, j'ai une chance de m'en sortir.

Combien de temps s'est-il passé depuis l'attaque de la villa ? Huit heures, peut-être neuf. Sans montre, il m'est difficile d'évaluer les choses. Quand ils sont venus me chercher, je ne portais pas ma Breitling, ce petit bijou que j'ai mis tant d'années à me payer. Je ne la retrouverai certainement pas. En me faisant la réflexion, je m'étonne de penser à quelque chose d'aussi futile. Je chasse aussitôt cette pensée étrange. À quoi s'accroche-t-on dans l'existence ? Bizarre, vraiment. Je pense cette fois à mon île, à ma femme, à ma maison, à mon frère, à mes deux sœurs. Je sens l'émotion monter. Je m'en protège aussitôt. Pas question de sombrer. Si je m'en sors, je le devrai à mes propres forces. Uniquement. Mes proches, à l'autre bout du monde, ne peuvent rien pour moi.

Il doit être maintenant 5 heures du matin. Ces deux brutes qui m'immobilisent continuent de me planter leurs kalachnikovs dans le ventre. Ils rêvent de m'abattre, j'en suis sûr. Leur regard est froid, haineux. Et semble traduire une peur. Mais une peur de quoi ? J'ai trois fois leur âge. Je pourrais être leur grand-père. Je suis trop gros, j'ai le souffle court. Je suis en caleçon et tee-shirt : un tee-shirt blanc Vergnet siglé d'une éolienne. Alors quoi ? Je les déteste et ils le voient. De cette répulsion, j'ai décidé de faire une arme fatale contre mes ravisseurs.

Sur ce terrain vague, à l'écart de la route, un homme, soudain, s'approche. Il est grand, costaud, le visage, lui aussi, dissimulé. Sans doute le chef du commando. Il s'adresse à moi en anglais.

– Vous savez pourquoi on vous a pris en otage ?

Ce seul mot me fait frissonner. Otage : il le dit d'une voix rauque, menaçante. Je relève la tête et fixe cet homme dont j'aperçois à peine les yeux. À présent, je suis comme un sonar qui capte tout.

– Non.

Le chef reprend aussitôt :

– Nous sommes Ansaru Jama'atu Ansaril Muslimina fi Biladis Sudan, organisation islamiste djihadiste. Nous avons des revendications.

Ansaru, je connais ce nom, je l'ai déjà entendu. Je suis pris de panique. Je me concentre pour ne rien laisser paraître. Je dois rester calme, solide. Mon cœur est agité, mais je réponds froidement :

– Quelles revendications ? Qu'est-ce que je peux faire pour vous ?

Le chef hausse la voix. Sur un ton guerrier.

– Vous, les Français, vous devez partir de la terre sainte d'Afghanistan et renoncer à envoyer vos troupes au Mali. Vous devez aussi abroger la loi qui interdit le voile intégral chez vous !

C'est bien un groupe islamiste. Je suis l'otage d'un groupe islamiste. Et sûrement une monnaie d'échange. Contre quoi ? Tout ça sent mauvais. Très mauvais. Je cherche son regard derrière son keffieh. Avec la lumière du jour, je vois ses yeux rouge sang, striés de veines blanches. Ce type bouffe du khat, j'en suis sûr, une drogue qui empêche de dormir, supprime la peur, rend invincible. Il a dû mâcher sa plante toute la nuit. Je suis certain qu'il a les dents marron et la langue verte. J'en ai vu plein en Afrique, des types shootés au khat. Ça les rend dingues. J'ai affaire à un malade pour qui la vie ne compte pas. Sa respiration est forte, presque précipitée. Il est hypertendu, comme tous les autres. L'épuisement m'aide à ne pas céder à la colère. J'ai souvent cette réaction quand la situation m'échappe : la colère, l'emportement. Je me répète qu'au moindre écart ils m'abattront. Sans hésiter. Je décide d'adopter un ton pacifique, conciliant. Pour gagner du temps.

– Nous, les Français, on n'est plus en Afghanistan, on est partis. Il n'y a plus de militaires français là-bas. Que des Américains et des Anglais. On a eu des problèmes avec les convois, mais nous sommes partis. Écoutez la radio, c'est bien fini tout ça…

Pendant que je lui parle, le bruit d'un moteur monte vers nous. Je tourne la tête. J'aperçois une berline blanche qui freine dans un nuage de poussière jaune. Le chef ne dit pas un mot. Ses hommes, eux, poussent des cris de joie. J'entends aussi le claquement sec des chargeurs qu'ils retirent de leurs kalachnikovs. J'en déduis qu'ils ont fini leur mission : me capturer et m'emmener jusque-là. Pour passer le relais à d'autres ? C'est ça ou la mort immédiate. Mais je n'y crois pas.

Ils m'auraient déjà exécuté. Je suis leur monnaie d'échange, je ne vois pas d'autre hypothèse. Quatre hommes cagoulés et armés descendent de la voiture. L'un d'eux est habillé à l'occidentale : pantalon noir, chemise sombre. Il donne des ordres aux autres. C'est lui, le vrai chef. Je regarde aussi attentivement la voiture : c'est une Honda Civic SI quatre places avec un hayon arrière. Sûrement une quatre ou six cylindres, fabriquée en Afrique du Sud. Alors que ma vie est en jeu, de nouveau, je me fixe sur des détails. L'ingénieur reprend le dessus. J'enregistre tout. Mon cœur bat moins vite. Je respire mieux.

Un homme ouvre le coffre de la Honda. Je vais finir dedans, j'en suis sûr.

– Je voudrais uriner, laissez-moi uriner…

Le chef accepte, il me laisse m'éloigner de quelques pas. Les kalachnikovs sont braquées sur moi. Je profite de ce moment pour scruter l'environnement. Nous ne sommes pas dans la savane semi-désertique du nord du Nigeria. J'aperçois quelques palmiers à huile, nous ne devons pas être loin de Kano. Un souvenir remonte alors : sur RFI, à plusieurs reprises, Kano a été présentée comme l'un des fiefs d'Ansaru. Mon hypothèse se confirme. Comme prévu, on m'ordonne de monter dans le coffre de la Honda. Sans sac plastique sur la tête, cette fois. J'essaye de m'allonger. Avec mon mètre quatre-vingt-trois et mes cent huit kilos, impossible de déplier les jambes. Mon corps est compressé. Ils s'en fichent totalement. Le coffre se referme brutalement. Je me retrouve dans l'obscurité, le souffle court. Si nous roulons longtemps, j'ai peur d'étouffer avec la chaleur qui va monter dans la journée. Je vais griller dans ce cercueil de tôle.

Une pensée m'obsède : pourquoi moi ? En ressassant la question, je mets la panique à distance, j'occupe mon cerveau, j'oublie les douleurs qui me déchirent les jambes et le dos. Pourquoi moi ? Je ne suis qu'un ingénieur amoureux de l'Afrique, qui installe des éoliennes : trente-six, au total, qui vont fournir de l'électricité à plus d'un million de Nigérians vivant dans la misère. Mon kidnapping n'a rien à voir avec l'obtention d'une rançon. Il est politico-religieux. Le chef l'a dit : Ansaru a des revendications. Brinquebalé dans ce coffre sans air, je me convaincs que la France ne cédera pas à leurs exigences. Jamais. Je suis mal barré. Dans la merde. Je ne peux compter que sur moi. J'essaye de me rassurer en me disant que je ne me suis pas complètement décomposé. Je fais face. Ma colère ne reflue pas. Je m'efforce à la fois de l'entretenir et de la dominer. Tout, dans ma vie, me l'a appris : dans les moments difficiles, l'essentiel est de décortiquer la situation et de mémoriser les moindres informations. J'écoute les appels téléphoniques qui se multiplient dans la Honda. Je comprends que mes ravisseurs se font guider pour éviter les postes de contrôle ou la police. Lorsqu'ils me sortiront du coffre, je crèverai d'envie de leur sauter à la gorge. J'ai pratiqué les arts martiaux, je suis un peu gros, mais costaud. Malgré la fatigue, je peux en étaler quelques-uns. Et puis non, c'est absurde. Ils seront nombreux, enfouraillés comme des porte-avions. Inutile de me débattre. Suicidaire, surtout. Ce n'est pas par la force, mais par la ruse que j'ai une chance de m'en tirer.

Alors que la voiture continue de rouler, je repense à cette jeune fille de 15 ans, Chloé, enlevée un mois plus tôt à Barjac, dans le Gard. On l'a retrouvée une semaine après en Allemagne, dans le coffre d'une voiture, sur un parking. Après sa libération, elle avait eu cette phrase : « Il ne fallait surtout pas que je me mette à dos mon ravisseur. » Je dois agir comme elle. Préférer l'aïkido au karaté. Le calme à l'emportement. C'est ma seule chance. Quand, dans la voiture, j'entends une voix dire en anglais : « On arrive », je sais que, pour moi, tout commence. Le dernier trajet n'a pas duré vingt minutes. Nous sommes le jeudi 20 décembre 2012, au petit matin. Je n'ai qu'une certitude : plutôt mourir que de capituler dans ce voyage en enfer.

3

OTAGE DES DJIHADISTES

La voiture tressaute puis s'immobilise sèchement. Elle a dû franchir le seuil d'un portail. Le conducteur coupe le moteur. J'entends les portes de la Honda claquer. L'angoisse me serre la gorge. De longues minutes s'écoulent avant qu'une main tape la carrosserie du coffre. Le choc résonne dans mes oreilles. Le hayon s'ouvre. Deux hommes masqués me tiennent en joue. Avec leur arme, ils me font signe de sortir. Je m'exécute avec difficulté. Mon corps me fait mal. J'en profite pour balayer l'endroit, les mains sur le coffre, les yeux vers le sol.

De nouveau, je capte le maximum d'informations. Je suis dans une cour. Sur la droite, il y a un mur assez haut. Il est percé d'une porte qui semble donner sur une deuxième cour. À gauche, des bâtiments avec des entrées sur la cour. Face à moi, adossée au mur de droite, une maison avec une porte et une fenêtre. Une partie de la construction, sur la gauche, est masquée par un muret d'environ deux mètres de haut. Je continue à déplier lentement ma carcasse et passe au scan les deux types armés qui me font face. Ils sont en jean avec des tee-shirts remontés jusqu'au nez et des capuches rabattues sur la tête. Ils portent aussi de grosses lunettes noires qui dissimulent leurs yeux. Celui de droite me tend une main pour m'aider à m'extraire. Il a la peau noire et sèche. Je m'assois en soufflant sur le rebord du coffre. Je pivote vers l'extérieur, jambes en avant. Mes pieds ne touchent pas terre. Je glisse avec prudence, puis me redresse péniblement. Le deuxième garde s'est décalé pour mieux pointer son arme vers moi. Je sais que tout geste de révolte serait fatal. Je les sens à vif. Nerveux. Beaucoup moins sereins que les hommes du commando qui m'ont kidnappé. Ils m'ordonnent d'avancer. Je fais un ou deux pas. Puis je m'arrête, essoufflé. Je réalise que deux autres types sont dans mon dos. L'un d'eux me pousse violemment. Je trébuche. Avec le canon de son fusil, il me fait signe de me relever et m'indique le chemin : tout droit, vers le bâtiment qui nous fait face. Au fond de la cour.

Devant la porte, je marque un temps d'arrêt pour enregistrer la topographie. Sur la gauche, une fenêtre. Puis, encore sur la gauche, une autre pièce, semble-t-il, avec porte et fenêtre. Cette partie de la maison est invisible du milieu de la cour. Elle est masquée par un muret. Comme dissimulée dans une impasse.

L'un des quatre hommes ouvre la porte et me pousse violemment à l'intérieur. Je reste immobile dans cette pièce sombre. Sur ma gauche, la fenêtre laisse passer un filet de lumière. Le sol est en terre battue. Une forte odeur de moisi flotte dans l'air. Les murs doivent être très humides. Sur la droite, contre la paroi, un matelas pourri. D'une saleté incroyable. Sans drap. Et, à côté, une natte en paille tressée. C'est donc là. Je vais croupir ici. Dans ce trou de quatre mètres sur trois. Je tiens à peine sur mes jambes. Je dois m'allonger. Récupérer. Reprendre mes esprits. Faire le point.

Avant de fermer la porte, un des gardes me lance dans un mauvais anglais :

– Mister Francis, si tu essayes de t'évader, on t'abat comme les autres !

Alors que mon corps me lâche, ce « mister Francis » résonne dans ma tête comme une anomalie. J'y vois comme un premier signe d'humanité, de respect. Et en même temps, s'ils connaissent mon prénom, c'est la preuve que le coup était bien préparé. Ils devaient tout savoir des lieux, de la villa, de ma vie. Quelqu'un m'a trahi. Mais qui ? Les mêmes noms reviennent en boucle : le chauffeur de Jean-Claude ? Le type du chantier si pressé de partir ? Je continue à gamberger quand j'entends la clé qui tourne dans la serrure. Cette fois, c'est la fin du voyage, je suis prisonnier. Prisonnier et otage d'Ansaru, ces islamistes illuminés et ultraviolents.

Enfermé entre quatre murs. Mes jambes ne me portent plus. Je regarde le matelas. Sa saleté me révulse. J'ai toujours été obsédé par l'hygiène, un réflexe de survie en Afrique. La natte est un peu moins sale. Je m'y assois doucement. J'allonge un peu les jambes et m'appuie sur le coude gauche. J'ai l'impression de retrouver ma respiration après un long étouffement. Pendant toute la nuit, j'ai eu comme un étau sur la gorge. Même si la fatigue m'écrase, je n'arrive pas à fermer l'œil. Je ne sais pas quelle heure il est. Sans doute 7 ou 8 heures.

J'entends la Honda repartir. Puis un bruit de chargeur qu'on engage dans la culasse d'une kalachnikov. Après, plus rien. Le silence. Lourd. Un sentiment de solitude totale, infinie. La même expression tourne dans ma tête : « T'es mal barré, mon vieux. » Je me ressaisis aussitôt : « Te lamente pas, Francis, ressasse pas tes angoisses ! » Dans le désordre de mes pensées me revient une conviction : éviter tout affrontement avec mes geôliers en instaurant un dialogue. Je suis otage, mais pas condamné. Pas encore. Un otage est échangeable, j'ai une chance d'en réchapper. Je me convaincs que ma captivité sera très longue et très dure. Je ne veux pas céder, plus tard, au désespoir et à l'usure du temps. Je sais que la lucidité et la patience seront mes seules armes.

J'observe la fenêtre. Elle comporte trois parties avec des châssis italiens : une vitre extérieure, une vitre intérieure et, entre les deux, une moustiquaire coulissante. Le bas de la fenêtre est à un mètre cinquante du sol. Pour la franchir, il me faudrait une chaise. Et ensuite, je fais quoi ? Mon réflexe d'évasion tourne court. Je repense à l'attaque de la villa de Rimi. Je m'en veux. Je me répète : « J'ai merdé. » J'aurais dû fuir par les toits. Et puis, après l'attaque de l'autre villa, l'année dernière, j'aurais dû convaincre la société Vergnet de me filer une kalachnikov. Je les aurais tous dégommés.

Épuisé, le cerveau agité, je parviens à me rassurer : j'ai sauvé ma vie et, très certainement, celle de mon amie Esther. Pourvu qu'elle ait survécu. En y pensant, une rage violente m'envahit. Moi aussi, je peux tuer.

* *
*

Cela doit bien faire trois heures que je croupis sur cette natte. Dehors, par la fenêtre, j'aperçois un ciel chargé de nuages. La saison des pluies a commencé. La flotte va bientôt couler à flots. La température, elle, devrait monter dans la journée. Je me dis qu'après cette nuit glaciale la chaleur me fera du bien. Je me répète la date d'aujourd'hui : 20 décembre. Jeudi 20 décembre. J'ai l'impression d'être un pantin désarticulé. Je me sens affreusement sale. Je porte les mêmes vêtements depuis hier : mon short et mon tee-shirt. Soudain, la porte s'ouvre. Deux hommes armés, la tête dans leurs keffiehs, s'approchent de moi. Je leur dis en anglais :

– J'ai soif, donnez-moi de l'eau.

D'un geste, ils me montrent un broc posé dans un coin. C'est de l'eau croupie, j'en suis sûr. Ça va me rendre malade, il faut que je refuse. Avec mes trois mots de haoussa, je leur fais comprendre que si je n'ai pas d'eau potable, je ne boirai pas. Je suis déterminé à ne pas céder. Je connais trop bien l'Afrique : pas question d'attraper une saloperie, là, maintenant. Ils me regardent fixement. Je ne les lâche pas non plus. Ils repartent sans rien dire. J'ai l'impression que ma fermeté va payer. Je retombe aussitôt dans une sorte de léthargie, sans énergie et sans sommeil.

J'entends le grincement d'un portail, le moteur d'une moto qui s'en va. Quelques minutes plus tard, la moto revient. La moitié d'un visage apparaît derrière la fenêtre, sur le côté. Il n'est pas dissimulé. L'homme ne veut pas se montrer. Il me fait des gestes pour que je m'approche. Je me lève lentement, perclus de courbatures. Prudent, aussi. Arrivé devant la fenêtre, il me tend un sac. À l'intérieur, un gobelet et dix poches en plastique d'eau potable. Je connais la marque : Adada, Table Water. Chaque poche contient cinquante centilitres. Je sens un sourire me gagner. Le premier depuis mon enlèvement. Cette eau potable est une petite victoire. Je dois leur tenir tête, fermement, sans agressivité.

Je me tourne vers le côté de la fenêtre pour mieux voir mon porteur d'eau. C'est un petit homme d'un mètre cinquante environ avec une tête toute ronde. Aucune méchanceté dans son regard. Une bonne bouille, vraiment. J'essaye d'engager la conversation en anglais. Il sourit.

– Merci pour l'eau, tu as une minute pour parler ?

– Je dois repartir, je ne peux pas rester.

– Mais il faut que tu m'aides, tu peux m'aider ?

Il cache brusquement son visage, se détourne. Comme s'il avait commis une erreur. Il détale et disparaît au fond de la cour. Je pose le sac près de la natte. Cette eau, pour quelques jours en tout cas, est une assurance vie. Un gardien cagoulé et armé d'une kala entre dans la pièce.

– Que voulez-vous manger ?

Je ne réfléchis pas.

– Comme vous.

Il ne répond pas. Me fixe. Repart. Avec sa cagoule, impossible de lire la moindre expression. Ils en disent des choses, pourtant, les visages. Mais là, rien. Je ne sais pas qui est cet homme, ce qu'il pense, ce qu'il ordonnera de faire ou exécutera. La soif me tenaille. Le stress doit dessécher les muqueuses. Je ne peux plus résister : j'ouvre un sachet. Je prends de petites gorgées, sans me précipiter. L'Afrique m'a aidé à gérer l'hydratation. Surtout éviter la noyade intérieure. Je mets une bonne heure pour finir la pochette d'un demi-litre. Je suis content d'avoir bu de façon maîtrisée. C'est la preuve que j'ai gardé ma capacité de jugement, mes réflexes d'ingénieur. Je m'allonge sur la natte. Je pense à Anne-Marie, qui doit m'imaginer à Rimi, sur mon chantier. Que savent-ils, tous, de cette histoire ?

Je suis dans mes pensées quand une voix aiguë, presque métallique, envahit l'espace : l'appel à la prière. Les psalmodies du muezzin semblent sortir d'un haut-parleur. Elles sont sûrement enregistrées. La mosquée ne doit pas être très loin. À deux cents, trois cents mètres maximum. C'est sans doute la deuxième prière de la journée. Il doit être environ 10 h 30. M'accrocher au temps, c'est indispensable. Le muezzin sera mon horloge, comme tous les musulmans. Depuis que j'ai travaillé en Arabie Saoudite, je connais par cœur les horaires des cinq appels quotidiens : 4 h 45, 10 h 30, 15 heures, 18 h 30, 22 heures. Là-bas, les mélopées étaient plus douces, mais l'essentiel est ailleurs : j'ai mes rendez-vous, mes repères pour me situer le jour, la nuit.

Je me relève pour me coller à la fenêtre et enregistrer toutes les informations possibles. Ma manie de la précision, du détail. Je suis dans une maison en construction, protégée par des murs d'enceinte qui font au moins quatre mètres de haut. Personne ne peut savoir que je suis à l'intérieur. La partie gauche de la cour est en travaux. Face à moi, au fond de la cour, en pleine lumière, un portail métallique à double battant. Je calcule la distance : un bon douze mètres. Avoir posé des câbles toute ma vie n'a pas été inutile. Le portail n'a pas de linteau, il n'est pas achevé. Près du pilier gauche, un espace doit permettre d'apercevoir la rue extérieure. Je plie les yeux pour avoir une vue plus nette. Mais je ne distingue rien de précis sur les alentours de la maison. J'évalue maintenant la hauteur du portail : deux mètres vingt.

Dans mon champ de vision, aucun garde. Ils doivent être à l'abri de la chaleur, quelque part sur la droite, derrière le muret. Je regagne ma natte, à la fois las et content d'avoir glané quelques informations. Trois heures plus tard, un des gardes m'apporte un seau de peinture en plastique bleu, avec un couvercle.

– Tes toilettes ! me dit-il.

Je vérifie l'étanchéité du couvercle. La propreté m'obsède. Le matelas qu'ils m'ont laissé est une puanteur : bouffé d'humidité, taché de partout. Pas question de m'y allonger. Pas question de devenir un rat d'égout. J'inspecte les murs, le plafond. Dans les angles, j'aperçois de grosses araignées noires et velues. Elles ressemblent à des mygales. Je connais bien ces araignées. Ce sont des chasseuses qui ne fabriquent pas de toile. Elles ont quatre pattes orientées vers l'avant et quatre vers l'arrière. Elles se déplacent très vite pour piquer les insectes. Elles se gavent de moustiques. Je les observe longuement. Elles ont fait des nids : des sortes d'hosties plates qui gonflent quand les petits grossissent.

Soudain, un couinement. Je sursaute. Des rats. Un gros, tout près de moi, et d'autres plus loin. Je me redresse en évitant tout geste brusque. Je me glisse, sans faire un bruit, dans un angle de la pièce. J'enlève mon tee-shirt, je fais de grands moulinets, je crie pour les effrayer. Ils prennent la fuite. Je suis pris de tremblements. Cette pièce n'est peut-être pas un cachot, mais c'est un lieu infesté de bestioles. Moi, l'Africain, je me mets à paniquer devant les trois lézards plaqués au plafond. Mes mâchoires se crispent. Épuisé, accroché à ma natte, je finis par plonger dans un bref sommeil. Je me réveille en hurlant. J'ai fait un cauchemar : une armée de rats, en rond, autour de moi. Je regarde attentivement la pièce. Les rats ne sont plus là. Pourvu que je ne me fasse pas mordre. Si je chope une maladie, c'est la fin.

Il doit être maintenant 13 heures. J'entends la clé tourner dans la porte. Deux gardes aux visages cachés s'approchent de moi. L'un pointe son arme sur ma tête, l'autre avance une assiette en carton. Mon déjeuner. Des morceaux de poulet, du riz blanc, un peu de sauce.

– Vous aimez les épices ?

La question me paraît irréelle.

– Bien sûr…

– Vous allez aimer alors…

Je plonge les doigts dans l'assiette. J'ai le ventre noué. J'ai du mal à avaler. Je sais pourtant que je dois me nourrir. Le garde avait raison : c'est épicé, plutôt bon. Mais impossible de finir. Je prends un peu d'eau pour me laver les mains. Je dois demeurer propre. J'ai la certitude que je vais rester ici longtemps. Une prise d'otage, ça ne se dénoue pas facilement. Ma captivité sera longue, j'en suis convaincu. Surtout ne pas se laisser aller. Jamais.

Après l'appel à la prière de 15 heures, deux autres gardes surgissent. Ils sont ultranerveux, comme si j'étais une menace. À part ma haine, je n'ai rien à leur renvoyer à la figure. Le premier s'avance pour récupérer l'assiette. Il aurait voulu déterrer une mine antipersonnel, c'était pareil. Le second, planté dans l'encadrement de la porte, braque avec agressivité sa kalachnikov. Je ne me laisse pas impressionner. L'homme à l'assiette me propose un peu d'eau. Je lui réponds que je préférerais du thé. Il me laisse entendre que la décision ne lui appartient pas. Les heures passent et je ne dors toujours pas. À 18 heures, la nuit tombe brutalement. Je suis allongé sur la natte, dans le noir, à moitié assis. Quand mon corps s'ankylose, je change de position.

Vingt-quatre heures, bientôt, que je suis otage d'Ansaru.

La dernière prière, la cinquième de la journée, celle de 22 heures, vient de s'achever. La porte de la cellule s'ouvre. Les deux gardiens me font signe de sortir. Ils me serrent de près avec leurs fusils. Dans la cour, nous tournons à droite et passons de l'autre côté du muret qui dissimule la pièce mitoyenne de ma cellule.

– Les toilettes…

Le garde m'indique une petite pièce carrée avec des cabinets à la turque. Je regarde attentivement autour de moi. Sur la gauche, derrière un mur, j'aperçois la cuisine et l'abri où mes geôliers garent leurs motos. C'est là qu'ils doivent passer la journée. J'enregistre la distribution des lieux. L'homme me donne du savon, une brosse à dents et un tube de dentifrice, puis referme la porte. À mes pieds, je trouve un petit seau d'eau froide et un gobelet en plastique. Je me déshabille. Je veux me nettoyer le plus méticuleusement possible. Comme si j'étais dans une vraie salle de bains. Je passe un peu d'eau sur le savon et me frotte le corps. Puis je me rince avec l'eau qui reste. Je n'ai pas de serviette pour me sécher. Je me rhabille trempé. Dehors, c'est déjà la nuit, la température a chuté, le froid s'est installé, je grelotte. En me ramenant dans ma chambre-cellule, un des hommes me tend une lampe torche de fabrication chinoise.

– Interdiction de l'allumer dans la cour, dit-il d'une voix forte. Et ne vous en servez pas longtemps pendant la nuit.

Que craint-il ? Sans doute qu'un faisceau de lumière ne les mette en danger. Il a raison : avec un drone, on pourrait vite les retrouver. Visiblement, cet homme obéit à des consignes précises. D'où viennent-elles ? Qui est leur chef ? Dans cette armée de momies, tous se ressemblent.

La porte se referme. J'actionne aussitôt la lampe. La lumière vacillante dessine des ombres mystérieuses sur les murs. Je frissonne de froid. Une profonde angoisse monte en moi. Je n'espère plus qu'une chose : trouver le sommeil et oublier un moment ce cauchemar.

* *
*

Je n'ai rien pour me couvrir, mes vêtements ne sèchent pas, je suis pris de violents tremblements. Je pense appeler un gardien pour qu'il me donne une couverture, mais je renonce aussitôt. Pas question d'apparaître faible à leurs yeux. Je dois m'endurcir. Psychologiquement. Je repense à cette nuit que j'ai passée dans une église glacée, du côté de Clermont-Ferrand, quand j'avais 20 ans. Je revenais d'une permission et personne ne voulait me prendre en stop. Je n'avais même pas un cierge pour me réchauffer. Ce souvenir me fait du bien. Impossible, pourtant, de m'endormir. La natte est dure, trop dure, et je refuse de m'allonger sur ce matelas crasseux. Ce serait une capitulation. Soudain, j'entends des bruits d'enfants qui chantent et tapent dans leurs mains. Cette petite musique m'est familière. C'est celle d'une école coranique. En écoutant bien, je me dis que l'école doit être adossée à la mosquée, à quelques mètres seulement de ma prison. Nous sommes jeudi soir, c'est jour de fête. Dans le monde musulman, la prière de fin de semaine est importante. Un moment de joie que célèbrent tous les enfants.

Vers minuit, les voix s'éteignent. De nouveau, le silence. Il ne doit pas faire plus de cinq ou six degrés. Je frotte mon corps sans arrêt, je claque des dents. Je ne ferme pas l'œil de la nuit.

À 5 heures du matin, alors que le jour se lève, j'entends le premier appel à la prière du muezzin. Mes gardiens psalmodient aussitôt de l'autre côté du muret. Je ne les ai pas vus depuis plusieurs heures. Ils ne sont même pas venus à la fenêtre vérifier si je dormais. Ou alors, ils ont été très discrets. Leur attitude est étrange. C'est comme s'ils avaient choisi de vivre normalement, dans le silence, la routine quotidienne, pour n'éveiller aucun soupçon. Ma prison est une maison en chantier, ma cellule est une pièce avec une fenêtre : malin, ces gens, très malins. Les heures qui passent me paraissent interminables. Je ne sais pas ce qui m'attend et cette incertitude me rend nerveux. J'écris la date sur un mur : vendredi 21 décembre.

Une clé tourne enfin dans la serrure. Deux gardiens apparaissent, camouflés de la tête aux pieds. L'un d'eux me tend du thé chaud dans un verre Duralex. Il doit être aux alentours de 8 heures. Ce thé est un vrai moment de réconfort. Je lève les yeux vers mes gardes et les scrute avec toujours ce souci de glaner une information utile. Ils ont quelque chose de grotesque avec leurs cagoules, leurs gros blousons, et ces lunettes noires de femme qui leur mangent la moitié du visage. Je ne sais pas dire pourquoi, mais je suis convaincu que ce ne sont pas ceux qui m'ont enlevé. Il doit y avoir un partage des rôles, des tours de garde. Je décide d'enregistrer le maximum d'éléments sur les prochaines rotations. Pas un mot entre nous. Je ne me plains ni du froid ni de la saleté. Aucun signe de faiblesse, je dois m'y tenir.

Ils repartent et referment la porte derrière eux. Je savoure ce verre de thé très sucré. Du Lipton. Il me fait un bien fou. Malgré la fatigue, mes idées s'éclaircissent. Je repense à ce groupe, Ansaru, qui me tient en otage. J'ai déjà entendu des choses à la radio sur ces dissidents de Boko Haram. Un autre souvenir me revient, que j'avais enfoui dans ma mémoire : une conversation avec Jean-Claude Jallon, en mars 2012, lors de mon troisième séjour à Rimi. Jean-Claude prenait son petit déjeuner dans la villa où nous logions, il lisait le *Herald Tribune* quand il m'a dit :

– Décidément, ces types sont des malades.

– Qui ?

– Tu te souviens de ces mecs d'Ansaru qui avaient enlevé un Italien et un Anglais l'année dernière, en mai, sur un chantier dans l'État de Kebbi…

– Oui, et alors ?

– Les forces nigérianes, assistées d'éléments du MI6 anglais, ont tenté un assaut. Ils ont échoué. Du coup, les otages ont été exécutés.

Cette conversation tourne dans ma tête. De plus en plus nette. Elle me plonge dans une réflexion étrange sur mes chances de survie. J'opte pour 25 %, tout en sachant que ce calcul ne repose sur rien. Alors que cette probabilité devrait me faire frémir, je ne ressens rien. Pas d'émotion particulière, encore moins de panique. L'impression d'un grand vide.

Le bruit des clés me fait sursauter. Les gardes apportent mon déjeuner : une assiette de pâtes et de riz mélangés dans un bouillon cube. Je regarde l'assiette : je ne peux pas accepter cette mélasse. Je ne la mangerai pas. Je vais faire la grève de la faim. Ça leur apprendra à mélanger la cuisson des pâtes et du riz. Si j'ai la moindre valeur à leurs yeux, ils ne me laisseront pas mourir. Et si je dois y passer, autant que ça aille vite. Tout est confus dans ma tête.

J'éprouve le besoin de leur dire non. De les obliger à céder à mes demandes. La peur de la mort ne m'affole pas. Je ne boufferai pas ce truc infâme.

Je leur tends l'assiette.

– Pas question de manger ça !

Un des deux gardes s'avance vers moi. Il porte une cagoule qui laisse apparaître des yeux noirs malicieux.

– *No money, mister Francis, no money...*

Ce con arrive à me faire sourire. *No money, mister Francis*, et puis quoi encore ? Désormais, je l'appellerai comme ça, celui-là : « No money ». Le garde reprend l'assiette. Je ne mangerai pas une cuillerée de leur bouillie.

On verra bien qui est le plus fort.

* *
*

19 DÉCEMBRE 2012, 23 heures, siège de la DGSE, boulevard Mortier

Guillaume H.[1] rejoint son bureau de la Direction générale de la sécurité extérieure, une immense caserne située boulevard Mortier, à Paris, que les agents secrets français, dans leur jargon, appellent la « Boîte », et les journalistes la « piscine ». Trente minutes plus tôt, il a reçu sur son téléphone chiffré un message « immédiat » du poste de la DGSE de l'Ambassade de France à Abuja, au Nigeria. Dans l'échelle des services, immédiat est le niveau le plus élevé. En dessous, il y a « urgent », et encore en dessous, « routine ». Guillaume H. vient d'apprendre qu'un ressortissant français a été enlevé. Il sait que la nuit sera longue. Il pressent même que le Noël en famille va être un peu bousculé. L'Afrique, pour lui, n'a pas de secret. Et le Nigeria, encore moins. Il a longtemps été en poste en Afrique de l'Ouest et parle couramment le haoussa.

À peine installé, il rassemble son équipe. Avec ce mot d'ordre : confirmer l'enlèvement, dresser le profil de la personne enlevée, détailler les circonstances. Premier appel au poste d'Abuja, à l'ambassade de France, pour faire le point sur cette prise d'otage et lister les sources à activer. Contacts aussi avec les postes de Niamey, au Niger, et de N'Djamena, au Tchad. Ligne permanente avec les services de sécurité du Nigeria. Et déjà cette intuition : derrière cette affaire se cache Ansaru.

1. C'est un pseudo. À la DGSE, les identités sont protégées.

Il y a quelques semaines, le chef de poste de la DGSE à Abuja avait signalé la volonté du groupe islamiste de prendre un nouvel Occidental en otage. Les hommes de terrain confirment que le lieu de l'enlèvement – le quartier de Bilyamnu, à Rimi, dans l'État de Katsina – est au cœur de la zone d'action d'Ansaru. A priori, la piste d'un groupe crapuleux est à exclure. Arrive le directeur général de la DGSE, le préfet Érard Corbin de Mangoux. Dans la *war room* du boulevard Mortier, d'où est coordonné l'ensemble des interventions des services secrets français dans le monde, Guillaume H. lui dresse un premier rapport. Le nom de l'otage n'est pas encore établi avec certitude. D'après le chef de poste, il peut s'agir d'un ingénieur, Francis Collomp, ou de son patron direct dans l'entreprise Vergnet, Jean-Claude Jallon. Décision est prise d'appeler le président de la République. Érard Corbin de Mangoux connaît bien le chef de l'État. Les deux hommes préparent activement, dans le plus grand secret, l'intervention au Mali, prévue en janvier 2013. Au cours de cet échange, François Hollande est informé que la cellule de crise sera dirigée par Guillaume H. « Un spécialiste », assure le préfet.

D'expérience, Guillaume H. sait que, si un otage n'est pas libéré dès les premières heures de son enlèvement, on entre dans un processus de négociation interminable. Il pressent que c'est l'hypothèse la plus probable. Sans doute ne remettra-t-il pas les pieds chez lui avant plusieurs jours. Il appelle brièvement sa femme :

– Pour Noël, ne comptez pas sur moi…

Très vite, la cellule de crise est constituée. Elle réunit les meilleurs experts de la direction du renseignement – spécialistes du contre-terrorisme et de la géopolitique –, des ingénieurs de la direction technique – spécialistes en interception, localisation, imagerie, vidéo – et un conseiller de la direction des opérations.

L'équipe de Guillaume H. est composée d'hommes et de femmes, civils et militaires, qui mettent leur vie personnelle en sommeil afin de s'investir dans une seule mission : la libération de l'otage.

La cellule travaille vingt-quatre heures sur vingt-quatre sous les ordres du directeur général de la DGSE.

Sur le terrain, au Nigeria, l'enquête démarre à toute vitesse. Chaque source a son officier traitant. Notamment dans les mosquées, lieux privilégiés pour glaner des renseignements. La principale source de la DGSE est considérée comme « éprouvée » et « de qualité ». Une première main. Les informations espérées seront bien « cotées », c'est-à-dire fiables. Guillaume H. sollicite parallèlement la collaboration de services amis, occidentaux ou non : l'entente sacrée contre le terrorisme islamiste se met en place en quelques minutes.

Devant son équipe, debout, Guillaume H. retrace rapidement l'histoire récente du Nigeria :

« Ancienne colonie britannique, le Nigeria vit, depuis son indépendance, en 1960, au bord du chaos. Cet immense pays est déchiré par un conflit irréductible entre chrétiens et musulmans. Il est aussi la proie de bandes armées et d'organisations mafieuses. Objet de toutes les convoitises : le pétrole. Sur les presque trois millions de barils produits chaque jour au Nigeria, cent à deux cent mille disparaissent du circuit officiel. À cent dollars le baril, cela fait dix à vingt millions de dollars qui s'écoulent dans d'indémêlables réseaux de corruption. Ici, tous les coups sont permis pour “devenir millionnaire”, le rêve de la jeunesse nigériane. Les plus chanceux se forment dans les universités anglo-saxonnes. Les autres versent dans l'économie parallèle et le crime. Des bandes se forment et se défont, dirigés par des chefs souvent cultivés et intelligents. Les Nigérians ont la réputation d'ignorer la peur. On dit qu'ils regardent droit dans les yeux. Et qu'ils ont la gâchette facile.

Dans ce Far West africain, la religion occupe une place prépondérante. Le pays est divisé en deux. Les chrétiens, arrivés par la mer, sont installés dans le sud et le sud-est. Ils détiennent l'essentiel des matières premières et représentent 45,5 % de la population. Avant-garde de cette communauté : les Igbos, souvent appelés les Juifs de l'Afrique. Au nord du Nigeria, les Haoussas dominent. Arrivés par la terre, ils sont musulmans et presque aussi nombreux que les chrétiens. En 2002, un mouvement islamiste, Boko Haram, apparaît au nord-est du Nigeria. Son chef, Mohamed Youssuf, prêche à la mosquée de Maiduguri, dans l'État de Borno. Il dénonce violemment la corruption et propose de mettre en place des micro-crédits. De plus en plus de fidèles assistent à ses harangues, provoquant l'exaspération des autorités locales. Des incidents éclatent. D'année en année, le conflit se durcit entre ce groupe islamiste présenté comme une secte et le gouvernement. On ne compte plus les morts.

Le 29 juillet 2009, c'est le carnage : quatre mille membres de Boko Haram, rassemblés dans un même quartier, meurent sous les bombes de l'armée nigériane. Mohamed Youssuf compte parmi les victimes. C'est le début de l'engrenage. Boko Haram entre en clandestinité, se radicalise, tout en bénéficiant d'une forme de soutien des populations locales, qui se sentent abandonnées par le pouvoir central et injustement frappées et meurtries par les forces de l'ordre du pays. La tête de Boko Haram est coupée, mais les membres vont progressivement reconstituer des cellules, cette fois-ci dans tout le nord-est du pays. C'est le début des frappes aveugles, qui visent alors essentiellement les forces de l'ordre et les politiques. Elles toucheront plus tard les populations civiles.

En janvier 2012, le mouvement se fragmente et donne naissance à un autre groupe : l'Avant-garde pour la protection des musulmans en Afrique noire. Baptisé Ansaru, du nom de son leader Abu Usmatul al-Ansari, ce groupe veut étendre son influence au-delà du Nigeria. Il noue des liens avec d'autres groupes islamistes du nord : Aqmi, la branche d'al-Qaida au Maghreb, et Mujao, Mouvement pour l'unicité et le djihad en Afrique de l'Ouest. Au contact de ces mouvements terroristes, les hommes d'Ansaru se professionnalisent. Ils veillent cependant à rester indépendants. Toujours cette fierté nigériane. Ansaru devient un groupe ultra-violent et incontrôlable. Pour ces hommes dopés à la charia, tuer n'est qu'une formalité. »

Le tableau est dressé. Implacable. Guillaume H. peut récapituler les quatre objectifs de la cellule de crise : localiser la personne enlevée ; identifier les ravisseurs ; obtenir une preuve de vie ; ouvrir un canal de communication.

Il est presque minuit.

Pour la DGSE, le combat commence.

* *
*

Au lieu de sourire devant cet abruti qui voulait me faire bouffer un truc infâme, j'aurais dû lui sauter à la figure. Un coup de tête bien sec, et hop j'attrape son arme, je braque le deuxième, je neutralise sa kalachnikov, je les ligote, je me tire. Adossé au mur, je rejoue cent fois la scène. J'éclate le crâne de « No money » et je traverse la cour en arrosant de tous les côtés. Ça ne tient pas debout, mais ça me fait du bien. Je suis en colère, c'est le signe que je vais mieux.

Quelle heure est-il ? L'après-midi est déjà bien avancée. L'obscurité commence à gagner ma cellule. Pas un mouvement dans la cour depuis des plombes. Ils veulent m'user en m'astreignant au silence. À la solitude totale. C'est de la guerre psychologique. Je ne céderai pas. Je serre les poings très fort pour m'en convaincre. Je me rappelle des épisodes de ma vie où j'ai dû bagarrer. Au sens propre. Je grommelle : « Vous ne connaissez pas Francis, vous ne le connaissez pas. » C'est bête, mais ça m'aide. Dans les situations difficiles, je me suis toujours parlé un peu à moi-même. Mes gardes me prennent pour un vieux en surpoids, ils ne connaissent pas le karatéka qui sommeille. Méthode Valera. Dominique Valera. La plus efficace en combat de rue. Les arts martiaux m'ont appris la maîtrise. Ne pas paniquer. Rester sur ses gardes. Pour les clés, les immobilisations, j'ai quelques années de judo au compteur. Et pour le reste, tout le reste, les pieds, les poings, des centaines d'heures sur un ring de la rivière de l'Est, à la Réunion.

« T'es un costaud, Francis, l'oublie pas. » Je me répète dix fois la phrase. Si l'occasion se présente, tout ça devrait suffire.

* *
*

S'ils savaient, ces types, tout ce que j'ai vécu. Ce n'est pas l'enfermement qui va me terroriser. La prison, je connais. De l'intérieur. C'était en 1969, j'avais 20 ans. L'épisode m'a marqué à vie. Je finissais mes études d'électricité à l'École de radioélectricité et d'électronique de la chambre de commerce et d'industrie de Marseille, l'EREM, à l'époque rue Bernard-du-Bois. Je vivais alors entre Toulon et Marseille et mes fréquentations n'étaient pas toutes recommandables. Des copains travaillaient pour les frères Guérini, Antoine et Mémé, deux grands voyous qui régnaient sur la ville avec la bénédiction du maire, Gaston Defferre. Prostitution, machines à sous, boîtes de nuit, drogue, casses, tout y passait. Mes potes m'apportaient des plans pour que je les aide à déjouer les systèmes de sécurité. Ils m'appelaient Nimbus. Professeur Nimbus.

Je n'étais pas naïf sur leurs intentions. En échange, j'entrais gratuitement dans des clubs et on me procurait des petits boulots. Je me faisais un peu de fric. J'étais content même si je mordais un peu la ligne jaune. Une fois, dans ma 2CV Citroën, j'ai accepté de transporter des types à Toulon. J'ignorais tout ce qu'ils tramaient, j'étais juste le chauffeur. Ils montaient sur un coup et se sont fait attraper comme des bleus. Je suis tombé avec eux. Résultat : six mois en préventive à Saint-Roch, la prison de Toulon, et l'apprentissage de l'enfer carcéral. Quatre cents détenus pour cent cinquante places. Déjà. J'ai bien supporté l'incarcération, pourtant. J'ai appris à défier le temps sans dépérir. J'aimais la mentalité des voyous de l'époque : le refus des traîtres, le code d'honneur à l'ancienne.

J'ai débarqué à Saint-Roch après l'arrestation des casseurs que j'avais transportés. Les autres en ont conclu qu'ils m'avaient balancé. Pendant les promenades, ils les traitaient de tous les noms, me disaient : « Francis, ce sont des enculés. » Le tribunal m'a acquitté. Blanchi. Mais l'histoire a laissé des traces. Des gros durs, j'en ai toujours connu. Christian A. était un ami. Un collègue. Il a pris sept ans de prison pour un casse en Suisse. Je le revois encore me raconter comment il s'y prenait pour ouvrir un coffre. C'est lui qui m'a appris à ouvrir une porte blindée avec un pied-de-biche et des bouchons de champagne coupés en deux.

J'ai fréquenté des gens du milieu, des mafieux, des méchants. Ils m'ont endurci pour la vie. L'isolement et le dénuement ne me font pas peur. Dans la famille de ma femme, on mange avec les mains, et on ne s'en porte pas plus mal. Je ne craquerai pas. Je supporterai les passages des rats, les araignées chasseuses et cette odeur de merde qui flotte dans la pièce. Mes souvenirs sont plus faits de violence que de tendresse.

Ils sont tombés sur un os.

* *
*

Jeudi 20 décembre 2012, quai d'Orsay

Il est 9 heures du matin quand Didier Le Bret, patron de la cellule de crise du Quai d'Orsay, demande à Annick Dienner, sa proche collaboratrice, de le rejoindre. Il convoque aussi un homme clé dans ce type de situations : Christophe Schmit, médecin spécialiste des prises d'otage. Au milieu de la nuit, Didier Le Bret a reçu un appel de Guillaume H. de la DGSE et de Jacques Champagne de Labriolle, l'ambassadeur de France au Nigeria : un Français a été enlevé à Rimi, au nord du Nigeria, mais on ignore son identité. Seule information : il travaille pour le compte de la société Vergnet qui installe des éoliennes. Deux noms sont avancés : Jean-Claude Jallon, représentant de l'entreprise au Nigeria, et Francis Collomp, un ingénieur. Une rapide consultation de la base de données classe Rimi en zone orange : « potentiellement dangereuse ». Aussitôt, le secteur passe en zone rouge : « infréquentable ». Vergnet SA figure dans la liste des entreprises françaises qui interviennent dans les régions sensibles.

Après avoir récupéré le numéro de la société, Annick Dienner appelle Jérôme Douat, le président du directoire de Vergnet SA., à Ormes, dans le Loiret. Le chef d'entreprise est en compagnie de Jean-Claude Jallon, rentré en France pour les fêtes de fin d'année. Il confirme l'information :

– Francis Collomp travaille bien sur le chantier d'éoliennes de Rimi. C'est un ingénieur de 63 ans.

Jérôme Douat et Jean-Claude Jallon communiquent toutes les informations dont ils disposent.

La diplomate relance :

– Nous aurions besoin des coordonnées de son épouse.

Pour Annick Dienner, c'est la phase la plus pénible de sa mission : annoncer la nouvelle aux proches. Elle l'a fait à de nombreuses reprises, onze Français étant otages dans le monde. Elle sait se mettre à l'écoute, faire parler ses interlocuteurs, les réconforter, entretenir l'espoir, mais, chaque fois, ce travail capital est une épreuve. Avant de joindre Anne-Marie Collomp, Annick Dienner appelle le préfet de la Réunion pour s'assurer que l'épouse sera entourée des représentants de l'État. Au bout du fil, Anne-Marie s'effondre. Anéantie. La diplomate obtient qu'elle lui communique le nom de son médecin. Anne-Marie précise que Francis Collomp a été opéré du cœur quelques années plus tôt, qu'il suit un traitement permanent pour le cholestérol et prend des bêtabloquants.

– Francis va claquer, crie-t-elle en larmes.

Annick Dienner essaye de la calmer. Elle lui demande des informations qui permettront de vérifier d'éventuelles preuves de vie fournies par les ravisseurs.

– Avez-vous des animaux ?

– Oui, trois chiens.

– Quelle race ?

– Des pinschers de 3, 5 et 8 ans.

– Comment s'appellent-ils ?

– Framboise, Alouette et Chocolat.

La diplomate note les éléments. Avant de raccrocher, elle demande :

– Et votre date de mariage ?

– 22 et 23 juin 1979.

Pour Annick Dienner, c'est assez pour déjouer toute tentative de manipulation et éviter de s'embarquer sur de fausses pistes. De son côté, le docteur Schmit fait préparer des colis de médicaments. Ils seront livrés au plus vite à l'Ambassade de France au Nigeria et au Niger, le pays voisin. Des canaux particuliers sont parfois utilisés pour faire passer à l'otage des produits pharmaceutiques indispensables à sa survie.

Dans cette réaction de la cellule de crise, tout est parfaitement rodé. Le résultat de dizaines de prises d'otages gérées dans le plus grand secret. À partir de maintenant, la DGSE établira les informations qui peuvent être transmises aux proches et aux médias. La cellule de crise du Quai d'Orsay aura pour mission d'accompagner la famille et de tenir constamment informé Laurent Fabius, le ministre des Affaires étrangères, dont le bureau est voisin. Ce dernier adressera, à son tour, une note confidentielle au chef de l'État. Parmi les informations essentielles : l'état de santé probable de Francis Collomp. Les autorités doivent savoir s'il est en danger de mort. Le docteur Christophe Schmit en est conscient : s'il affirme que l'état de l'otage est « très péjoratif à très court terme », tous les risques seront pris pour le libérer au plus vite.

Le médecin du Quai d'Orsay réunit les pièces du dossier médical. Avant de rédiger son diagnostic, il appelle le chirurgien qui a pratiqué, dix ans plus tôt, un pontage sur l'otage. Conclusion de sa note :

« Même soumis à un régime dur, Francis Collomp résistera à cette épreuve… »

* *
*

4

TU NE PLIERAS PAS, FRANCIS...

Allongé sur ma natte, le corps endolori, je repense à ma vie, mon passé. Ça me redonne des forces. Je me dis que j'en ai souvent pris plein la gueule, mais, chaque fois, je m'en suis bien sorti. J'aime trop la vie pour me dégonfler comme une baudruche. Ce n'est pas dans ma nature. Je ferme les yeux, je déroule mon existence comme dans un film. Peut-être que ça m'aidera à comprendre ce que je fais là et pourquoi ces imbéciles m'ont choisi. Je n'ai jamais cherché la facilité, c'est sûr. J'aurais pu devenir responsable technique dans une mairie. Ou entrer à EDF. À cette heure-là, je siroterai l'apéro et parlerai rugby avec mes potes. J'ai préféré l'aventure, la brèche, l'équilibre instable : passer d'un pays à l'autre, sur des chantiers difficiles, dans des régions hostiles, loin de ma famille, de mes copains, de ma femme. J'ai toujours aimé les baroudeurs, les aventuriers, les grands voyageurs. Quelques authentiques voyous, aussi. Tout s'est peut-être organisé pour que je finisse là, dans cette pièce pourrie, prisonnier de terroristes et de mon destin.

Et si je l'avais un peu cherché ? On entend bien ça, dans les bistros, chaque fois qu'on annonce un nouvel otage : il l'a un peu cherché, non ? Qu'est-ce qu'il foutait dans le désert, celui-là ? Je gamberge sur ma petite existence d'aventureux en fixant le mur de parpaing. Quarante-huit heures maintenant que je n'ai pas dormi profondément. Mes pensées sont brouillées. Désordonnées. Parfois, une pulsion d'évasion me reprend. Cette fenêtre, sans barreaux, en face de moi. Je m'imagine la franchir… et signer mon arrêt de mort : deux, trois rafales de kalachnikov me déchirent la tête. Fin du show. Pour m'attraper, ces types ont tué un enfant de 15 ans. Ils ne me rateront pas.

* *
*

Récapitule, Francis. Tu es né le 19 décembre 1949, à Saint-Julien-du-Verdon, dans les Alpes-de-Haute-Provence. Un village d'une centaine d'habitants qui borde, à neuf cents mètres d'altitude, le lac artificiel de Castillon-Chaudane. Un village en forme de presqu'île. Un lieu magnifique. Ta mère est institutrice, ton père travaille à la direction de la centrale électrique du barrage. Au départ, il voulait être curé. Finalement, avec ta mère, ils ont cinq enfants : trois filles et deux garçons, toi et ton petit frère. Jusqu'à l'âge de 8 ans, tu vis au milieu des montagnes, dans un sentiment de liberté absolu. Albert, ton oncle, est l'un des plus gros éleveurs français de moutons. Tu l'accompagnes, le week-end, dans les alpages. Ton enfance est un peu celle de Marius, le héros de Marcel Pagnol. L'histoire d'un garçon qui veut prendre le large et qui rêve de voyages lointains.

C'est pour ça que, plus tard, tu n'as pas suivi les traces de ton père. Tu as refusé d'entrer à EDF. Tu redoutais d'y prendre des habitudes trop confortables et d'y rester coincé toute la vie. À l'école, peu de souvenirs. Tu détestes la chimie, tu adores la physique et l'électricité, une passion qui ne te quitte pas. En 1957, départ pour la vallée de la Durance et la petite ville de Jouques où ton père est nommé. Tu aimes le ciel de ce pays. Tu y restes trois ans. Avec tes copains, tu apprends à bourrer les pompes à vélo de poudre pour les transformer en fusées. Tu te découvres un petit côté casse-cou jamais à cours de pitreries. Une grand-mère qui râle tout le temps en fait les frais : pour lui faire peur, tu passes sous sa fenêtre une canne à pêche télescopique avec, au bout, une tête de loup. Tu déposes aussi régulièrement des pétards dans sa boîte aux lettres.

Des canailleries. Parfums d'une enfance heureuse qui te font du bien aujourd'hui. Tu repenses au réfrigérateur de tes parents. Un Arthur Martin. Il a tenu trente ans. C'est plutôt bien comme résistance, tu te dis.

* *
*

Qui pense à moi ? Qui se soucie de moi ? Il fait nuit maintenant, le froid retombe brutalement et me fait grelotter. Je tourne et retourne la question dans ma tête. A priori, avec les coups de feu, une alerte a été donnée. Les voisins ont dû prévenu la police. De son côté, la société Vergnet s'est sûrement inquiétée en voyant que je n'étais plus sur le chantier. Le gouvernement français doit être au courant, mais comment en être sûr ? Peut-être que ma photo est partout dans les journaux, peut-être qu'ils en parlent au 20 heures, peut-être aussi qu'ils s'en fichent. Je ne suis pas journaliste, juste un ingénieur lambda qui travaille dans un trou perdu d'Afrique.

Symboliquement, je ne pèse pas bien lourd. Mes copains n'ont aucun pouvoir, mon entreprise ne représente pas grand-chose, ma famille n'en est pas vraiment une. Je n'ai pas d'enfants et je n'attends rien de mon frère et de mes sœurs. Entre nous, l'affection s'est un peu effilochée. Torts réciproques, sans doute. Anne-Marie, en revanche, doit être effondrée. Essaie-t-elle de me joindre sur mon portable ? Sait-elle déjà ? Nos relations étaient un peu compliquées ces derniers temps, mais quelque chose de fort nous unit.

Ma mère me manque soudain. Sa disparition a tout disloqué chez nous. Ma sœur Irène aussi, décédée trop tôt. Elle était bibliothécaire, j'étais très proche d'elle. Mes deux autres sœurs, Marcelle et Georgette, sont mariées, elles ont une vie bien rangée, bourgeoise. Mon frère Denis, lui, est un historien spécialiste du Moyen Âge, maître de conférences à l'université de Provence, un intello brillant. Il ne sait pas à quel point je l'admire. Étrange, quand même : comment deux frères peuvent-ils être aussi différents ?

Dans cette famille, depuis toujours, j'ai l'impression d'être le vilain petit canard.

* *
*

Dans ce mitard improvisé par mes ravisseurs, je n'ai pas d'autre compagnie que ma tête et mes souvenirs. Je repense à ces déménagements incessants liés aux changements professionnels de mon père. J'ai 11 ans quand la famille quitte Jouques pour une grande ville : Aix-en-Provence. Il faut tout reconstruire, les amis, les jeux, les habitudes. Nous vivons dans une maison EDF confortable, boulevard des Poilus, et l'école est à deux kilomètres à pied. Mais je ne me sens pas chez moi. J'ai l'impression d'avoir été déplacé de force. Cet arrachement à mes montagnes, à mes lacs, ne cicatrisera jamais. Par chance, en bas de la maison, il y a une rivière et je peux pêcher comme à Jouques. J'attrape de beaux barbeaux, de la friture, mais, dès que je pars pêcher, je me fais engueuler par mon père. L'envie de fuir grandit.

J'ai l'impression que, plus les années passent, plus on me met en cage. Je ne le supporte pas.

Cette installation à Aix dérègle mon existence et celle de la famille. Tout part à la dérive. Ma mère tombe malade. Elle est hospitalisée à Marseille et mon père considère qu'on la soigne mal. Ma sœur Irène, si jolie, s'embarque dans une sale affaire. Elle fréquente un type qui, en fait, est un truand. C'est comme si elle était tombée dans une secte. Ce gros voyou, qui habite au-dessus de chez nous, la manipule et la pousse à fuguer. Quand il débarque dans notre appartement, il glace l'atmosphère. Mon père se démène pour la sortir de ce piège avant de décider, une nouvelle fois, de quitter la ville. Direction Saumur, dans le Val-de-Loire. Seul souvenir heureux de ces années à Aix : à 13 ans, je découvre l'amour. Avec une femme mariée. J'apprendrai plus tard que c'était une professionnelle. Grâce à elle, pourtant, j'ai l'impression d'être devenu un homme.

L'année suivante bouleversera ma vie. Fin 1963, l'état de ma mère se dégrade subitement. Elle est opérée plusieurs fois du cœur. Elle souffre le martyre, tente de se jeter par la fenêtre, avale une cuiller pour en finir, grossit sous l'effet de la cortisone. Elle supplie mon père de rentrer dans le Sud, chez elle, dans cette région qu'elle aime tant. Ils me laissent pensionnaire chez les Frères, au lycée Saint-Julien-la-Baronnerie, à Angers. Je m'y sens bien. J'ai peu d'amis, mais je n'en cherche pas, j'aime bien la solitude. Dans le parc de la pension, je tire à la carabine, je tue des pigeons, je fais des feux pour les faire cuire. Mes petites espiègleries d'adolescent. Pendant les vacances de Pâques, je rejoins ma mère. Je la trouve couchée, à l'hôpital de Marseille, incapable de bouger, souffrant d'escarres, le souffle court. Je reste à son chevet le plus longtemps possible. Un après-midi, je la sens partir. Je me penche sur son lit, je la prends dans mes bras, je la serre contre moi, je la rassure, me rassure.

Je m'accroche à elle pour qu'elle s'accroche à moi. Je ne veux pas qu'elle me laisse seul. Ma tête contre la sienne, son corps se relâche, un dernier râle m'effleure. Elle est morte. La vie soudain m'écrase. Je la repose avec délicatesse sur le lit. La suite n'existe plus dans ma mémoire.

Y a-t-il quelque chose de plus cruel, de plus violent ? Une mère qui meurt dans les bras de son fils de 14 ans... Longtemps, j'ai repoussé ce souvenir. Ce que je suis en train de vivre n'est rien à côté. Je vais me battre pour elle. On ne se sépare jamais de sa mère, même après sa disparition.

* *
*

Ma mère s'appelait Suzanne Labadie. Sans doute ai-je hérité de ses problèmes de cœur. De son caractère aussi. J'ai sa marque en moi. La blessure de son décès ne s'est jamais refermée. Je l'ai juste enfouie. Jusqu'à cette histoire de fous. En repensant à elle, ma respiration devient lourde, pénible. Comme la sienne avant de s'éteindre.

Les années suivantes, je vis à Marseille avec mon père, mes sœurs et mon petit frère. À l'École de radioélectricité de la chambre de commerce, je fabrique des tas de trucs, pour l'école et en dehors de l'école. Je me sens libre, insouciant, je cours les boîtes de nuit et les filles. Ma mère n'est plus là pour me recadrer, mon père totalement absorbé par son boulot. Je ne fais pas le tri dans mes fréquentations, je suis grand et costaud, je vis à cent à l'heure, pas grand-chose ne m'effraye, certainement pas les voyous.

Je repense à une histoire. Dans le quartier du Vieux-Port, j'entre dans un bar, une grenade dégoupillée dans la main, et j'oblige un maquereau à laisser tomber une fille sous peine de tout faire sauter ! Un de mes potes était amoureux de cette jeune prostituée. Je ne sais pas ce qu'ils sont devenus, mais ce jour-là j'ai eu l'impression de faire mon devoir. À l'époque, je ne suis ni un petit caïd ni un truand, mais je ne rechigne pas à jouer les « cacous », comme on dit à Marseille. J'apprends à ne pas faire confiance aux autres. À assurer mes arrières. À réduire la part de hasard. Ce jeu m'amuse, j'y prends goût, c'est comme de l'adrénaline.

Deux ans après la mort de ma mère, une femme arrive dans la vie de mon père et sème la pagaille dans la famille. Ils se marient. Un jour de 1968, je me retrouve nez à nez avec mon père dans le garage de la maison. Il refuse de me laisser rentrer. Ma belle-mère a décidé que nous devions dégager, mes sœurs et moi. Seul mon jeune frère Denis peut rester parce qu'il n'a que 7 ans. Mon père a fait un choix : il préfère cette femme à ses enfants. Je pars travailler dans la centrale électrique de Martigues-Ponteau, où mon père m'a trouvé un poste. Je loue un petit studio. Le soir, je traîne avec des potes dont beaucoup ont franchi la ligne jaune. Quelques mois plus tard, je me retrouve en taule à Toulon. Désormais, plus rien n'est comme avant dans cette famille décomposée par la mort de ma mère et le comportement de ma belle-mère. Le temps de la débrouille est arrivé. Celui de la solitude, des aventures sans lendemain, des petits boulots, des plans foireux.

Pour prendre le large, j'accepte un emploi au Luxembourg. Puis je rejoins l'armée, en février 1970, à Orléans, dans le groupe de transmission de l'armée de l'air. Aux tests d'incorporation, je sors septième sur soixante-six. J'ai l'impression d'en savoir plus que les ingénieurs qui m'entourent. Je vole sur des Transal, je creuse des tranchées à la grue sur des chantiers d'aéroport. L'expérience me plaît, malgré quelques embrouilles. Un sergent-chef m'accuse d'avoir donné un coup de godet sur son 4 x 4. Cet imbécile l'avait garé juste derrière mon engin, beaucoup trop près pour éviter une rotation. Résultat : un mois de cachot, une paille après Toulon.

Pendant cette année de service, je ne suis pas à court de combines. Pour gagner trois sous, j'organise un trafic de cigarettes blondes et, plus lucratif, de slips et de soutiens-gorge récupérés chez des copains douaniers à Marseille. Je les revends à bon prix au personnel féminin de la caserne. Un bon business. Quand j'y songe, je me serais bien vu faire une carrière militaire. Si je n'avais pas été aussi rétif à l'autorité, j'aurais pu finir lieutenant.

Ces souvenirs me font du bien. Je repense à mon père, un homme courageux, un peu dur, un peu taiseux, qui, finalement, a peut-être bien fait de me mettre à la porte. Il est mort en 1998 d'un problème pulmonaire. J'étais en Arabie Saoudite, j'avais 49 ans, je ne l'avais pas revu depuis sept ans. Dans ma cellule plongée dans l'obscurité, je me dis qu'à part Anne-Marie et mon petit frère Denis, un vrai sentimental, je ne peux pas attendre grand-chose des autres. Je n'ai jamais été aussi seul, mais ma tête résiste bien. Mieux que mon corps, en tout cas. Je ne plierai pas.

* *
*

Samedi 22 décembre 2012. Trois jours déjà, une éternité. Le soleil est levé depuis deux ou trois heures. J'ai un peu dormi, je crois. J'ai entendu le muezzin lancer son premier appel à la prière. Je commence à récupérer un peu de forces. Avec une pierre, je grave la date du jour sur un parpaing. Je le ferai désormais tous les matins. Quelque chose me dit que je dois tenir ce calendrier. Avoir des repères auxquels s'accrocher, maîtriser un temps qui s'annonce long. Je me fixe aussi un autre objectif : compter le nombre de gardiens. L'exercice n'est pas facile, car ils sont tous masqués.

A priori, ils sont une trentaine à se relayer selon un système de trois-huit. Seuls « No money » et un grand costaud sont reconnaissables, les autres se ressemblent tous, même taille ou presque, même accoutrement ridicule avec leurs chiffons sur la tête et leurs énormes lunettes de soleil qui leur donnent de faux airs de travestis.

La nuit, trois gardes sont mobilisés pour me surveiller. Ils sont postés dans la pièce contiguë à ma cellule. Sans doute ont-ils comme consigne de dormir à des heures différentes. Il doit bien arriver, pourtant, qu'ils s'assoupissent au même moment. Au milieu de la matinée, j'entends des bruits de marteau, sur la gauche. Ils doivent finir une construction, derrière le mur qui scinde la cour en deux. La faim me tenaille, mais je suis décidé à ne pas accepter leur bouillie. En refusant ce mélange de pâtes et de riz, je crée un rapport de force qui m'en dira beaucoup sur leurs intentions. S'ils cèdent, j'aurai la preuve qu'ils ne veulent pas me tuer et qu'ils ont l'ordre de me maintenir en bon état.

Qui est ce chef dont dépend mon sort ? Où se cache-t-il ? Il faut qu'il se manifeste. Je veux un face-à-face avec lui. En continuant ma grève de la faim, j'espère le pousser à se découvrir.

* *
*

Dimanche 23 décembre, siège de la DGSE

Les intuitions de Guillaume H. sont confirmées. Ansaru est sorti du bois. Dans un texte court, le groupe revendique l'enlèvement de « l'ingénieur Francis Collomp, 63 ans ». Les islamistes justifient ce kidnapping en raison du rôle majeur joué par la France dans la préparation d'une intervention militaire au Mali. Ils parlent d'une « attaque planifiée contre l'État islamique au Mali ». Ce texte, les équipes de Guillaume H. l'ont récupéré auprès d'une source humaine au Burkina Faso. Elles ont établi qu'Ansaru l'a fait valider par Aqmi, la branche d'al-Qaida au Maghreb, avant de le diffuser via Mujao, « Mouvement pour l'unicité et le djihad en Afrique de l'Ouest », dont les combattants subiront bientôt de lourdes pertes face à l'armée française.

Ce communiqué est une première étape. Il n'est pas une preuve de vie. En obtenir une, fiable, incontestable, c'est désormais la mission des agents de la DGSE sur le terrain. Dès qu'ils auront cette preuve, Guillaume H. pourra rassurer la famille. Et ouvrir un canal de négociation.

* *
*

J'ai gravé la date de dimanche sur le mur. Comme hier, je refuse leur mélasse. Mes gardiens parlent entre eux, agités. Ils semblent inquiets de mon obstination. Ont-ils peur de me voir crever ? Peut-être. Il faut que je m'accroche à cette idée. Il faut que je tienne le coup. Cette grève de la faim m'épuise et mon cœur est fragile. Mes gardiens ignorent que je suis cardiaque. S'ils savaient que j'ai subi un triple pontage…

Je souffre aussi d'asthme, j'en ressens les premiers effets. Je me persuade que si mon esprit le veut, mon corps résistera. Ce sera mon mantra : ne jamais cesser de me dire que je suis plus fort qu'eux. Physiquement et psychologiquement. L'idée d'une évasion occupe de plus en plus mon cerveau. Allongé sur ma natte, j'échafaude des scénarios qui ne forment pas un plan, mais confortent ma volonté de me tirer d'ici. Je vais en faire un cap, une obsession, un objectif quotidien.

Je suppose que le gouvernement français cherche à savoir où je suis. S'il me localise, il tentera peut-être un assaut pour me récupérer. Ou bien il cherchera à obtenir ma libération en négociant. La première solution risque d'être sanglante, la seconde interminable et tout aussi incertaine. Je n'en sais rien, je ne sais même pas si la France s'occupe de moi. Je ne peux pas prendre le risque d'attendre. Je ne dois pas compter sur les autres, mais me débrouiller seul, comme je l'ai toujours fait. Il y aura bien une faille, un jour. Un trou dans le système de surveillance.

Chacune de mes découvertes, si minuscule soit-elle, devient une raison d'espérer. En inspectant la porte, je constate que la serrure extérieure est à trois points. À l'intérieur, elle est équipée de deux loquets. Je décide de les fermer pour contraindre mes gardiens à frapper lorsqu'ils veulent entrer.

Grâce à cette astuce, je ne me laisserai pas surprendre en train de faire quelque chose qui leur déplairait. Sur la gauche, au-delà des murs, j'ai localisé le minaret de la mosquée d'où partent les appels à la prière. Il est différent de ceux que je connais. Rond, bleu pâle, surmonté d'un croissant en fer forgé, il est équipé de chaque côté de haut-parleurs. C'est de là que proviennent, le soir, jusqu'à 2 ou 3 heures du matin, les claquements de mains des enfants qui suivent les cours de l'école coranique. Leurs chants me rassurent, me réconfortent, même si la seule pensée que certains deviennent des fanatiques me désespère. Je les écoute. Jusqu'à l'épuisement. Jusqu'à ce que le sommeil me surprenne.

Au-delà du minaret, au bout de mon champ de vision, je repère une grande antenne éclairée la nuit. Je suis convaincu qu'il s'agit d'un aéroport qui accueille de gros appareils. Si c'est bien le cas, je suis à Kano, la seule ville du nord du Nigeria où atterrissent et décollent des vols commerciaux internationaux. Il faut que je sois plus attentif à d'éventuels bruits d'avions. Si, un jour, je parviens à foutre le camp, j'irai dans la direction de cette antenne, où la présence militaire doit être forte. Bêtement, je me répète que l'espoir fait vivre. Ce projet d'évasion, je dois l'entretenir en permanence. Tout en faisant preuve de patience. Inutile de croire que je vais me faire la belle très vite. Ce ne serait pas bon pour mon moral. Et plus que casse-gueule.

Mon métier d'ingénieur m'a appris à être méthodique, minutieux, presque maniaque. Je dois prendre mon temps. Attendre la brèche. Je suis sous étroite surveillance, les mailles du filet sont serrées, les obstacles difficiles à franchir, les gardiens frustes et imprévisibles, mais je crois à mes chances. Un bon ingénieur trouve toujours des solutions. Ça prendra le temps qu'il faut, mais je parviendrai à mes fins.

* *
*

Me suis-je évanoui ? En me levant, ce matin, j'ai l'impression d'avoir perdu connaissance. J'ai essayé de me redresser, mais mes jambes se sont dérobées et je me suis aussitôt recouché. Il doit être 11 heures environ, je suis toujours allongé, je meurs de froid malgré le soleil qui réchauffe progressivement la pièce. J'ai mal au ventre aussi. Des crampes abdominales de plus en plus violentes. J'essaye de ne pas m'affoler, je contrôle ma respiration. Je connais les maladies africaines, j'en suis certain : c'est une dysenterie. Je cogne à la porte pour qu'on me conduise aux toilettes. Aucune réponse. Le malaise devient insupportable. Je me précipite à la fenêtre pour vomir. Mes gardiens se lèvent, furieux. Ils ont l'air horrifiés. Ils m'insultent, me menacent avec leurs fusils. L'un court chercher une pelle pour nettoyer, l'autre continue de me couvrir d'injures. Je leur dis :

– *I want banana, I am sick…*

Manger des bananes, c'est le seul moyen d'arrêter la diarrhée, les nausées. Je le sais d'expérience. S'ils ne me donnent rien, je peux y passer. Je leur redemande : « *Banana, please…* » Les deux hommes me regardent puis disparaissent. Ils me laissent seul, vidé, sans forces. Une heure plus tard, ils reviennent avec cinq petites bananes-figues. Ils m'ont entendu. J'avale les bananes l'une après l'autre pour me fabriquer un pansement intestinal. Je m'allonge sur la natte et j'attends, les yeux fermés, les premiers effets.

Pourquoi ont-ils réagi aussi vite ? Ils ont l'ordre de me maintenir en bon état, j'en suis sûr. J'ai beau être malade comme un chien, c'est la première bonne nouvelle depuis qu'ils m'ont enlevé. Surtout ne pas se laisser attendrir. Ces types n'ont aucune humanité. Pour eux, je suis un ennemi et rien d'autre. Quand ils m'emmènent aux toilettes, ils me donnent des coups de crosse dans les côtes. Ils disent que je marche trop lentement et me poussent en avant pour me faire tomber. C'est bien la preuve qu'ils me détestent.

Il faut que je continue à tendre la situation, à tester leurs intentions. Je prends prétexte de mes vomissements et de ma dysenterie pour refuser d'aller me laver.

Je leur explique :

– Je suis tombé malade parce que j'ai pris froid en me lavant. Donnez-moi de l'eau chaude.

Mon attitude les agace, les rend nerveux. Si ça ne tenait qu'à eux, ils m'abattraient d'une balle dans la tête. Mais ils ont des ordres. Je veux que leur chef s'inquiète. Qu'il vienne me voir.

En perturbant leur jeu, j'ai une chance de l'avoir en face de moi.

* *
*

Aujourd'hui, c'est Noël. En le réalisant, je n'éprouve aucune émotion. Cette fête n'a jamais compté dans ma vie. Anne-Marie et moi n'avons pas d'enfants. Et depuis la mort de ma mère, en 1964, les rites familiaux n'ont plus grand sens. Dans le lointain, j'entends des cris joyeux traverser la ville. Qu'ils soient catholiques ou musulmans, les Nigérians célèbrent avec ferveur la naissance du Christ. Même mes gardiens, derrière le muret, ont l'air de faire la nouba. Sans doute ont-ils amélioré leur ordinaire. Pas le mien : toujours la même bouille infâme que je refuse de manger. Je tends l'oreille : deux de mes gardes semblent se disputer à mon sujet. L'un des deux veut me déplacer dans la chambre mitoyenne, parce que je vois trop de choses de ma fenêtre. Dans la pièce d'à côté, la cour et le portail sont totalement occultés par le muret. Ils parlent aussi du « manager », le nom qu'ils donnent à leur chef, mais je ne comprends pas bien la conversation.

Ce manager, j'en suis convaincu, est le cerveau de mon enlèvement. Je suis impatient de lui soutirer des informations. J'ai besoin de m'accrocher à des éléments concrets pour ne pas sombrer dans le délire, les fantasmes, les hypothèses improbables. J'aimerais savoir quelles réactions mon enlèvement a provoquées en France. Mon profil est ordinaire, je ne suis peut-être qu'un fait divers. Il faut que mes gardiens craquent et supplient le manager de me rencontrer.

Les bananes ont un peu calmé les coliques. Mais mon asthme continue à me gêner et l'odeur dans la pièce est épouvantable. Je respire mal, je suis sale, je déteste cette sensation. Je dois pourtant continuer à les ébranler. Après la dernière prière, alors que la nuit est tombée, les gardes viennent me chercher pour la douche. Je refuse de me lever. Ils me mettent debout de force. Dans les toilettes, je reste habillé, immobile. Je veux qu'ils disent au manager que je suis malade à cause du froid et de l'eau glacée. Je suis pris de poussées de fièvre et de tremblements.

Devant mon obstination, ils me ramènent à ma cellule. Je les entends parler de malaria. Ils ne se doutent pas qu'après toutes mes années africaines je suis totalement immunisé. J'attends quelques minutes qu'ils s'éloignent pour me déshabiller. Je quitte mon slip et j'utilise un peu d'eau minéralisée pour le laver. Je ne supporte plus de puer autant. Je l'accroche sur le rebord de la fenêtre. Avec le froid de la nuit, il devrait sécher. J'inspecte mon corps. J'ai dû perdre plusieurs kilos. Je dois avoir une très sale tête aussi, des traits tirés. J'ai toujours mal au ventre. Pourvu qu'ils pensent que je suis en train de crever.

Le pire, c'est que ça pourrait m'arriver.

* *
*

Un grincement de portail me fait sursauter. J'entends une voiture qui avance puis coupe son moteur. Des portières claquent. Je me lève et m'avance discrètement vers la fenêtre. Trois hommes cagoulés discutent devant leur 4 x 4. Deux sont armés d'une kalachnikov, le troisième est en chemise et en jean. Il tient une mallette. Que font ces types ?

Je me rallonge sur la natte. J'essaye de garder mon calme. Un long moment s'écoule. Soudain, le bruit du verrou. Les trois hommes entrent dans la pièce et referment la porte. Les deux gardes déroulent un grand drapeau noir. Ils le tendent, cherchent à le fixer au mur. Ils parlent en haoussa et ne semblent pas d'accord sur la méthode. Comme chaque fois, j'observe la scène en ingénieur. C'est plus fort que moi. Manifestement, planter des clous dans du parpaing dépasse leurs compétences : sous les coups, les éclats font des trous, ils s'y reprennent à plusieurs fois avant de le faire tenir.

L'homme en jean, lui, a sorti une caméra et un ordinateur portable. Il parle anglais. Je comprends la manœuvre. Ils vont me faire lire un texte. Un des gardes me tend un tee-shirt, m'ordonne de l'enfiler et de m'asseoir sur le sol. Dans mon dos, j'ai le drapeau noir et les deux cerbères qui m'encadrent. Devant moi, un ordinateur allumé. Je distingue à l'écran un texte en anglais. L'homme en jean s'accroupit, règle sa caméra.

– Allez, lis !

– Je ne peux pas ! L'ordinateur est trop loin, les caractères sont trop petits, je n'ai pas mes lunettes.

Le cameraman devient nerveux. Il passe le caractère en corps 16.

– Lis maintenant !

Je me retourne vers mes deux gardes. Avec leurs kalachnikovs, le doigt sur la détente, ils me paniquent. Je leur fais comprendre mon inquiétude : un coup peut partir comme ça, sans prévenir. D'un geste, l'un des deux m'assure que les kalas sont verrouillées. Je n'ai pas le temps de vérifier, l'homme au Caméscope me presse. Il demande aux deux gardes de se rapprocher.

– Cette fois, on y va…

Je découvre le texte au fur et à mesure. C'est le discours qu'ils ont tenu avant de me jeter dans le coffre de la Honda. Je lis lentement.

« I am Francis Collomp, company Vergnet, I work in Rimi for wind turbine. Now I speak French because it is more easy for me.

« J'espère que le gouvernement nigérian et le gouvernement français vont communiquer ensemble pour que ma libération soit proche. Merci de leurs efforts.

« La France doit se retirer d'Afghanistan. Elle ne doit pas intervenir au Mali et doit cesser d'agresser les musulmans qui veulent imposer des États musulmans en Algérie, en Tunisie, en Libye et en Égypte.

« Il faut accepter les femmes voilées en France. Il faut libérer deux prisonniers d'Ansaru au Nigeria, retenus avec quarante femmes et leurs enfants. Il faut arrêter la lutte contre al-Qaida et Aqmi qui ne sont pas des terroristes, mais des musulmans qui veulent vivre la charia. »

Fin du message. En réalisant qu'il n'y a pas de demande de rançon, je suis pris d'une bouffée d'angoisse. Mais je me rassure aussitôt : s'ils ont enregistré cette vidéo, c'est pour la diffuser et faire pression sur la France. Cela signifie que j'ai une valeur marchande. Pour le moment, je ne suis pas en danger de mort. Pour le moment.

L'homme au Caméscope écoute l'enregistrement. Le son est mauvais, ma voix est faible, il n'est pas content. Il m'explique en anglais que je dois recommencer, parler plus fort. Je rassemble mes forces. La deuxième prise est la bonne. Je ressens alors chez lui une vraie fierté. Une fierté religieuse, quasi mystique. Une fierté de preneur d'otages qui tient un mécréant. Je profite de sa satisfaction pour lui demander une radio et un calendrier. Il me répond, détendu :

– Je vais voir avec le manager…

Qui est ce « manager » ? Leur chef, sans doute. Un personnage dont j'ignore tout et qui ne se montre pas. Avant de s'en aller, un garde me tend trois caramels pliés dans du papier. Auraient-ils une once d'humanité vis-à-vis de moi ? Ou me narguent-ils ? En les voyant partir, ma haine revient. Collé à la fenêtre, je me dis : « Si je peux les tuer, je les tue. »

J'inspecte les caramels. Ils sont propres.

Je les mange.

* *
*

Quarante-huit heures que je ne me lave plus. Bientôt dix jours que je ne mange rien en dehors des bananes-figues qui calment ma dysenterie. Je suis épuisé, au bout du rouleau. Dehors, il fait nuit. Mes gardes viennent me chercher pour aller aux toilettes. Je suis en train de pisser quand un rat jaillit du trou. Il file entre mes jambes, grimpe avec ses griffes sur les parpaings du mur et disparaît dans une ouverture qui donne sur la pièce voisine. Je suis traversé de sueurs froides, tremblant. Si cette saleté me mord, avec toutes les saloperies qu'il trimballe, je suis foutu.

Pour ne pas sombrer, je prends la décision de faire un peu d'exercice. Je tire le matelas au milieu de la pièce et commence à marcher autour. Je titube de fatigue, je n'ai pas d'équilibre, je me parle à moi-même : « Concentre-toi, Francis. » Je réussis à faire plusieurs tours, tout doucement. Ce matelas sera ma salle de sport, mon stade. En me tenant à une discipline quotidienne, je vais reprendre du poil de la bête.

Je prends une autre décision. Ce matelas sur lequel je refuse de m'allonger, je vais le nettoyer cinquante centimètres carrés par cinquante centimètres carrés, en utilisant mon savon. Je commencerai par la tête. Morceau par morceau. Nettoyage à sec, sinon, ça ne séchera pas. Quand il sera plus propre, je l'utiliserai peut-être.

Une nouvelle fois, je refuse la bouillie qu'ils me tendent. Devant eux, je montre le visage d'un homme qui n'en peut plus et qui risque de mourir d'une heure à l'autre. Au fond de moi, je ne suis pas sûr de résister longtemps, mais je fais tout pour dissimuler cette volonté qui monte en moi. La colère, la haine, l'envie de pousser les murs me tiennent en vie. Je n'ai plus beaucoup de jus, mais je me construis secrètement, en bon ingénieur, un petit groupe électrogène. Ça pourrait être utile un jour. Il faut que je garde le contrôle de moi-même. De moi-même et, autant que possible, de la situation.

5

LE MANAGER

J'entends qu'on déverrouille la serrure de l'extérieur. Je me précipite sur les loquets intérieurs pour les débloquer. L'homme qui pénètre dans la pièce est habillé à l'occidentale, imposant. À première vue, un mètre quatre-vingts et pas loin de quatre-vingt-dix kilos. Son visage est masqué, impossible de l'identifier. Pour se dissimuler, il porte une casquette américaine, de grosses lunettes de soleil de femme et un bandana de cow-boy. L'extrémité d'une barbiche, très drue, dépasse du tissu rouge. L'ensemble est ridicule. Aux pieds : des savates africaines, avec le gros orteil pris dans une boucle en cuir. Elles sont bien plus chic que les tongs chinoises de mes gardiens.

C'est donc lui, le manager. Ma grève de la faim a payé. Dans un bon anglais, il m'invite à me rasseoir. Je regagne la natte sans le lâcher du regard. Un gardien se tient dans l'encadrement de la porte avec une kalachnikov. Dehors, j'en devine un deuxième, en rideau de protection.

– Pourquoi vous ne mangez pas ?

Sans réfléchir, je lui balance mon cours de cuisine.

– On ne mélange pas le riz et les pâtes, c'est pas la même cuisson. Je l'ai dit à vos hommes. Moi, j'aime bien manger. Dans tous les pays où je suis allé, j'ai toujours bien bouffé.

Protégé par ses lunettes géantes, je ne capte aucune de ses réactions. Pourtant, je le sens interloqué. Sa tête est parfaitement immobile. Je change de registre :

– De toute façon, je sais qui vous êtes. Vous voulez me tuer. Tant qu'à faire, le plus tôt sera le mieux.

Il tourne la tête vers les gardiens et leur fait un rapide signe de la main. Je comprends qu'il leur demande de changer mon ordinaire. Il s'avance vers moi.

– On ne veut pas vous tuer, au contraire. On veut vous garder en vie et en bonne santé pour vous échanger contre d'autres personnes. Bientôt, dès que les travaux seront terminés, on vous transférera dans l'autre partie de la maison. En attendant, on posera une moustiquaire autour de votre matelas pour vous protéger des bêtes.

Cet échange contre des prisonniers me replonge dans l'inquiétude.

– Vous ne voulez pas d'argent ?

– Non, on ne veut pas d'argent, on veut la charia.

J'explique au manager que j'ai mal au ventre, que je fais de l'eau quand je vais aux toilettes. J'ai besoin de médicaments. Les bananes ne suffisent pas. Je lui dis que c'est urgent. Je veux aussi de l'aspirine et de la Ventoline. Le manager m'écoute attentivement, puis me tend un médicament contre la diarrhée. Avant de le prendre, je vérifie qu'il n'est pas d'origine chinoise. Je ne veux pas avaler une saloperie frelatée.

Pour l'impressionner, je lui montre la cicatrice de mon pontage sur le torse. Il reprend la parole :

– Vous êtes malade ?

– J'ai de l'asthme et de petits problèmes de cœur. Pendant la nuit, le froid n'arrange pas les choses. Il me faudrait une couverture. Et, dans la journée, j'aimerais qu'on vide plus souvent le seau qui me sert de toilettes. Ça sent trop mauvais.

Je lui donne les noms des deux médicaments qui me sont indispensables : du Coversyl 5 mg pour l'insuffisance cardiaque, du Mono-Tildiem 200 mg pour l'hypertension artérielle. Avec ça, je lui dis que mon cœur tiendra bon. Je ne veux surtout pas qu'il pense que mon cas est désespéré.

– Je vais faire quelque chose, soupire-t-il. Si on vous apporte ce que vous demandez, est-ce que vous mangerez ?

Je n'oublie pas mes revendications.

– Si la cuisine change, je mangerai.

J'ai l'impression que le manager veut prendre son temps. Il m'interroge :

– Que pensez-vous de l'islam ?

Je ne suis pas totalement inculte en la matière. Trois ans de chantier en Arabie Saoudite m'ont beaucoup appris sur le sujet. Alors, il va m'entendre.

– Ce que j'en pense ? Regardez comment vous considérez vos femmes ! Vous les faites marcher trois mètres derrière vous, vous ne les respectez pas. Vous trouvez ça normal ? Les femmes sont des êtres humains, pas des animaux. Ça n'est pas la peine d'essayer de me convertir, vous n'y arriverez pas. L'islam que vous vantez n'est pas l'islam que je connais. Celui que je côtoie, c'est celui de l'île de la Réunion, un islam qui accepte les autres religions, un islam tolérant, ouvert. Il faut accepter les autres religions : les catholiques, les hindous, les bouddhistes, les évangélistes, les protestants, les chamanistes. N'essayez pas de m'en reparler, sinon ça va aller très mal entre nous !

Où ai-je trouvé cette énergie ? Je lui ai parlé comme si j'engueulais quelqu'un sur un chantier. Il y a des sujets qui me mettent en colère et celui-là en est un. Le manager a l'air complètement désorienté par ma sortie.

Après un silence, il me dit :

– C'est où, la Réunion ?

Je prends le papier et le crayon qu'ils m'ont laissés et je dessine une carte : l'Afrique, Madagascar, l'île Maurice, la Réunion. Il enchaîne :

– Pourquoi la France possède-t-elle une île là-bas ? Qui dirige le territoire ?

Je ne sais pas comment on dit « préfet » en anglais. Je cherche quelque chose d'approchant. Je pense au mot vizir. En arabe, un vizir désigne un fonctionnaire de haut rang, un religieux qui dirige une région.

– Ah, je comprends, me dit-il. C'est intéressant. On en reparlera plus tard. De ça et de l'islam.

Il repart sans me saluer. Je me dis que ça ne signifie pas grand-chose : il s'est bien gardé de me dire bonjour en entrant. Je me demande si ce type tiendra parole.

* *
*

Dans l'après-midi, le manager m'envoie un premier signe : une couverture qu'un gardien me balance, haineux. Comme s'il voulait me tuer.

J'ai maintenant en face de moi une bande de nuls qui s'acharnent à installer une moustiquaire autour de mon matelas. Une chose est sûre : le manager est bien leur chef. Pour taper sur les clous, les types utilisent une grosse pierre. Résultat : ils les tordent ou les cassent en deux. Je m'énerve devant autant de maladresse.

– Mais putain, allez chercher un marteau !

L'un d'eux finit par s'exécuter. Je me lève et je propose de les aider. Ils acceptent. La moustiquaire est rapidement fixée. Quand mon matelas sera entièrement nettoyé, je pourrai dormir plus confortablement. J'éviterai aussi les raids nocturnes des araignées chasseuses. En attendant, c'est l'envie de me tirer qui m'obsède. Je ne vais pas pouvoir supporter ces crétins très longtemps. Par la fenêtre, je continue de m'imprégner de la topographie des lieux. Il y a forcément une solution. En soulevant mon tee-shirt, je découvre des plaques sur le haut de la poitrine. Je connais ce problème de peau. On appelle ça la bourbouille : des rougeurs qu'on attrape dans les pays chauds et humides. Cette affection cutanée se soigne plutôt bien avec un talc appelé Pap's. J'ai déjà eu ça au Gabon à la fin des années 1970.

C'est décidé : je rajouterai le talc sur la liste de courses du manager. Pas de panique, mon Francis, continue à bien te laver, continue surtout à observer tous les détails autour de toi. Quelle hauteur peut faire le mur d'enceinte ? Quatre mètres cinquante, cinq mètres de haut ? Je vais devoir trouver très vite une idée pour le franchir. Au passage, si j'en abats quelques-uns, je n'en ferai pas une maladie.

6

PETIT OISEAU DES ÎLES

L'Afrique, j'y ai mis les pieds la première fois il y a trente-cinq ans. C'était juste après mon service militaire et mes aventures au Luxembourg. Je travaillais comme électromécanicien pour Saunier-Duval, une boîte d'électricité. La direction m'a proposé de monter à Libreville, au Gabon, l'installation électrique de l'Institut national de la jeunesse et des sports. Le début de mes passions africaines. D'emblée, j'ai aimé ce pays : les gens, la faune, la flore, les forêts à perte de vue. La beauté des filles aussi, noires ou métisses, qui me renverse.

Mon premier achat est un appareil photo Pentax. Je prends des milliers de photos, surtout du noir et blanc, que je développe moi-même. Avec la couleur, j'ai l'impression de tricher. L'un de mes plus grands souvenirs est sans doute une chasse à l'éléphant. Comme dans les dessins animés de Walt Disney, l'éléphant gabonais, l'Assala, se met à courir quand il sent l'homme, puis il freine des quatre pieds pour disparaître dans la forêt. Impossible de le suivre et de réaliser la moindre photo ! Ces éléphants ont mauvais caractère. Ils n'ont jamais pu être domestiqués. Je me sens aussi libre et indomptable qu'un Assala. J'aime cette vie d'expatrié, sans attaches, où l'on bosse autant qu'on danse, dans la bonne humeur, le plaisir de l'échange, la fierté d'être utile. Quand on ne sort pas en boîte de nuit, les soirées sont occupées par d'interminables parties de tarot entre amis.

Après l'Institut national de la jeunesse et des sports, la direction me confie l'extension de l'hôtel Intercontinental. En récupérant la villa de l'ambassade de Libye, je tombe sur un coffre abandonné mais fermé. Comment être sûr qu'un explosif ne s'y cache pas ? Devant mes collègues, je commence par percer un trou suffisamment grand pour couler du sable à l'intérieur. Puis, en toute sécurité, j'attaque le coffre au chalumeau. Ces aventures m'amusent. Elles me donnent envie de vivre des expériences fortes, en Afrique et ailleurs.

Je me sens une âme de baroudeur. Du type qui ne tient pas en place et aime les conditions extrêmes. Chez Saunier-Duval, je gravis, un à un, les échelons. De conducteur de travaux, je deviens ingénieur maison. J'apprends tout sur le tas, sans passer le moindre examen, en parfait autodidacte. Candidat aux chantiers les plus lointains, on me propose bientôt une nouvelle mission. À la Réunion, cette fois. Ce nouveau job va changer ma vie.

* *
*

En 1977, je débarque sur l'île de la Réunion. A priori, je suis là pour plusieurs mois. Ma mission consiste à installer des postes haute tension dans le quartier du Moufia, sur les pentes d'une montagne qui conduit à La Roche Écrite, à Saint-Denis. Le terrain est accidenté, mais le travail ne me fait pas peur. En quelques années, je suis devenu expert de ce type de matériels. Je loue une chambre dans une petite pension de Saint-Denis, à dix minutes de voiture de

Moufia. C'est mon camp de base. Très vite, je rencontre une Française qui arrive d'Afrique du Sud. Elle est venue à la Réunion parce que son mari la trompe avec son assistante. Avant d'atterrir dans cette pension, elle s'est changé les idées à l'île Maurice. Je la drague et passe la nuit avec elle. On reste dix jours ensemble. Dix jours de folie.

Ma jolie Française vient de repartir quand je rencontre Anne-Marie en boîte de nuit. En un regard, je tombe amoureux de cette Créole de 20 ans. Elle m'explique qu'elle est d'origine hollandaise et malgache et qu'elle vit chez ses parents. Je suis subjugué par sa beauté, son sourire, sa douceur. Nous sortons ensemble et, très vite, je rencontre ses parents. J'apprécie beaucoup son père. Grâce à elle, je retrouve un cercle familial. Je suis en froid avec mon père et, depuis mon séjour en prison, à Toulon, j'ai très peu de contacts avec mon frère et mes sœurs. J'aime ce monde créole où l'on mange avec les mains et où l'on pratique le « ladilafé », le commérage réunionnais. La Réunion n'est pas le Gabon, mais je ressens cette même décontraction, cette même liberté dans la manière de vivre.

Au bout de six mois, je demande Anne-Marie en mariage. J'invite toute ma famille à la noce, mais personne ne vient. Peu importe. J'ai 28 ans et je suis heureux avec cette femme qui aime faire la fête, bouger et rire. Anne-Marie ne peut pas avoir d'enfants, elle me l'a tout de suite confié. Je ne m'en inquiète pas, je suis persuadé que la médecine arrangera ça. Impossible, de toute façon, de résister à ce coup de foudre. Le mariage réunit toute ma belle-famille, les dix frères et sœurs, les nièces, les enfants, les petits-enfants, les amis. Au total, deux cents invités. Pour moi, c'est comme un nouveau départ, une remise à zéro.

La Réunion devient ma base.
– Elle n'a plus jamais cessé de l'être.

* *
*

Je n'en veux pas à ma famille de ne pas s'être déplacée pour mon mariage. Après tout, c'est loin et pas donné, la Réunion. Comme je veux leur présenter ma femme, je prends l'initiative d'aller les voir, à Marseille, où vivent mon père, mes deux sœurs et mon frère. Georgette remarque tout de suite qu'Anne-Marie porte des bijoux. Celle que je surnomme Picsou appelle immédiatement ma sœur Marcelle.

– Tu vas voir, elle en a partout…

Nous nous rendons ensuite chez mon père. Il nous reçoit uniquement parce que sa femme, qui m'a jeté dehors neuf années plus tôt, n'est pas là. Les présentations sont plutôt chaleureuses. Denis, mon petit frère, vit encore avec lui. Il s'apprête à mener de brillantes études. C'est l'intello de la famille. Il baptise aussitôt ma ravissante Anne-Marie « le petit oiseau des îles ».

En m'épousant, le petit oiseau a juré de me suivre partout où j'irai. Quand on me propose une mission au Niger, nous n'hésitons pas une seconde. Direction Niamey, la capitale, où je dois superviser l'installation électrique de l'hôtel Gaweye. Nous sommes bien logés, mais Anne-Marie n'est pas à l'aise dans ce milieu d'expatriés. Notre couple attire, on nous propose régulièrement des plans à plusieurs. À la maison, le manque d'hygiène de nos boys la rend folle. Elle en change sans arrêt, s'agace. Le chef de l'agence de Saunier-Duval au Niger, un Corse, s'inquiète de cette agitation. Il est même furieux. Je dois me justifier à plusieurs reprises. Pour Anne-Marie, le rêve africain devient un cauchemar. Elle n'aime pas cette vie et veut tout tenter pour avoir un enfant. Au bout de quatre mois, mon oiseau décide de quitter le Niger. Elle part se faire opérer à la Réunion, entourée de sa mère et de ses sœurs. Quand je la rejoins, ma mission terminée, je me mets à espérer qu'elle tombe enceinte, mais rien ne se passe. Je finis par avoir des doutes sur le résultat de l'opération.

Nous décidons, une nouvelle fois, de changer de vie. Ce sera Paris, où nous louons à un ami un appartement rue Lemercier dans le 17e arrondissement, pas loin de la place Clichy. À peine arrivés, Anne-Marie fait une grossesse extra-utérine. On l'hospitalise, puis on la garde à la clinique. Les médecins lui prescrivent des tests pour savoir si elle peut faire un bébé *in vitro*. Mais cela passe par toute une série de piqûres et elle a une peur bleue des seringues. Personne ne nous dit qu'elle ne pourra pas avoir d'enfant, je ne le comprendrai qu'au bout de deux ou trois ans. De mon côté, je finis par me dire que je voyage tellement qu'il vaut peut-être mieux renoncer. Après tout, nous avons déjà beaucoup de neveux et de nièces. Nous songeons à adopter un enfant, mais la DASS refuse : l'assistante sociale estime que notre appartement est trop petit pour que nous puissions l'élever correctement.

Au terme de ce long parcours, durant lequel nous nous sommes bercés d'illusions, nous avons dû accepter l'idée que jamais nous n'aurions un enfant. Aujourd'hui, Anne-Marie relativise comme elle peut. « Quand on voit comment tournent certains… » répète-t-elle. Moi, je me dis que nous n'aurions pas fait un ogre ou un bandit.

Oui, j'aurais aimé avoir un enfant.

* *
*

Faute d'avoir un gosse, nous avons acheté des chiens. Le premier, c'était un york, une race que les Anglais utilisaient autrefois dans les mines pour détecter les coups de grisou. Une chienne formidable. Je l'ai trouvée sur les quais, à Paris, ça m'a coûté une fortune. On l'a appelée USA et on est partis avec elle au Congo. USA : ça exaspérait mes collègues communistes. Après, je l'ai surnommée Sassa. Elle a vécu dix-huit ans et fait sept petits. Au Congo, elle me suivait partout sur les chantiers. Elle chassait les perdrix, me les rapportait quand je les touchais. Cette passion pour les chiens ne me quitte pas. Que deviennent mes trois pinschers ? Chocolat, Alouette et Framboise. Ils me manquent. Anne-Marie doit s'en occuper. Comment va-t-elle, ma petite femme ? Je m'inquiète pour elle. Ses réactions sont si souvent imprévisibles.

* *
*

J'entends les enfants de l'école coranique, leurs rires, leurs chants. J'ai 63 ans, je n'aurai jamais d'enfant. Ces chants réveillent mon passé, ils me plongent dans une mélancolie que seule cette absence, ce vide, peut susciter. La colère, heureusement, submerge tout. Ces écoles fabriquent des machines à tuer. Dès l'âge de 3 ou 4 ans, ils sont embrigadés, endoctrinés, préférant Allah à leurs parents. Je préfère chasser ces pensées. Elles me font mal. À la place, je songe à mes chiens, mes parties de pêche, mes copains de la Réunion, tous ces moments d'insouciance pendant lesquels je ne pensais à rien.

* *
*

Anne-Marie m'a offert un port d'attache. Son île est devenue la mienne. Pendant les vingt ans où nous avons vécu rue Lemercier, à Paris, nous y avons passé toutes nos vacances. Longtemps, nous avons logé chez mes beaux-parents, puis nous avons fini par acheter un petit appartement au Port, le poumon de l'île, entre Saint-Denis et Saint-Paul. Anne-Marie s'y est installée définitivement. Pas facile pour elle de partager la vie d'un homme qui est constamment sur le départ. Je pars parfois plusieurs mois : en Afrique, au Proche-Orient, en Russie. « Le Port » porte bien son nom. C'est le lieu de nos retrouvailles. C'est là où je recharge les batteries. Pas besoin d'activités extravagantes. Sur cette île entre mer et montagne, j'aime les plaisirs simples : balades avec Anne-Marie et nos trois chiens, parties de boules, courses au PMU, pêche au gros.

Depuis l'enfance, j'adore pêcher : l'attente, souvent longue, est compensée par ce moment si particulier et si excitant où le poisson mord et engage la bataille ! Avec trois amis, on loue, cent euros la journée, un genre d'Esteou de plus de sept mètres. Parmi nos meilleures prises : un marlin de cent soixante-quinze kilos et un thon de quatre-vingts kilos. Il faut que je repense à mes parties de pêche. Tous les jours. Ça m'aidera à résister. Quand je me serai tiré de ce gourbi infâme, je claquerai deux mille dollars pour m'acheter un Accurate, le plus performant des moulinets. Je dois vivre avec des projets. Songer à l'avenir.

7

GAMBERGE

31 décembre 2012. Drôle de réveillon. « Cette année, ce sera menu minceur, mon pote. » Voilà ce que je me dis pour franchir le cap. On me sert toujours ma bouillie riz-pâtes, mais le manager a fait un geste : le matin, on m'apporte trois beignets de maïs cuits dans l'huile de palme. Un plat typique que les Nigérians appellent le *koseil.* Ça tombe bien : j'adore ça. Mes gardiens me donnent aussi du thé dans un thermos chinois de deux litres. Dans un pays chaud, il faut boire quatre à sept litres de liquide par jour. Pour moi, ce thé est une bénédiction. La nuit, il m'aide à lutter contre le froid. Au Nigeria aussi, on fête le Nouvel An. Décidément, l'islam sait s'accommoder des fêtes occidentales. Les rumeurs joyeuses de la ville arrivent jusqu'à moi.

Je regarde mon calendrier gravé sur le mur : on doit être un lundi. J'entends les enfants de l'école coranique s'amuser. Eux aussi profitent de cette trêve. Leur gaieté n'a rien à voir avec la liturgie fastidieuse qu'on leur enseigne les autres soirs. Ça me rassure, me réconforte. Les gosses, c'est la vie.

Le brouhaha se prolonge tard dans la nuit. Quand, enfin, la rumeur de la ville retombe, il doit être trois heures du matin. Je ne dors pas, mais je n'ai plus froid. Dans sa bonté –

ou son intérêt… –, le manager m'a fait porter une deuxième couverture. Depuis hier, j'en ai fini avec mon travail de nettoyage. Le matelas est presque nickel. Je vais pouvoir m'allonger dessus. Il est en mousse, mais ce sera toujours plus agréable que la natte posée à même le sol. De ce point de vue, l'année 2013 ne commence pas trop mal.

Onze jours maintenant que je suis entre les mains d'Ansaru. Le temps a passé vite finalement. Sans doute est-ce dû à mon caractère. Je me laisse rarement aller à des méditations existentielles interminables, j'essaye de rester constamment à l'affût, en alerte permanente. C'est épuisant, mais indispensable pour comprendre, réagir, prévoir. Au fond, j'ai les sens en éveil comme à la pêche. J'écoute, je ressens, j'analyse, je tire des conclusions. Ma tête n'est jamais au repos. Et, pendant ce temps, mon corps se requinque.

Les yeux ouverts, je regarde par la fenêtre, la nuit est noire, les nuages de la saison des pluies sont là pour de longues semaines. Malgré mes deux couvertures, de temps à temps, je frissonne. L'humidité sans doute. Je repense à cette Afrique que j'aime et qui me trahit à cause d'islamistes enragés et illuminés. Derrière les murs, j'imagine des gens heureux de vivre, des femmes en tenues multicolores, des enfants rieurs, tout un peuple qui vit dans la pauvreté mais sait sourire. J'aime cette gaieté africaine qui défie la misère. Tout n'est pas fichu, je songe. Cette nuit de la Saint-Sylvestre, je sombre enfin dans un profond sommeil.

* *
*

Ce matin, je me réveille avec le cerveau en ébullition. Je me fais cette réflexion : j'aime les autres plus qu'ils ne l'imaginent. La vie m'a rendu solitaire, j'ai dû souvent me débrouiller seul, mais, au fond, je suis un affectif. Quand je parle de moi, il m'arrive de dire « Francis », comme s'il ne s'agissait pas de moi, mais d'une autre personne. Au fond de ce trou, je mesure combien je suis différent du personnage que je montre parfois. Rude au mal et sentimental : voilà ce que je suis. Pas seulement un robuste. Qui peut dire comment il se comportera dans des circonstances imprévues et difficiles ? Je n'aime pas les gens qui font les malins. C'est face à l'épreuve qu'on reconnaît un homme.

Ai-je du sang-froid, suffisamment en tout cas pour affronter la situation ? Je l'espère, il m'en faudra. Beaucoup même. Je me rassure en pensant à quelques épisodes de ma vie africaine. Des moments un peu chauds, où le destin peut vous faire basculer. En les vivant, pourtant, jamais je ne me suis senti dans une tragédie. Il y a toujours quelque chose, un détail, une attitude, qui me rassure ou me fait marrer. Le comique n'est jamais loin. Il suffit de voir l'accoutrement du manager pour s'en convaincre. Plus les jours passent, plus je ressasse les péripéties tragi-comiques de mon existence. J'en tire du courage, de la force. Une réserve d'optimisme pour les heures sombres.

Forcément, je repense à ces deux nuits de taule que j'ai passées, au sud du Togo, en mai 1983, avec un collègue espagnol. À la demande de mon patron, on était partis de Niamey : plus de mille kilomètres de pistes en Land Rover, la traversée du Burkina Faso et, à la frontière, un douanier qui inspecte la voiture de fond en comble, mais oublie de tamponner mon passeport. À l'époque, le pays est très instable. Bob Denard, le mercenaire français chien de guerre – l'homme des Comores qui a participé à de nombreux coups d'État en Afrique –, est redouté dans la région. Au premier *check point*, on nous prend pour des soldats du mercenaire. La police nous embarque. Sur le chemin, j'aperçois une station-service qui fait gîte d'étape et hôtel. Prétextant une envie pressante d'aller aux toilettes, j'obtiens qu'on s'arrête et je préviens Saunier-Duval. Désormais, ce n'est plus qu'une question de temps. Les flics togolais nous jettent sans ménagement dans une pièce où s'entassent une vingtaine de détenus. Ça sent très mauvais – un tas de sable et un seau servent d'urinoir –, mais nous sommes sereins : la boîte va faire le nécessaire. Nous sommes des tireurs de câbles, pas des tueurs à gages. Alors, autant s'amuser un peu. Devant le gardien, je sors une liasse de billets.

– Ça, c'est pour toi, le reste, c'est pour nous rapporter des bières, compris ?

La cellule devient un *open bar*. Après avoir descendu une dizaine de bières, l'Espagnol et moi démarrons un concours de chansons paillardes. Les prisonniers sont pliés de rire. Ils reprennent les paroles, bras dessus, bras dessous. Derrière les grilles, les flics nous prennent pour des fous. Au bout de quarante-huit heures, on ressort libres, mais lessivés. Ces souvenirs de cabaret improvisé tournent dans ma tête. Ils me font oublier que, cette fois, je suis seul, au mitard, coupé du monde.

En repensant à d'autres événements, je me demande si je ne suis pas né pour avoir des ennuis. Me revient en mémoire le voyage au Gabon où m'attend une nouvelle mission. Je prends l'avion. Escale à Lagos, la capitale d'alors du Nigeria. Nous redécollons à l'heure. Depuis le hublot, je regarde le scintillement de la mer sous le soleil. Brusquement, le commandant nous annonce que, pour des raisons techniques, l'avion doit se poser au Congo. L'appareil pique du nez et atterrit à Kinshasa. Au bout de la piste nous attendent des dizaines de blindés et de mitrailleuses. Je comprends que nous avons été détournés. Les types sont dans la cabine de pilotage, l'équipage n'a rien dit pour ne pas créer d'affolement. Les minutes qui s'écoulent sont interminables. Finalement, après quelques heures de négociation, les gars se rendent. Qui sont-ils ? Aucune information. L'avion redécolle aussitôt pour Libreville où m'attend le patron de l'agence locale Saunier-Duval. Après une bonne douche, il me conseille un restaurant chinois pour me remettre de mes émotions. Je ne suis pas à table depuis cinq minutes qu'un groupe de fous furieux débarque dans l'établissement. Ils hurlent qu'ils sont là pour protéger le président Bongo. Omar Bongo, l'ami de la France installé par Jacques Foccart à la fin des années 1960, l'auteur de cette phrase magnifique : « L'Afrique sans la France, c'est la voiture sans le chauffeur, la France sans l'Afrique, c'est une voiture sans carburant. »

Mais l'heure n'est pas au cours d'histoire. Ces hommes sont nerveux, armés jusqu'aux dents. Ils ont des têtes de Marocains. Ils contrôlent mon passeport, le retournent dans tous les sens pour trouver le cachet d'entrée. Je leur indique du doigt, calmement. Au même moment, un coup de feu retentit. Ils viennent de descendre quelqu'un à l'autre bout du restaurant. C'est la première fois que j'assiste à un meurtre. Mon cœur bat à tout rompre. Je continue mon repas, sans rien laisser paraître. À côté de moi, un homme semble pétrifié. Je le fixe : il mange sa soupe avec des baguettes.

* *
*

C'est la saison des pluies. Depuis trois jours, le soir, à partir de 22 heures, le ventre noir du ciel s'ouvre en deux, déversant des déluges d'eau opaque. Les orages succèdent aux orages. Dans un assourdissement de coups de tonnerre, les éclairs déchirent l'obscurité. Le spectacle est beau, mais, dans ma prison, l'humidité se fait envahissante. Elle s'insinue partout, remonte le long des murs, gagne le sol, s'infiltre dans le matelas, répand une odeur de champignons moisis. J'inspecte mon corps. Les plaques rouges progressent aussi vite que l'humidité. J'en aurai bientôt de la tête aux pieds. Sans talc, cette barbouille africaine risque de durer longtemps. Il va falloir que j'accepte de vivre avec cet eczéma qui provoque des démangeaisons insupportables. Je ne peux pas me gratter, au risque d'irriter ma peau. Moi qui ai toujours ignoré mon âge, je ressens soudain le poids des années. Si mes forces m'abandonnent, mon moral va flancher et tout sera fichu.

M'évader, c'est le seul projet qui peut me maintenir à flot. La seule espérance possible. Je ne dois plus penser qu'à cela : tromper leur vigilance, fuir, retrouver l'île de la Réunion, Anne-Marie, mes potes, mes chiens, ma vie. Cette idée d'évasion sera mon cadeau de Nouvel An, mon défi, ma résolution. Je sais que je n'aurai pas de deuxième chance. S'ils m'attrapent, ils me massacrent. Il me faut un plan : précis, minutieux, un job d'ingénieur, de mec rationnel, pas un truc vaguement héroïque qui m'enverra quatre mètres sous terre.

Je m'installe devant la fenêtre. Un rideau de pluie brouille la vue, mais, connaissant bien les lieux, je réussis à imaginer quelques schémas. Traverser la cour est impossible. Les gardiens sont de l'autre côté du muret : ils me tireraient comme une gazelle avant même que j'atteigne le portail. L'espace est complètement à découvert, il est surveillé vingt-quatre heures sur vingt-quatre. Si j'arrive à sortir de la cellule, je n'ai qu'une solution : grimper le muret d'environ deux mètres, deux mètres cinquante, qui est sur la gauche. Il forme une petite impasse sur laquelle donne la chambre-cellule mitoyenne. De là, je pourrai tenter de m'agripper au grand mur d'enceinte qui fait, lui, plus de quatre mètres.

Est-ce vraiment possible ? Je n'en ai pas la moindre idée. Pour concrétiser mon hypothèse, je décide de placer mon seau de toilette contre la fenêtre et de me hisser sur le rebord. L'opération est un peu risquée, il ne faut surtout pas que je me fasse prendre, mais je n'ai pas le choix. Je me hisse sans trop de difficulté. Une fois calé, je vérifie que je peux me glisser à travers les trois panneaux coulissants. En soi, la possibilité de sauter par la fenêtre est une bonne nouvelle. Mais ça reste la partie la plus facile. L'inconnu, c'est la cour. Et ces murs d'enceinte qui, a priori – pour moi, en tout cas –, sont infranchissables. Je redescends lentement de la fenêtre, le souffle court, un peu stressé. Je remets le seau à sa place afin de ne pas éveiller les soupçons des gardiens. Le moindre mouvement de ma part les rend nerveux. S'ils pensent une seconde que je cherche à fuir, ils renforceront la sécurité, m'attacheront les pieds et les mains, ruineront tous mes projets d'évasion.

Cette petite manœuvre est une première victoire. Elle soulage un peu l'oppression qui m'écrase la poitrine. Je peux continuer de rêver de liberté, le seul remède que j'ai trouvé pour éviter l'effondrement.

* *
*

Quinze jours que je suis prisonnier. Où en sont mes éoliennes ? Ont-ils tout arrêté ? Peut-être m'ont-ils trouvé un remplaçant. Avec des militaires autour de l'installation, le chantier doit être suffisamment sécurisé pour continuer. Je me demande où est Jean-Claude Jallon. Il devait rentrer après les fêtes. Mon enlèvement a dû mettre la pression sur les ressortissants français. L'État l'a peut-être obligé à plier bagage, lui et sa famille. Ne rien savoir me pèse. Autant ne pas y penser. Plutôt que de me perdre en hypothèses, je liste les points positifs des derniers jours : la nourriture s'est un peu améliorée, je dors sur le matelas, je récupère en laissant mon esprit vagabonder dans mes souvenirs africains, souvenirs qui me renforcent dans la certitude que je vais tenir le coup. Je ne perds pas la tête, je n'ai pas de grosses pathologies, j'ai la conviction, surtout, que je peux trouver un moyen de m'évader. Mes pensées, jusque-là désordonnées, s'organisent. Mon horizon prend un sens, je ne subis pas le cours du temps, je l'occupe, jour et nuit, avec ce projet de me barrer. Plus les jours passent, moins je vois poindre ce sentiment de désespoir dont je sais qu'il m'abattrait pour de bon.

L'aube s'est levée, jour 16 sur mon agenda mural. Je suis encore allongé quand deux gardiens pénètrent dans la pièce. Le premier m'appelle « mister Francis », l'autre, plus costaud, est muet. Avec la pointe de leurs kalachnikovs, ils me demandent de me lever et de les suivre. Le manager m'avait prévenu qu'ils me transféreraient dans l'autre partie de la maison lorsque les travaux seraient terminés. Au lieu de ça, ils me conduisent dans la chambre mitoyenne. Dans l'impasse, ils me poussent violemment. Ces brutes, j'en suis sûr, craignent une reconnaissance aérienne. Me voilà enfermé dans une pièce entièrement vide. Je n'ai plus de vue sur la cour : c'est ce qu'ils voulaient. Je vais devoir reconsidérer l'environnement, revoir mes plans, m'adapter, une nouvelle fois, à leurs caprices.

Les deux gardes reviennent avec du lino qu'ils posent sur la terre battue. C'est la bonne nouvelle : ce revêtement réduira l'humidité qui monte du sol. Puis ils apportent le matelas. En l'installant me vient l'idée de tourner autour. Comme si c'était une piste d'athlétisme. Un rapide calcul me donne des résultats encourageants : le tour de matelas équivalant à dix mètres de marche, si j'en fais cent, je parcours un kilomètre, et mille, dix kilomètres, soit la distance moyenne d'un jogging. Avec l'âge, je ne suis plus un grand sportif, mais j'ai joué au rugby dans ma jeunesse et pratiqué les arts martiaux. Je sais que marcher tous les jours me maintiendra en forme. En restant en forme, je préserverai ma tête, je résisterai mieux à mes kidnappeurs, je gérerai mieux le temps qui passe.

C'est décidé : je tire le matelas et le place au centre de la chambre pour pouvoir marcher autour. À défaut de promenades dans la cour – toujours cette peur des avions, des drones… –, c'est le seul moyen de préserver mon état physique et psychologique.

Il leur faudra la journée entière pour tout installer. Mon déménagement, pourtant, est bien maigre. Avec un marteau, cette fois, ils fixent au mur la moustiquaire. Dès qu'un avion passe, ils se planquent. Chaque fois, ils ont l'air surpris. Moi, j'ai repéré les heures de vol. Ils sont réguliers : tous les jours à 10 h 30, 11 h 10, 14 h 45 et 21 heures. Mon nouvel espace a beaucoup moins de lumière, car le muret qui masque le garage à motos et les toilettes est face à la fenêtre. Je ne vois plus la cour et le portail, mais cette disposition présente un avantage : je suis beaucoup plus près du muret qu'il me faudra escalader si je veux franchir, un jour, le mur d'enceinte.

Un des deux geôliers s'approche du matelas où je suis allongé.

– Alors, ça va mieux, mister Francis ?

– Non, je réponds pour maintenir la pression.

– *Don't try to escape !* rétorque-t-il, furieux.

Je ne manifeste aucune émotion. Au contraire, j'allonge la liste de mes demandes. Je réclame encore du thé : du *tchai*, en haoussa. Je veux aussi un tabouret car j'ai le dos brisé. Mes gardes refusent.

– Donnez-moi une radio alors…

Pas de réponse, comme toujours. Ces types n'ont aucun pouvoir de décision. Ils ne sont pas autorisés à me parler. Ils en référeront juste au manager. Je prie pour qu'il accepte cette dernière demande.

Avoir un lien avec le monde extérieur. Sortir de l'isolement et de la solitude. Enfin.

8

LA VOIX DE LA FRANCE

Dois-je y voir un signe d'espoir ? Je n'en reviens pas : le 8 janvier, un gardien me tend une radio. Emballée dans un carton, c'est une radio chinoise fabriquée à Gangzou : une Kchibo World Receiver qui fonctionne avec des piles Tiger Head. Je suis fou de joie. En quelques minutes, je réussis à capter Radio France International sur les ondes courtes. Entendre des voix en français me met dans un état d'exaltation intérieure incroyable. J'essaye de me calmer en me disant que je ne pourrai pas écouter RFI en continu. Les batteries coûtent cher, mes ravisseurs ne les renouvelleront pas facilement. Combien de temps peuvent-elles durer ? La plupart des produits chinois diffusés en Afrique sont de mauvaise qualité. D'après mes calculs, ces piles peuvent tenir environ sept jours. Il me faudra déplacer le moins souvent possible le curseur du poste pour éviter de dépenser trop d'énergie. J'écouterai à l'économie. Deux ou trois fois par jour maximum : le matin, pour les nouvelles fraîches, et le soir, après la tombée de la nuit.

Quand je n'écouterai pas la radio, je marcherai autour du matelas. Grisé par l'arrivée du poste, je me fixe un objectif : dix à douze kilomètres chaque jour, soit environ trois heures de marche. Je les ferai à un rythme fractionné : tantôt en accéléré, tantôt lentement. Je couperai mon effort en deux : quatre-vingt-dix minutes le matin, quatre-vingt-dix minutes l'après-midi. Avec les temps de récupération, le sport m'occupera quatre bonnes heures.

Mon esprit est en pleine ébullition, mon moral reprend le dessus, j'en oublie cette barbouille qui me bouffe la peau. Je me sens mieux. Dans ces cas-là, j'échafaude mille projets. L'un d'entre eux me tient à cœur depuis longtemps : l'ingénierie d'une voiture qui fonctionnerait avec des mini-éoliennes. Elles rechargeraient les batteries dès 40 kilomètres/heure ! Technologiquement, c'est possible. Je vais profiter de mes footings pour approfondir la question. J'aimerais aussi trouver une solution à un problème que l'on rencontre beaucoup en brousse : quand on roule sur de la tôle ondulée, des pistes ou des routes mal goudronnées, les cosses des batteries de voiture ont tendance à se déconnecter. J'ai quelques idées sur la question. J'aimerais les noter, mais, malgré mes demandes répétées, je n'ai toujours ni carnet ni stylo.

En écoutant RFI, je me surprends à parler à voix haute, comme si je voulais discuter avec le présentateur. Je mesure à quel point la radio est une compagne de vie. Ces voix entrent dans mon intimité, deviennent des complices. J'identifie très vite les différents programmes. Pour la plupart, je les connais déjà. Le matin, à 8 h 10, après le journal, j'écoute l'émission de Juan Gomez sur l'actualité internationale, africaine et française. Il organise des débats, dialogue avec les auditeurs. C'est rythmé, argumenté, souvent polémique. Le samedi matin, Assane Dfiop raconte avec talent l'histoire de l'Afrique. Le soir, de 20 h 10 à 22 h 10, je voyage en musique grâce à Claudy Siar et ses « Couleurs tropicales ». Il y a aussi l'émission d'Annie Gassier sur l'actualité du foot. Je deviens incollable sur les championnats européens et africains. Parfois, à 18 heures, je zappe sur La Voix de la Russie et l'émission de Boris Toumanov, « Réflexions en marge ». Tous ces animateurs ne me connaissent pas, ils ignorent dans quel merdier je suis tombé. Mais ils sont devenus mes amis.

Pour moi, la radio, c'est le retour de la vie.

* *
*

8 janvier 2013, DGSE, boulevard Mortier

Depuis vingt jours, Guillaume H. et son équipe vivent au rythme de l'affaire Collomp. Il n'a pas beaucoup remis les pieds chez lui. Cette prise d'otage est une course contre la montre, même s'il sait, à présent, qu'une libération peut prendre du temps, beaucoup de temps. Les différents dossiers qu'il a traités, ou qui sont en cours, lui ont appris que cette lutte était sans répit. Impossible de se relâcher dans la traque à l'information. Impossible de courir le risque de rater une occasion d'avancer vers une libération. Il identifie un imam nigérian qui a pris contact avec une fondation britannique, dont le but est de lutter contre l'extrémisme dans les six grandes religions : le bouddhisme, le christianisme, l'islam, le judaïsme, le sikhisme et l'hindouisme. Cette fondation peut aussi intervenir discrètement sur des affaires sensibles. Dans un premier temps, elle a cru pouvoir obtenir la libération de Francis Collomp, en agissant seule. L'initiative a échoué. Elle a dû faire appel à d'autres contacts. Pour Guillaume H., seul le résultat compte. Ce canal doit être maintenu. Parallèlement, sur le terrain, un agent de la DGSE a rencontré l'imam dans une mosquée. Deux fers sont donc au feu sur la même source.

Guillaume H. consulte par ailleurs l'enquête de personnalité sur Francis Collomp qu'il a commandée à la cellule de crise du Quai d'Orsay. Le dossier le rassure. Il est clairement dit que Francis Collomp est solide et peut résister physiquement et psychologiquement à cette épreuve, même si elle doit se prolonger. Le pronostic du docteur Christian Schmit, de la cellule de crise du Quai, est formel : les facteurs de risque sont « exogènes » et, même soumis à un régime très dur, Francis Collomp devrait y résister. À ses yeux, il n'y a aucun danger immédiat. Le surpoids de Francis Collomp, par ailleurs, est un atout. Il va maigrir, c'est une certitude, mais il pourra aussi supporter ce choc. Comme Guillaume H., le docteur Schmit sait que, contrairement à une idée reçue, la durée de la détention n'est pas la menace la plus grave. C'est un élément, à ses yeux, relatif. Le plus important, dans les prises d'otages, est le respect de l'intégrité physique du détenu et de sa dignité, l'hygiène également, l'habillement, le fait d'être attaché ou pas, l'accès à la lumière qui affecte l'état chronobiologique du prisonnier, enfin l'alimentation et l'hydratation. Pour le docteur Schmit et Guillaume H., une chose est sûre : Francis Collomp a les moyens de résister à cette détention. Ce n'est pas une consolation mais, peut-être, une assurance vie.

* *
*

Ma vie s'organise, s'améliore, mais mon envie de me tirer grandit jour après jour. Petit à petit, j'échafaude un plan d'évasion. Pour écouter les bruits, j'arrête la radio. Je ne vois pas la cour. J'entends les travaux dans l'autre partie de la maison, là où le manager m'a dit qu'il me transférerait. Je voudrais passer à l'action, m'échapper, mais tant qu'il y a ces ouvriers qui vont et viennent, impossible de bouger. Je me sens bloqué par les gardiens et ces travailleurs qui clouent de la tôle en faisant un boucan d'enfer. Des maçons, eux, creusent le sol pour réaliser un coffrage avec de la ferraille. Ensuite, probablement, ils couleront une dalle. Les gars me tournent le dos. En me penchant à la fenêtre, je peux les apercevoir en train de bosser. J'agis discrètement, et brièvement, pour ne pas alerter mes gardiens.

Pendant la prière de 10 heures, comme dans l'autre cellule, je monte sur le seau en plastique qui me sert de toilettes, puis je me hisse sur le rebord de la fenêtre. J'ai la chance d'être plutôt grand. Je réussis à voir par-dessus le muret qui obstrue la vue de ma cellule. De nouveau, j'aperçois les antennes de l'aéroport. Même s'il me sépare de la cour, ce muret, plus proche et plus atteignable, est une chance. De là, je peux me lancer sur un poteau construit en appui du mur d'enceinte. Le grimper ne devrait pas être insurmontable. Mais sauter de si haut, dans la rue, n'est pas sans risques. Si je me fracasse la cheville, je suis mort.

* *
*

11 JANVIER 2013, poste de commandement de la DGSE, boulevard Mortier

L'état-major de la DGSE est au grand complet, réuni dans la salle ultra-sophistiquée qui permet de suivre une opération en temps réel, avec retransmission des images sur grand écran. Tous sont là pour participer à une attaque déclenchée après le feu vert de François Hollande, le chef de l'État. Mission : récupérer un agent du service Action de la DGSE, Denis Allex, enlevé le 14 juillet 2009 à Mogadiscio et détenu par les Al-Shabbab, le plus radical des groupes islamistes somaliens qui militent pour l'instauration de la charia.

Il est 2 heures du matin (heure locale). Cinquante soldats français soutenus par six hélicoptères (quatre hélicoptères d'assaut EC-725 Caracal et deux hélicoptères de combat EC-665 Tigre du commandement des opérations spéciales) quittent le Mistral, un navire de guerre de projection et de commandement, long de cent quatre-vingt-dix-neuf mètres, qui croise au large de la Somalie. Le commando est débarqué à plusieurs kilomètres du lieu présumé de détention de Denis Allex. Tout a été minutieusement préparé. L'opération s'inspire d'une action menée un an plus tôt, les 24 et 25 janvier 2012, par les forces spéciales américaines SEAL Team 6. Elle avait permis de libérer deux otages : un Danois, Poul Hagen Thisted, et une Américaine, Jessica Buchanan.

Les hélicoptères se posent dans un champ isolé. Le commando progresse sans rencontrer le moindre obstacle jusqu'aux abords du lieu de détention. Mais un homme qui n'a pas été repéré surprend les militaires et déclenche l'alerte. Une effroyable fusillade éclate. Elle dure quarante-cinq minutes. Sept islamistes sont abattus. Deux soldats français, dont le chef du commando, sont mortellement touchés. Le repli est ordonné. Un homme est porté disparu. Le commando regagne les hélicoptères, convaincu que les terroristes ont abattu Denis Allex pendant la fusillade.

Dans la salle de contrôle des opérations de la DGSE, c'est la consternation.

* *
*

Ce 12 janvier, comme tous les matins, j'écoute RFI. Branle-bas de combat sur les ondes : les journaux commentent l'échec d'une opération conduite par un commando français en Somalie. Tout cela sent mauvais pour moi. Si les groupes islamistes communiquent entre eux, cet assaut peut rendre fous mes kidnappeurs. Les nouvelles venues du Mali voisin sont tout aussi préoccupantes. Avec le soutien des Nations unies, la France a déclenché une intervention militaire pour stopper l'avancée des djihadistes vers le sud. La veille, des groupes ont pris la ville de Konna, obligeant l'armée malienne à se replier. Tout le Mali peut basculer. Si c'est le cas, l'Europe sera directement menacée par un gigantesque État islamiste, sorte d'Afghanistan au sud de la Méditerranée. Sur mon matelas, j'écoute avec attention et beaucoup d'inquiétude ce qui se dit. Bien sûr, je suis fier de la décision du gouvernement français. Si notre armée pouvait mettre une bonne claque à ces fous furieux… Mais quelle va être la réaction d'Ansaru ? Je ne suis qu'un pion dans cette bataille. J'ai peur d'en faire les frais. Au choix, ils peuvent durcir mes conditions de détention, devenir violents, m'exécuter.

En écoutant les bulletins d'informations, l'oreille collée à ma radio, je réalise que notre ministre de la Défense s'appelle Jean-Yves Le Drian. Un Breton. Je n'y avais jamais prêté attention. Son discours est parfaitement clair : il veut à la fois aider le Mali et traquer, dans le monde entier, les terroristes qui menacent la France. L'opération Serval, comme ils l'ont baptisée, n'est pas une petite affaire : Aqmi est directement dans le viseur ! Sur l'échec de l'opération en Somalie, un fait m'inquiète : Denis Allex n'a pas pu compter sur l'aide de la population. Il ne faudra pas que j'oublie cette donnée : le degré de terreur est tel que les gens ne bougent pas. Ou sont prêts à dénoncer ! Je capte l'allocution de François Hollande sur l'engagement des troupes françaises aux côtés de l'armée malienne. Sa volonté de mettre un coup d'arrêt à l'avancée des groupes djihadistes vers Bamako et le sud du pays m'impressionne. Jamais je n'aurais imaginé que cet homme puisse afficher une telle fermeté. J'apprécie ses propos tout en craignant qu'ils ne me mettent en péril.

Alors que la nuit tombe, et qu'éclatent de nouveaux orages, j'ai le sentiment d'être écrasé par les événements. Un terrible sentiment de solitude m'accable. Après l'échec de l'extradition de l'agent Denis Allex, aucun commando ne viendra à mon secours.

Soit je m'en sors, seul. Soit je meurs.

* *
*

SIÈGE DE LA DGSE, boulevard Mortier

À Paris, comme sur le terrain, le travail des membres de la DGSE s'intensifie. Et commence à porter ses fruits. Les informations apportées par l'imam, complétées par d'autres sources, ont permis de préciser le lieu de détention de Francis Collomp : l'otage est retenu dans une villa d'un quartier de Kano, dans le nord du Nigeria. Où exactement ? Cinquante personnes sillonnent la ville en permanence pour identifier la villa. Guillaume H. redoute que l'armée nigériane les prenne de vitesse et ne déclenche une opération de force. Ordre est donné de le prévenir au moindre mouvement de troupes. L'information remontera instantanément au sommet de l'État, de manière que François Hollande puisse directement contacter Jonathan Goodluck, le président du Nigeria. Pour le responsable de la cellule de crise de la DGSE, aucune opération précipitée ne doit être engagée, d'autant que la capacité de résistance de Francis Collomp paraît réelle et sérieuse et que les informations permettent d'établir que Francis Collomp bénéficie de l'attention de ses geôliers. Ils ne veulent pas le tuer.

L'information la plus préoccupante vient en réalité du Mujao, Mouvement pour l'unicité et le djihad en Afrique de l'Ouest, groupe armé salafiste issu, en 2011, d'une scission d'Aqmi, al-Qaida au Maghreb islamique. Ansaru est en relation constante avec cette organisation terroriste de cinq cents à sept cents membres qui multiplie les rapts. Ses adeptes, des forcenés de la charia, sont engagés dans la guerre au Mali. Ils ont perdu une soixantaine d'hommes dans la bataille pour le contrôle de Gao, que viennent de remporter les troupes françaises. D'après des sources du service de renseignement extérieur français, Mujao demande à Ansaru d'exécuter Francis Collomp en signe de représailles. Mais Ansaru refuse pour le moment, confirmant ainsi l'hypothèse de la DGSE selon laquelle l'ingénieur a été enlevé pour servir de monnaie d'échange.

Guillaume H. nourrit une autre inquiétude. Dans le grand remue-ménage de la région, il redoute qu'Ansaru ne transfère l'otage plus au nord, dans l'État voisin du Niger. Dans cette zone difficile d'accès, il serait alors beaucoup plus compliqué de le récupérer.

D'autres interceptions téléphoniques viennent confirmer la thèse de la monnaie d'échange. Sur ces bandes, les agents de la DGSE apprennent que les ravisseurs sont convaincus de détenir une personnalité importante. Suite à une incompréhension – lors d'une discussion, Francis Collomp cite le nom de François Hollande –, ils pensent même que leur otage est un proche du président de la République. Son attitude relativement sereine, la franchise de ses questions, sa capacité à leur tenir tête contribuent, aux yeux des hommes d'Ansaru, à en faire un otage pas comme les autres.

* *
*

Depuis la mi-janvier, mes journées sont assez uniformes. Mes gardiens sont toujours aussi tendus et peu bavards, mais, contrairement à mes craintes, la situation ne se dégrade pas. Les événements au Mali et l'opération somalienne n'ont pas changé grand-chose dans leur attitude. Derrière le mur de gauche que j'aperçois depuis ma fenêtre, les travaux ont l'air de sérieusement avancer. Si le manager ne m'a pas raconté d'histoires, et jusqu'à présent il a tenu parole, je ne devrais pas passer des mois dans cette deuxième cellule. Le temps s'écoule lentement. Mon programme s'organise entre l'écoute de la radio, les marches autour du matelas et la douche du soir. J'ai droit maintenant à de l'eau chaude et une serviette pour me sécher. Progressivement, je me requinque. Tourner autour du matelas me fait du bien. Je sens que je maigris car je mange très peu. C'est très bien comme ça : je suis beaucoup trop gros. Surtout, si je dois un jour courir pour m'évader, je serai à la fois entraîné et plus léger.

Mon ordinaire s'améliore, mais je continue à râler. J'en ai fait une règle. Je me plains tous les jours de l'absence d'électricité dans ma cellule. J'en ai marre aussi de devoir aller à la douche, de nuit et pieds nus. Sur le trajet, je fais exprès de traîner.

– Vous n'êtes que des *fuck men* !

Ils me répondent par des coups de kalachnikov dans le dos. Ils ne connaissent que ça, les coups. Pas un mot. En face de moi, ce sont les muets du sérail. C'est peut-être ça, le plus dur : ce silence, cette impossibilité d'avoir le moindre échange, cette haine masquée et sans visage. Mais je ne baisse pas les bras. Avec l'amélioration de ma condition physique, mon moral remonte. Je refuse de capituler devant leur mutisme. Mon tempérament méditerranéen reprend le dessus : je parle, je parle, un vrai moulin. Un soir, de retour de la douche, je leur fais carrément la leçon pour qu'ils mesurent leur stupidité.

– Vous auriez mieux fait d'enlever un vizir ou un ministre pour obtenir des installations électriques !

Ils se taisent, impassibles, sans doute incapables de comprendre ce que je leur raconte dans mon anglais de fortune. J'insiste, je les harcèle.

– Le gouvernement nigérian vous prive de courant électrique alors qu'il en vend au Niger. Pendant ce temps, vous ne trouvez rien de mieux que de prendre en otage un type comme moi : un simple ingénieur venu monter des éoliennes pour fournir de l'électricité aux familles les plus pauvres…

Je les traite d'idiots, de *stupid* en anglais. Rien n'y fait. Ils ne bronchent pas. Des fantômes de chiffon.

* *
*

15 JANVIER 2013, siège de la DGSE, boulevard Mortier

Guillaume H. tient enfin sa preuve de vie. La vidéo qu'il vient de recevoir est une pièce capitale pour reconstituer le puzzle de la prise d'otage. Francis Collomp est bien vivant, là, sous ses yeux, homme brisé par la violence des faits qu'il a subis. Il regarde la caméra. Son regard est vide, hagard, presque sans expression. On n'y voit pas la peur, mais un accablement impressionnant, comme si son énergie vitale l'avait quittée. Les images ne montrent que son buste et sa tête, mais on devine qu'il est écrasé par la fatigue. Il porte un tee-shirt blanc. Ses cheveux sont sombres. Derrière lui, la sinistre tenture noire d'Ansaru et ses slogans islamiques. On ne décèle pas grand-chose d'autre sur ces images datées du 26 décembre. Mais pour les spécialistes de la DGSE, elles peuvent dévoiler d'autres secrets.

Guillaume H. transmet le CD à une équipe spécialisée dans l'analyse des vidéos. Ces experts vont passer la vidéo au crible. Très vite, l'ordinateur qui permet de décrypter les images livre un premier verdict : Ansaru a triché, la vidéo a été enregistrée le 28 décembre. Guillaume H. en connaît aussi le circuit d'acheminement. Le CD a été récupéré par une source à Ouagadougou, au Burkina Faso. Ce n'est pas l'original, mais une copie. Un fichier accompagne la vidéo. Il comprend deux listes de dix-huit individus au total dont l'organisation exige la libération en contrepartie de celle de Francis Collomp. Une voix off ajoute :

« Nous, Jamaat El-Muslimin au pays des Noirs, nous annonçons à la face du monde, et du gouvernement français en particulier, notre responsabilité dans l'enlèvement de l'ingénieur français Francis Collomp de la société française de production électrique Vergnet, dans la nuit du 4 Safr 1434, dans la région de Brini, district de Kassina.

« 1) Nous combattons la France qui lutte contre l'islam, interdit le port du hijab. Le Coran déclare légal le combat contre un juif qui a dévoilé les cheveux d'une musulmane.

« 2) Nous combattons la France pour son ingérence dans le combat contre les musulmans d'Afghanistan et ses efforts déployés en vue d'attaquer l'émirat islamique au nord du Mali et dans sa tentative de coloniser notre État. Ceux qui ne sont pas musulmans sont des chiens.

« Quand nous avons entendu les paroles du président français François Hollande qui disait qu'il ferait tout ce qui est en son pouvoir pour libérer le ressortissant français... Si vous tentez une opération de libération, vous aurez du sang sur les mains.

« Nous disons aux Français que nous les prendrons pour cible si vous ne cessez pas d'attaquer les musulmans et notre pays. »

Dans cette logorrhée bien connue de la DGSE, Guillaume H. cherche à identifier, derrière les images et les mots, des informations pour agir. D'autres données lui parviennent grâce au système d'interception des communications mis en place sur la zone. Les systèmes informatiques de la DGSE pour ce type d'opération sont sans doute les plus puissants d'Europe, leur efficacité est redoutable. La traque des téléphones portables est implacable, elle permet déjà de capter des échanges concernant Francis Collomp.

Le filet est en place. Il faut maintenant resserrer les mailles. Sur le terrain, l'une des sources humaines de Guillaume H. confirme qu'Ansaru est à la manœuvre.

Elle donne même le nom et le pseudo de la personne qui a organisé l'enlèvement.

Ces sources de terrain, c'est la force de la DGSE, particulièrement en Afrique de l'Ouest : à Ndjamena, la capitale du Tchad, à Niamey au Niger, à Abuja au Nigeria, les contacts se multiplient. Les informations remontent boulevard Mortier où elles sont vérifiées, évaluées, recoupées. Pour Guillaume H., rien ne vaut le renseignement humain et l'échange de visu. La technologie est utile, mais ne pense pas. La gestion d'une prise d'otages est une opération stratégique. Une longue partie d'échecs.

Parallèlement à ce travail de renseignement, le chef de la cellule de crise de la DGSE maintient des relations étroites avec les forces de sécurité du Nigeria. Il redoute encore qu'elles ne prennent l'initiative d'une opération de vive force pour libérer l'otage s'il venait à repérer précisément le lieu de détention. La patience est son métier. Il en est sûr : il va lui en falloir beaucoup dans ce dossier. Le temps déjà écoulé depuis le kidnapping rend de plus en plus illusoire une issue rapide.

18 janvier 2013, DGSE, boulevard Mortier

Jusque-là, le canal de négociation avec les ravisseurs de Francis Collomp était prometteur. L'imam qui sert d'intermédiaire depuis l'enlèvement a confirmé à plusieurs reprises qu'il dialoguait avec le groupe Ansaru et pouvait contribuer à une libération. Outre ses discussions régulières avec un homme de terrain de la DGSE, l'imam poursuit ses contacts avec de la fondation britannique.

Son comportement est conforme aux renseignements dont disposent les services : l'homme est compétent, prudent et cupide. Les discussions entretiennent l'espoir de trouver une issue positive. Tout est sur la table, y compris l'hypothèse du versement d'une forte somme d'argent. Mais ce 18 janvier, alors que se précipitent les événements militaires au Mali, la situation change. L'intervention française contre Aqmi inquiète l'imam. Il craint maintenant pour sa vie. Le fil fragile avec Ansaru se brise. Même s'il est habitué à ce genre de désillusions dans les négociations sur le sort des otages, Guillaume H. est contrarié. Tout est à recommencer.

* *
*

« Mon moral n'est pas entamé. Il n'est pas entamé. Il n'est pas entamé... » Ce 19 janvier 2013, je me répète cette phrase en boucle, tout en tournant autour du matelas. Méthode Coué, autopersuasion, la phrase entre en moi comme un clou qu'on enfoncerait dans une surface dure. Mon crâne en l'occurrence. Je suis plus fort qu'eux, voilà la réalité, je dois m'en convaincre, ne jamais l'oublier. Je suis venu au Nigeria pour aider, je n'ai aucun compte à rendre à ces islamistes qui insultent l'Afrique, celle que j'aime, ma deuxième patrie. J'ai tenu le choc de l'enlèvement, je tiendrai celui de ma détention et, un jour, je m'évaderai. Du moins je tenterai.

Ce travail sur moi-même sera-t-il suffisant ? Je n'ai pas d'autre choix que d'y croire. Parfois, pourtant, les plus forts s'écroulent. Ce matin, sur RFI, ils ont parlé de la confession du cycliste Lance Armstrong sur une chaîne de télévision américaine. Je me dis que même des hommes en apparence indestructibles peuvent finir par s'effondrer. Il n'y a plus de doute, ce type se dopait, trichait et faisait régner la terreur autour de lui. Il a fini par être écrasé par le poids de ses mensonges. Mais je suis impressionné par ses propos. J'ai le sentiment qu'il avait fini par croire qu'il disait la vérité. Toutes ces années, il a tenu face à des attaques incessantes, en se persuadant que la terre entière agissait comme lui. Sa rage de gagner l'a porté tout au long de sa carrière de manière impressionnante. Sans me comparer à lui, je déduis de son histoire que mon désir d'évasion doit être aussi puissant que sa volonté de tout rafler dans le cyclisme. Mais, contrairement à lui, je me répète que je ne m'effondrerai pas.

Parce que, moi, je ne suis coupable de rien.

* *
*

20 janvier 2013, ministère des Affaires étrangères

Depuis un mois, à deux pas du bureau de Laurent Fabius, la cellule de crise du Quai d'Orsay multiplie les contacts avec la famille de Francis Collomp. La situation est psychologiquement difficile à gérer. Anne-Marie Collomp, bouleversée par le rapt de son mari, est fragile. Sa sœur aînée, Gilda Marbois, engagée politiquement auprès de Valéry Aubert, la leader UMP dans le canton du Port à la Réunion, s'exprime souvent à sa place dans la presse locale, malgré les conseils de discrétion qui lui sont adressés. Elle a même pris l'initiative de lancer un appel aux ravisseurs à la fin du mois de décembre, insistant sur l'état de santé dégradé de son beau-frère.

Il est vrai que les nouvelles sont rares, et la famille est plongée dans l'incertitude. Néanmoins, la cellule de crise a informé Anne-Marie Collomp, ainsi que le frère et les sœurs de Francis, qu'une vidéo avait été récupérée. Une consigne de silence a été donnée, mais Gilda ne la respecte pas. Elle affirme que le centre de crise ne fait rien, qu'on ne donne pas ses médicaments à Francis, grand cardiaque dont la vie est désormais en danger. Les contacts téléphoniques avec Anne-Marie sont fréquents. Elle repose sans cesse ces deux questions :

– Avez-vous des nouvelles ? Quand sort-il ?

Puis, désemparée, dépressive, elle rappelle leur vie, leur mariage, leur impossibilité d'avoir un enfant. Elle menace régulièrement de se suicider. Pour essayer de l'apaiser, le directeur de la cellule de crise, Didier Le Bret, décide de se rendre à la Réunion et de lui montrer la vidéo qui n'a pas été diffusée par les médias.

Au sein de la cellule de crise du Quai d'Orsay, personne n'est vraiment surpris. D'expérience, on sait que les familles vivent la prise d'otage en miroir. Tantôt elles font bloc, tantôt elles explosent sous la pression des tensions internes et externes. Dans la famille Collomp, le contact le plus solide est Denis, le frère de Francis. Le 20 janvier, il se rend d'Aix-en-Provence à Paris car le chef de l'État souhaite le recevoir.

Depuis le 11 janvier, la France est militairement engagée au nord du Mali et François Hollande veut lui expliquer à la fois sa politique et sa décision de ne plus verser de rançons dans les prises d'otages. Conversation délicate au cours de laquelle Denis Collomp s'inquiète de ce choix qui ressemble à ses yeux à un abandon. Mais le président de la République reste ferme en précisant que les rançons versées alimentent les réseaux terroristes et servent donc à d'autres prises d'otages. Il assure que la DGSE et les différents services de l'État travaillent en permanence sur l'affaire. Pour autant, personne ne se risque à avancer une date de libération.

* *

*

9

TRANSFERT

Comme chaque matin, je me réveille à 5 heures. RFI confirme la date que j'ai gravée sur le mur de parpaings : nous sommes le lundi 21 janvier 2013. Cela fait cinq semaines que je suis retenu prisonnier… Après la première prière, deux gardiens entrent dans ma cellule. Le rituel ne change pas : tandis que l'un des deux s'approche de moi pour me parler, l'autre bloque la porte et me menace de son arme. Mais, aujourd'hui, ce n'est pas une simple inspection de surveillance. Les deux me font comprendre qu'ils vont me transférer dans une autre chambre. J'en déduis que les travaux sont terminés dans la deuxième partie de la villa.

Le manager tient ses promesses. Il n'a toujours pas décidé de m'éliminer. Peut-être des discussions sont-elles en cours avec l'État français ? Le transfert est rapide. Quelques coups de crosse dans le dos et je franchis la porte creusée dans le mur qui sépare les deux bâtiments de la maison. Je me retrouve dans une petite cour. Sur la droite, un portail donne sur la rue. Il jouxte un local ouvert où se trouvent des poubelles et un abri pour les gardiens. Les gardes me poussent vers la gauche. La cour fait une douzaine de mètres. Au fond se trouvent deux pièces transformées en chambres-cellules. On me précipite dans celle de gauche.

La configuration est à peu près identique à celle de ma cellule précédente. Elle est un peu plus grande quand même : quatre mètres sur trois. Le sol est en latérite jaune et les murs en parpaing gris. La fenêtre donne sur un muret d'environ deux mètres de haut et deux mètres cinquante de long. Sur la gauche, par-dessus le mur d'enceinte haut de quatre mètres, j'aperçois le sommet d'un grand arbre. Toutes ces mesures, ces informations, je les enregistre immédiatement.

La cellule est vide. La fenêtre comporte trois volets, dont un qui sert de moustiquaire. Elle est équipée d'un rideau. Comme dans la précédente chambre, il n'y a pas de barreaux. Le rebord doit être à 1,40 mètre du sol. En regardant vers l'extérieur, je constate qu'un trousseau de quatre clés est posé sur le muret, juste en face. À quoi correspondent-elles ? Peut-être qu'il s'agit des clés de ma cellule…

Les gardes reviennent avec un morceau de lino : une protection contre l'humidité qui suinte de partout avec la saison des pluies. Je râle, car elle ne recouvre pas toute la superficie. Ils ressortent et rapportent un deuxième morceau. Puis ils transfèrent mon matelas en mousse et le seau de peinture en plastique qui me sert de toilettes. Lorsque, en sortant, ils referment la porte à clé, j'entends la serrure grincer. Un peu plus tard, ils me passent par la fenêtre le sac en plastique qui contient mes quelques affaires : ma radio, ma lampe, mon coupe-ongles, une couverture, mon blouson, ma tenue de basketteur, un savon, une brosse à dents, du dentifrice. Au passage, je découvre le calendrier que je revendiquais depuis un moment. Un immense calendrier avec des photos de plats cuisinés à toutes les pages. Je tombe en arrêt devant une grosse entrecôte. Une pièce magnifique ! Je tourne aussitôt la page pour éviter de me faire mal.

Je réinstalle la cellule comme la précédente, le matelas tiré vers le centre pour pouvoir tourner autour et accumuler les kilomètres de marche. J'ai maigri, je mange mal, mais, avec cet exercice quotidien, je m'affûte, me renforce. Je retourne à la fenêtre. Le trousseau de clés est toujours posé sur le muret. Je reste un long moment à l'observer. Et si j'essayais de m'en emparer ? La fuite deviendrait alors possible. Je n'ai pas la solution pour l'attraper, mais je me dis qu'ils ont peut-être commis leur première erreur.

Dans l'après-midi, ils installent la moustiquaire autour du matelas. Ils commencent à être moins maladroits, même s'ils prennent toute la journée pour l'installer. Avec leurs cinq prières par jour, ils sont sans cesse interrompus. En fin de journée, je constate que le soleil se couche sur la gauche. Je dois donc être orienté au sud-ouest. Avec la nuit qui tombe, mes interrogations reviennent. Je sais déjà qu'une évasion ne sera pas si facile. J'observe que, pour dormir, mes gardiens sont restés dans l'autre cour, celle de la première partie de la maison où j'étais retenu jusqu'à présent. Je constate aussi que la porte du mur qui sépare les deux cours grince beaucoup. Ce bruit m'arrange. Il me servira de signal pour anticiper leur arrivée dans ma cellule. Avec les grincements de la porte de ma cellule et de sa serrure, je bénéficie donc d'un double système d'alerte. En plus, je connais par cœur le timing de leurs visites de contrôle. Elles se déroulent chaque fois entre les prières. Or ces dernières, avec les ablutions, la toilette de la tête aux pieds, les litanies, durent au moins une heure. Je vais donc disposer d'intermèdes assez longs sans la moindre surveillance. Ces moments de tranquillité seront précieux pour échafauder des plans.

*   *
*

23 janvier. Dans le flot de nouvelles que je capte sur RFI, la libération, ce matin, de Florence Cassez au Mexique, après plus de sept années de prison, prend un écho particulier. Je ne me suis jamais passionné pour cette histoire, peut-être parce que j'ai toujours eu un doute sur son comportement et son arrestation controversée. Mais je suis otage depuis plus d'un mois et je vois à présent les choses différemment. Je pense à tout ce qu'elle a dû subir, à son attente déçue, à cette issue enfin heureuse, et je me réjouis pour elle. La négociation peut donc aboutir. La France, en tout cas, ne l'a jamais laissée tomber, même si les différents gouvernements ont commis de nombreuses maladresses en s'en prenant à la justice mexicaine.

Ma situation, bien sûr, n'a rien à voir. Je suis entre les mains d'extrémistes qui ne connaissent que la charia et la violence. Les notions de droits de l'homme et de liberté n'ont aucun sens pour eux. Ce sont des fous d'Allah, abêtis par leur religion, pour qui tuer n'est qu'une formalité. Il n'empêche : cette libération me fait du bien. Si Florence Cassez a pu résister physiquement et psychologiquement à toutes ces années d'enfermement, aux mauvais traitements et au scénario sans fin de sa libération, je me dis que je suis capable d'affronter une telle épreuve. Je suis plus expérimenté qu'elle, j'ai vécu des coups durs, je devrais tenir. En même temps, cette jeune femme a passé sept années de son existence derrière des barreaux. Je ne me vois pas rester dans cette cellule aussi longtemps.

* *
*

Le 25 janvier, alors que la prière de dix heures vient de s'achever, le manager est de retour. Toujours dissimulé, il n'entre pas dans la cellule. Collé à la fenêtre, il me demande de me rapprocher. Il regarde mon aménagement avec attention. Je profite de cette visite-surprise pour lui faire de nouvelles demandes.

– Je voudrais un rasoir, un miroir, une chaise, un cahier et un crayon.

Mes revendications n'ont pas l'air de le contrarier.

– *No problem…*

L'échange est bref. Il disparaît comme il est venu, encadré par deux gardiens qui s'adressent à lui en haoussa. Étrange, cet homme qui cherche à me donner satisfaction, alors qu'au même moment la France traque les islamistes d'Aqmi et leur inflige de lourdes pertes.

À la fin de la journée, nouvelle surprise : un garde entre dans la cellule pour me donner à manger. Il est seul et ne porte ni masque ni capuche. Au lieu de me rassurer, ce changement d'attitude me fiche la trouille. L'homme est noir, une vingtaine d'années. Visage large, regard dur, taille moyenne, corps musclé, il porte, comme les autres, un pantalon et un tee-shirt sombres. Aucun signe distinctif particulier. Pourquoi se montre-t-il à visage découvert ? Je sens mes muscles se tétaniser. Si cet homme se dévoile, c'est qu'il a le pouvoir de m'exécuter. Mon futur bourreau est devant moi. Il a un air fruste, une tête de fanatique. Je cherche à le faire parler. Je veux créer un lien avec lui. Tout de suite. Je lui demande comment il s'appelle. On échange quelques mots. Il parle le haoussa et l'arabe, et baragouine un peu l'anglais. Je comprends que son nom est Abdul. Soudain, il repart. Sombre. Déterminé. Pendant la nuit, je tourne et retourne cette question dans ma tête : pourquoi le manager a-t-il laissé entrer cet homme dans ma cellule le visage découvert ? Je ne trouve que des réponses inquiétantes. Le visage d'Abdul m'obsède. Impossible de dormir.

10

SOUS LE REGARD D'ABDUL

Les jours suivants, Abdul est de retour. Je comprends qu'il devient mon gardien principal. Progressivement, je le pousse à parler. Il s'avère bavard, engage même la conversation. Je reste sur mes gardes, convaincu que son visage découvert est tout sauf anodin, mais je veux nouer un lien privilégié avec lui pour améliorer mes conditions de détention et grappiller des informations qui pourraient m'aider à m'enfuir. Abdul, avec le feu vert du manager, m'apporte un cahier et un stylo-bille. Je vais enfin pouvoir rédiger le projet de voiture éolienne auquel je pense sans discontinuer depuis que je marche autour de mon matelas. J'ai exploré tous les aspects du problème, je pense avoir trouvé des solutions. J'ai maintenant un projet de brevet en tête. Il ne me reste plus qu'à affiner mes calculs et à les coucher sur le papier. Comme je ne peux pas gommer, il faut que j'écrive à coup sûr, sans avoir à corriger. Quand une explication technique me paraît au point, je la rédige immédiatement. Ce cahier est providentiel.

Il ne me vient pas à l'idée, en revanche, d'écrire sur ma captivité. Si mes notes tombaient entre les mains de mes kidnappeurs, ils en apprendraient beaucoup trop sur moi.

Je ne veux rien dévoiler de ma véritable personnalité. Il faut qu'ils continuent à me considérer comme un homme âgé et fatigué qui subit sa détention et attend, fataliste, qu'on le sorte de là. Je ne veux pas non plus que l'écriture devienne un enfermement supplémentaire. Mes conditions de captivité sont suffisamment dures pour ne pas les revivre en les transcrivant. Et puis je ne veux pas m'apitoyer sur mon sort. Ce n'est ni dans ma nature ni dans mon intérêt. Comme disent les Anglais : « *Never explain, never complain !* » Bref, ne rien dire qui puisse se retourner contre moi.

Sur la première page du cahier, je décide de noter qu'en cas de malheur il faudra faire parvenir mon projet à Vincent Bolloré. Je connais le nom de ce grand patron, je sais ce que ses entreprises de fret font en Afrique. J'apprécie surtout qu'il ait lancé des véhicules électriques en France. Je les ai vus fonctionner à Paris. Cet homme est l'un des rares à croire sincèrement aux énergies renouvelables. Il se donne les moyens industriels de parvenir à ses fins. À mes yeux, c'est le seul entrepreneur français capable de comprendre et de développer mon invention. Si je sors vivant de ce guêpier, j'irai le voir. Si j'y reste, il faut que mes notes lui parviennent. J'écris donc :

« Transmettre ce cahier à M. Vincent Bolloré (je ne suis pas sûr du prénom de M. Bolloré) si je ne devais pas survivre à mon kidnapping. Pourquoi ce choix ? Ce grand patron est animé d'une très grande conviction pour la voiture électrique, de plus, à travers ses complexes portuaires en Afrique, il connaît très bien celle-ci et son association avec Renault facilitera la réalisation du prototype, l'évolution permanente des technicités et leur mise en œuvre. *Best regards*. Francis. »

Je ne suis pas un adepte de la métaphysique, c'est le moins qu'on puisse dire, mais l'isolement m'oblige à analyser mon comportement. Au fond, je constate que mon instinct de survie me pousse à la fois à bâtir des projets d'avenir et à restaurer ma condition physique. D'un côté, la voiture éolienne, de l'autre, l'entraînement que j'intensifie jour après jour. Je passe de plus en plus au fractionné, alternant marches lentes et rapides autour du matelas. Je m'astreins aussi à quelques pompes pour muscler mes bras, mais, très vite, je dois abandonner. On ne me donne pas assez à manger, les forces me manquent. Mal me nourrir n'a pas l'air de gêner beaucoup mes ravisseurs. Je les ai observés, l'autre jour, dans la cour, dévorer un poulet entier. Il y avait le manager, Abdul et un autre gardien, un abruti avec des gros bras que j'ai rebaptisé Biceps. Pas un morceau pour moi ! Le syndrome de Stockholm ne me menace pas, je les hais. Pour la première fois, j'ai vu la tête du manager. Il devait se croire à l'abri pour rester découvert. Il a le visage allongé et, comme je l'avais deviné, il porte une barbiche au poil dru sur le menton, très droite, raide, coupée carrée. Elle me rappelle les postiches des pharaons sur les bas-reliefs égyptiens. Il paraît que c'était leur façon de se différencier de leurs sujets et de ressembler à leurs dieux.

Le visage du manager est bien imprimé dans ma mémoire. Si je sors d'ici, je pourrais le décrire, en faire un portrait-robot très précis. Il a commis une erreur, c'est sûr. Tout son comportement prouve qu'il redoute que je l'identifie. Il passe toujours en coup de vent. Il est pressé, ne rentre jamais dans ma cellule, me parle à travers la fenêtre. Désormais, il répond à mes questions ou mes demandes par cette seule phrase : « On en reparle plus tard… » C'est sans doute un notable, un type connu qui a pignon sur rue. Je ne sais pas ce qu'il en est exactement, mais il me semble aussi qu'il a un lien particulier avec Abdul. Lorsqu'ils sont ensemble, je devine une proximité entre eux.

En dehors d'Abdul et du manager, seule la taille me permet de différencier les hommes d'Ansaru camouflés derrière leurs foulards, leurs bonnets et leurs grandes lunettes noires. Par principe, ces types disent « non » à toutes mes demandes. Peut-être qu'ils sont en formation pour partir au combat dans des opérations violentes. Malgré mes efforts, impossible de communiquer avec eux. Un soir, en allant à la douche, je demande à l'un d'eux :

– Que se passe-t-il avec les enfants ? L'école est très bruyante !

Pour seule réponse, je reçois des coups de crosse. Cet imbécile croit peut-être que je lui parle de ses propres enfants. Je m'inquiète juste de cris plus forts que d'ordinaire dans l'école coranique. Il me bouscule, me fait presser le pas, la douleur due aux coups de kalachnikov est terrible. Je suis sur le point de m'écrouler, mais je serre les dents, je ne veux pas m'abaisser devant lui en tombant à genoux. Pendant que je me lave, les gardiens font exprès de monter le son de la radio. Ils écoutent à tue-tête les prêches extrémistes sur Al Jazeera. Rien ne peut m'exaspérer plus que ces prières sans fin.

Abdul, lui, a parfois des gestes étonnants. Il m'a donné un éventail pour lutter contre la chaleur. Je m'en sers surtout de tapette pour tuer les mouches qui envahissent la chambre. Le matin, quand je me réveille, je soulève la moustiquaire pour aérer le matelas, mais les mouches s'engouffrent aussitôt sous le voile de gaze. Je pars à la chasse, puis je pose les mouches tuées sur le rebord de la fenêtre. Mon safari terminé, l'une des deux araignées qui nichent dans un coin du plafond, la femelle, descend et vient manger toutes les mouches mortes. Je l'ai baptisée du nom de ma femme, Anne-Marie. Quand elle a fini son repas, Anne-Marie s'arrête et se tourne vers moi comme pour me signifier qu'il n'y en a pas assez. Alors, je lui parle :

– Salut, ma chérie ! Ben, oui, y en a plus. Reviens cet après-midi, je vais essayer de t'en tuer d'autres…

Pendant ce temps, la deuxième araignée, que j'appelle Annie Gasnier, du nom de la journaliste qui commente, le dimanche soir, le foot sur RFI, reste collée au plafond pour chasser les insectes. Je ne suis pas fou, juste un entomologiste de circonstance qui essaye de peupler sa solitude.

Le manager, décidément, prend soin de moi. S'il n'a toujours pas consenti à améliorer ma nourriture, il m'autorise désormais une promenade quotidienne dans la cour. C'était une de mes premières demandes. J'en conclus qu'Ansaru ne veut toujours pas m'éliminer. Quand je fais les cent pas dans cette cour de trois mètres sur douze, c'est Abdul qui me surveille. Il s'assied sur le petit mur de deux mètres de haut, face à la fenêtre de la cellule, sa kalachnikov pointée sur moi. Il ne me quitte pas des yeux. Il surveille aussi le ciel. Toujours cette peur des drones et des avions. Parfois, il prend un tabouret, s'installe dans la cour et lit le Coran en arabe à voix haute. Ces litanies finissent par m'énerver et je lui dis de baisser d'un ton. Il m'envoie promener et chaque fois j'en rajoute. Sur ce sujet, je suis enragé. C'est comme si j'entrais en résistance. Je proteste en élevant la voix :

– Tes lectures et tes prières, tu les gardes pour toi. Pour parler à Allah, tu n'as pas besoin de parler fort !

Je ne sais pas pourquoi, mais il obtempère. Quand je passe devant lui en marchant, il baisse la tête, je ne vois plus que ses yeux courant de droite à gauche. Plus un mot ne sort de sa bouche. Lorsqu'il est plongé dans le Coran, Abdul est très concentré, comme enfermé dans sa foi. Du coup, son attention se relâche. En marchant dans la cour, je peux observer les moindres détails sans l'alerter. Je passe tout près du portail fermé qui donne sur la rue. Derrière, c'est la liberté... Je dois absolument franchir cet obstacle pour m'évader. Je remarque que la rouille a fait un petit trou dans le portail. À la première occasion, par cette ouverture, je regarderai de quoi est fait l'extérieur. Sortir ne suffira pas. Il faut que je puisse me réfugier quelque part, éviter les hommes d'Ansaru qui doivent être partout dans le quartier.

En dehors de la question de l'islam, je me démène pour que mes relations avec Abdul soient convenables. Non qu'il soit attachant, je ne l'aime pas plus que les autres, mais je fais mine de m'intéresser à lui pour gagner sa confiance. Il ne doit jamais imaginer que je cherche à fuir. Ce type a des failles. Il est jeune, arrogant, sûr de lui. Trop sûr et je peux en profiter.

Pendant ma promenade, il s'absente parfois pour laver son linge à l'eau chaude, de l'autre côté du mur, là où mes gardes m'emmènent tous les soirs me doucher. La porte qui sépare les deux cours reste ouverte, mais il ne peut plus me voir en permanence. Je l'ai habitué à mes promenades en rond, avec passage régulier devant le portail. Il ne se méfie plus vraiment de mes allées et venues, même quand il s'éloigne.

Je décide de passer à l'action : je colle mon œil dans le trou du portail. En quelques secondes, je dois tout photographier mentalement. Je vois la mosquée, la rue, les antennes de l'aéroport que j'ai déjà repérées en arrivant ici. Je vérifie que mon évaluation des distances est exacte : deux cents mètres pour la mosquée, huit cents pour les antennes. C'est confirmé : si je sors, je cours vers les antennes qui doivent être sous surveillance militaire. Et je me place sous la protection de l'armée nigériane.

En observant bien le portail, je me rends compte que la rouille a scellé les fils de fer qui bloquent les manettes à glissière. Il y a aussi du mortier rouge à base de latérite dans le verrou. Ces gars travaillent si mal qu'ils en ont mis partout. Il faut que je trouve comment huiler la rouille pour la faire sauter. C'est le seul moyen de débloquer les manettes. De toute façon, je n'ai pas d'autre solution. Impossible de passer par l'autre cour, les gardiens y vivent jour et nuit. L'unique issue est ce portail rouillé.

Je scrute le sol pour récupérer d'éventuels objets utiles. Je repère quelques clous qui ont servi pour les travaux. Je me penche pour en prendre un et, au passage, je ramasse des bouts de fil de fer et une pierre. Tout ça, je me dis, pourra me servir un jour. Le clou fait soixante-dix à quatre-vingts millimètres de long. Avec la pierre, j'en aiguise la pointe. Pour l'affûter, j'utilise aussi le coupe-ongles qu'ils ne m'ont jamais redemandé. Peu à peu, ce clou devient une arme de combat. Pour me défendre, si nécessaire, et pour attaquer un homme à la carotide.

Histoire de faire diversion et d'alimenter nos conversations, je montre à Abdul le trou dans le portail. Je lui explique comment le boucher avec de l'adhésif. Je fais tout pour le duper, le rassurer sur mes intentions. Je lui explique qu'on peut regarder de l'extérieur et me voir. Un type qui donne de tels conseils de sécurité ne peut que susciter la confiance. Je l'entreprends aussi sur ces végétaux qui poussent dans la cour à une vitesse folle. Avec les pluies, jamais je n'ai vu la nature proliférer aussi vite. Très fier de lui, Abdul me donne quelques noms de plantes.

Avec mes promenades quotidiennes et mon entraînement autour du matelas, je m'endors désormais un peu plus tôt, vers 23 heures, juste après ma douche. Mon sommeil, néanmoins, reste irrégulier. J'ai mal au dos, parfois je rêve, de sexe en général. Privé de relations depuis des semaines, je compense en me masturbant. Je me laisse porter par mon imagination, c'est agréable, la nature fait bien les choses ! Je me dis qu'à 60 ans passés, on peut encore beaucoup aimer ça. Après tout, Charlie Chaplin a bien fait un gosse à 75 ans...

Tous ces petits riens, ajoutés les uns aux autres, finissent par remplir mes journées et mes nuits. Mon projet de voiture éolienne est si ambitieux qu'il m'occupe sans cesse l'esprit. Et quand je n'y pense pas, je me concentre sur mon idée d'évasion. Étrange sentiment : dans cet univers clos, je me sens à la fois révolté et suractif. Même si, parfois, j'ai l'impression de porter le poids du monde sur mes épaules, je n'ai pas le temps de m'ennuyer, encore moins de sombrer dans la déprime.

* *
*

L'équipe de tournage est de retour. Six hommes d'Ansaru, cagoulés et armés, deux fois plus que la dernière fois. Pendant qu'ils fixent le drap noir au mur, deux sentinelles m'encadrent. Tous sont nerveux. J'ai le sentiment qu'ils sont prêts à tout si je commets un écart. La tension qu'ils font régner est extrême. Ce jour-là, je suis malade comme un chien. J'ai de nouveau une diarrhée qui me vide les tripes. J'essaye de penser à autre chose. Je me demande ce qu'ils ont fait du premier enregistrement. Rien de ce que j'ai écouté sur RFI ne m'indique qu'il a été diffusé. Tous les soirs, en revanche, j'entends mon nom à la radio dans la liste des Français retenus en otages. Ce rappel quotidien est à la fois un espoir et un coup de poing. Je ne pense pas tant à moi qu'à certains de mes proches qui doivent être morts d'inquiétude.

L'homme chargé de filmer installe son matériel. Il n'a pas de caméra, mais un appareil photo qui fait des vidéos. On m'ordonne de passer une tenue de basket Michael Jordan. Ces types sont vraiment bizarres. Puis ils me tendent des feuilles de papier : le message que je dois lire est écrit en anglais. C'est à peu près le même texte que la première fois. Le groupe islamiste réclame que la France quitte le Mali et l'Afghanistan, exige la tranquillité pour Aqmi et l'autorisation du port du voile en France, demande enfin que le Nigeria libère deux hommes d'Ansaru emprisonnés avec leurs femmes et leurs enfants.

Au moment où ils démarrent le tournage, je me mets à vomir. Ils sont furieux, s'agitent dans tous les sens. L'odeur est affreuse. L'un des types va chercher une pelle et ramasse mes vomissures. Je lis avec une extrême difficulté. Je dois offrir une image terrible de moi. Si Anne-Marie voit la vidéo, elle va s'effondrer.

Dans les revendications d'Ansaru, toujours pas de demande d'argent et de rançon. Alors que ces branquignols repartent, je me demande si des négociations sont en cours avec l'État français. Ils ne m'en disent rien. Silence absolu sur mon sort. Sur RFI, rien ne transpire non plus des contacts ou des démarches me concernant. Je comprends bien que ce secret est nécessaire. Mais il est désespérant. Il crée un sentiment d'abandon difficile à surmonter.

* *
*

Jusque-là, je n'avais pas mesuré à quel point l'information peut compter dans l'existence. Elle est tellement naturelle dans la vie ordinaire qu'on finit par oublier à quel point elle est essentielle. Avec la radio, c'est comme si un souffle de liberté traversait ma cellule. Savoir ce qui se passe en France et à travers le monde me déstresse. RFI me parle, j'ai le sentiment de rester un être humain quand, pour mes geôliers, je ne suis qu'une marchandise. Ce 11 février, en écoutant le journal de la mi-journée, j'apprends que le pape

Benoît XVI a annoncé sa renonciation pour le 28 février prochain. Même si je ne suis pas pratiquant, cette décision me trouble. J'essaye d'en comprendre le sens. Dans les spéculations qui commencent, les commentateurs laissent entendre que le prochain pape pourrait être africain. J'ai l'impression que les pages de l'histoire se tournent à toute vitesse. Comme des essuie-glaces qui effacent le passé. Suis-je déjà voué aux oubliettes ?

La renonciation papale me trouble tellement que je décide d'en parler à Abdul.

– Tu te rends compte, un pape africain !

Il me répond brutalement :

– Je m'en fous…

Il se fout de tout, Abdul. Je laisse tomber.

Ma journée se déroule normalement : marche autour du matelas, promenade dans la cour, notes sur ma voiture éolienne, projections d'évasion, bouillies infâmes. La nuit, elle, est beaucoup plus agitée. Vers 4 heures du matin, je reçois un éclat de pierre dans l'œil droit. Le morceau est tombé du plafond à cause des rats qui vont et viennent dans les combles. Ils détruisent tout sur leur passage, provoquant des chutes de cailloux. Je me réveille en sursaut, incapable d'ouvrir l'œil tant il est douloureux. Le lendemain, au moment de la promenade, la lumière rend plus vive encore la blessure. Je réagis avec de brusques mouvements du visage, de haut en bas, de droite à gauche. J'essaye comme je peux d'humidifier mes yeux. En m'apercevant, Abdul imagine je ne sais quoi. Il me file pour la première fois un coup de crosse, puis me jette violemment dans la cellule.

Me revoilà dans la pénombre, pour de nouvelles heures de solitude. Avant la nuit, Abdul revient me voir. Je suis furieux contre lui. Mon œil droit me fait toujours autant souffrir et le coup qu'il m'a porté me brûle le dos. Je manifeste ma colère, je lui en donne la raison :

– Je n'ai fait que bouger les yeux parce qu'ils me font mal ! C'est tout…

Il reste planté devant moi, comme un gamin. Après un long silence, il se met à balbutier :

– *Sorry, sorry, sorry…*

Sa réaction me rassure. C'est exactement ce que j'attendais. Chaque fois que je peux le culpabiliser, je marque un point. Progressivement, je modifie à mon avantage le rapport de force entre lui et moi.

* *
*

Ce matin du 19 février, Abdul fanfaronne, parce qu'un soldat français a été abattu au Mali. Il est joyeux, les autres gardiens aussi. Comme je proteste violemment, il m'explique que les victimes sont des oppresseurs d'Allah. Ces types me dégoûtent. Pendant la journée, je me branche sur RFI pour avoir plus de détails. L'armée française a déclenché une opération de grande envergure au nord du Mali, dans le massif de l'Adrar. Une vingtaine d'islamistes ont été éliminés, mais un soldat du 2e régiment d'infanterie parachutiste, un sergent-chef, a perdu la vie dans l'accrochage. C'est le deuxième soldat français tué depuis le début de l'opération Serval après la mort d'un pilote d'hélicoptère, un lieutenant chef de bataillon, dès le début des combats, le 11 janvier.

Abdul se moque de la mort des islamistes, parce que, dit-il, ce sont de vrais musulmans et que la mort est une promesse. Il me ressort l'histoire des soixante-douze vierges qui attendent au paradis les musulmans tués au combat. J'abrège cette conversation qui me fait bouillir. Pour lui, la vie n'a aucune valeur. La mienne pas plus que la sienne. Même si les événements du Mali ne sentent pas bon pour moi, je me dis que la France a raison d'y intervenir. Il faudra bien en finir avec ce terrorisme dont je suis moi-même la victime. Ces hommes doivent être traqués sans pitié. Ils ne rechercheront jamais la paix, la moindre trêve. Ils veulent imposer la charia au monde, ils ne négocieront pas avec le monde occidental. Ce ne peut pas être : eux avec nous, mais eux ou nous. Et j'en tire une conclusion personnelle : ce sera eux ou moi. Si je dois en tuer un ou plusieurs, le jour où je m'évaderai, je n'hésiterai pas une seconde.

Les images de l'assaut contre la villa de Rimi, les morts, le gamin baignant dans son sang, le sort d'Esther, tout me hante. Au fil des jours et des nuits, je n'oublie rien. Ma rage contre eux ne diminue pas, au contraire. Ce ne sont pas leurs petites concessions pour améliorer mon quotidien qui vont y changer quoi que ce soit.

* *
*

Ce 19 février est décidément un jour maudit. Dans la même journée, RFI annonce l'enlèvement de toute une famille française à Dabanga, dans l'extrême nord du Cameroun, à la frontière du Nigeria. Ils sont sept otages : le père et son frère, la mère, les quatre enfants, dont trois ont moins de 12 ans. Le rapt des Moulin-Fournier est revendiqué par Boko Haram, une secte de fous furieux qui sème la terreur dans la région et dont Ansaru est une dissidence. Au premier gardien qui entre dans ma cellule, je hurle ma colère :

– Vous n'avez pas honte ! Vous avez enlevé une famille, des enfants, libérez-les, vous ne pouvez pas faire ça ! La terre entière vous regarde, ce que vous faites est monstrueux, honteux.

Il fait mine de ne rien comprendre. J'insiste dans mon mauvais anglais. Je ne le lâche pas. Je veux que ces salauds sachent ce que je pense d'eux et de leurs actes dégueulasses.

Le type finit par me dire, un peu embarrassé :

– C'est pas nous, c'est pas nous, c'est les autres, c'est Boko Haram.

Je suis décidé à en parler au manager. Il est plus intelligent que cette bande de brutes épaisses. Désormais, je suis prêt à tout. Moi aussi, je suis en guerre contre ces barbares. Ma colère nourrit mon envie de me battre. Je veux leur faire payer leurs actes immondes.

* *
*

20 février 2013, DGSE, boulevard Mortier

Depuis quarante-huit heures, les mauvaises nouvelles s'accumulent. Le 18 février, Guillaume H. a été informé par des services anglo-saxons de l'enlèvement par Ansaru de sept étrangers au Nigeria : deux Libanais, deux Syriens, un Italien, un Grec et un Britannique qui travaillaient pour la Setraco, une entreprise libanaise de construction. William Hague, le ministre anglais des Affaires étrangères, pense même que « les otages ont probablement été tués ». Un communiqué envoyé par e-mail à des journalistes dément cependant leur assassinat. Il est signé d'Ansaru, le groupe qui détient Francis Collomp. C'est toujours le même langage. Ansaru invoque « des transgressions et des atrocités commises envers la religion d'Allah par les pays européens dans plusieurs endroits dont l'Afghanistan et le Mali ». Ansaru s'en prend aussi à des opérations menées par l'armée nigériane dans le nord-est du pays, à Maiduguri, le fief historique de Boko Haram. En dix jours, cinquante-deux personnes y auraient été abattues.

Pour Guillaume H., c'est le scénario redouté. Les forces d'Abuja pourraient agir sans se préoccuper du sort des otages. La vie de Francis Collomp est plus que jamais en danger. L'enlèvement de la famille Moulin-Fournier, la veille, au Cameroun, est déterminant. Il va doubler le travail de la cellule de crise. Rapidement, les effectifs sont renforcés et la cellule est réorganisée en deux parties. Jamais, peut-être, cette cellule n'a connu une telle tension. Pour la première fois, Guillaume H. doit sauver la vie non seulement d'adultes, mais aussi de quatre enfants dont un âgé de seulement 2 ans. Il est convaincu, en outre, que les Moulin-Fournier ont été transférés au Nigeria et que les risques de représailles du gouvernement nigérian rendent la situation très critique. La cellule établit que l'enlèvement de la famille est distinct de celui de Francis Collomp. Ce ne sont pas les mêmes ravisseurs, ils ne sont pas liés et ne poursuivent pas le même objectif. En revanche, les ravisseurs de Francis Collomp appartiennent au même groupe que ceux des otages de la Setraco.

Avec l'enlèvement de Francis Collomp et de la famille Moulin-Fournier, la cellule de crise doit désormais se battre sur deux fronts.

* *
*

11

LES CLÉS ET LA ROUILLE

L'enlèvement des Moulin-Fournier me bouleverse autant qu'il m'inquiète. La France est en première ligne contre les groupes islamistes en Afrique de l'Ouest. Tous ses ressortissants sont menacés. Au milieu de ce bourbier général, si je veux me tirer d'affaire, je ne peux compter que sur moi-même. Jusque-là, je pensais avoir 40 % de chances de m'en sortir vivant. Je ne m'en accorde plus que 25 %. Je ne peux plus perdre de temps, les risques pour ma vie ne cessent d'augmenter. Abdul m'a prévenu : « Si tu tentes de t'évader, je te tue. » Il n'hésitera pas, mais ses menaces ne m'arrêtent pas. Je dois filer au plus vite…

La première étape de mon plan, c'est ce trousseau que les gardiens posent sur le dessus du muret, à environ deux mètres de ma fenêtre. Il comporte quatre clés. Je dois réussir à en subtiliser une pour, le jour J, sortir de la cellule. Avec un peu de chance, ces imbéciles ne se rendront compte de rien. Comment m'y prendre ? J'élabore un premier scénario : monter sur le rebord de la fenêtre, me pencher et essayer d'attraper le trousseau sur le muret. L'avantage, c'est qu'une fois sur le rebord je peux détecter un éventuel mouvement de mes gardiens et sauter fissa dans la cellule. Deuxième scénario : je réussis à passer à travers les battants de cette fenêtre sans barreaux, je récupère le trousseau, j'enlève une clé, je replace le trousseau à sa place sur le muret et je reviens dans ma cellule après l'avoir ouverte de l'extérieur et refermée derrière moi. Inconvénient : la porte et la serrure de ma cellule grincent énormément. Si mes gardiens entendent le bruit, je suis mort. Je ne suis pas à l'abri non plus d'une visite inopinée qui m'empêcherait de rentrer à temps dans la chambre. Je dois résister à cette tentation de sortir de la cellule. J'en reviens donc à la première solution, plus compliquée à mettre en œuvre, mais, au fond, beaucoup plus sûre.

Il est 15 heures, les gardiens ont disparu pour la prière. En principe, j'ai une heure pour agir. Je place le seau en plastique qui fait office de toilettes devant la fenêtre. Il me sert d'escabeau pour monter sur le rebord. Mais sous mon poids, le seau se déforme et je pars à la renverse. Je tombe lourdement sur le sol. Heureusement, le couvercle n'a pas sauté. Je ris bêtement en me disant que, si ç'avait été le cas, j'aurais eu des emmerdes. Oui, c'est très bête, mais ce n'est pas la première fois que je suis pris de rires nerveux. Dire ou penser des conneries doit faire baisser la pression. D'ailleurs, quand je marche autour du matelas, j'entrecoupe mes réflexions techniques de dizaines de chansons paillardes. Du genre : « Un morpion cycliste prenant mon cul pour une piste dans un virage dérapa et dans la merde s'enlisa… » Je ne m'en lasse pas. J'ai en boîte tout un répertoire de troisième mi-temps, du temps où je jouais au rugby.

Je repense soudain à mon ami le « Flingue ». Il avait une voix énorme. Il est mort sur le terrain de Lagraulière, près de Tulle, en Corrèze, département 19, date de mon anniversaire. Ce type avait une présence extraordinaire. Un personnage à la Audiard. Il me redonne du courage. Je remets le seau en place et réussis, cette fois, à me hisser

Carte Noël Meunier

© Coll. de l'auteur

© Coll. de l'auteur

En décembre 2012, j'installe à Rimi, au nord du Nigeria, à environ quarante kilomètres de la frontière avec le Niger, des « éoliennes cycloniques » qui se rabattent au sol en cas de tempête. Ici, avec deux coéquipiers, Jonathan et Mess, quelques mois avant mon enlèvement.

© Coll. de l'auteur

© Coll. de l'auteur

Le Nigeria vit sous la menace des groupes islamistes radicaux Boko Haram et Ansaru. Depuis mon arrivée à Rimi, ma villa et le chantier sont surveillés par la police nigériane.

© Coll. de l'auteur

© D. R.

© D. R.

En haut, le devant de ma villa. En bas, ce qu'il en reste après l'assaut, le 19 décembre 2012. Les djihadistes ont fait sauter deux puissants explosifs de type Semtex et tiré à la kalachnikov. Avant de me kidnapper, ils ont tué deux policiers et un garçon de quinze ans.

© D. R.

© D. R.

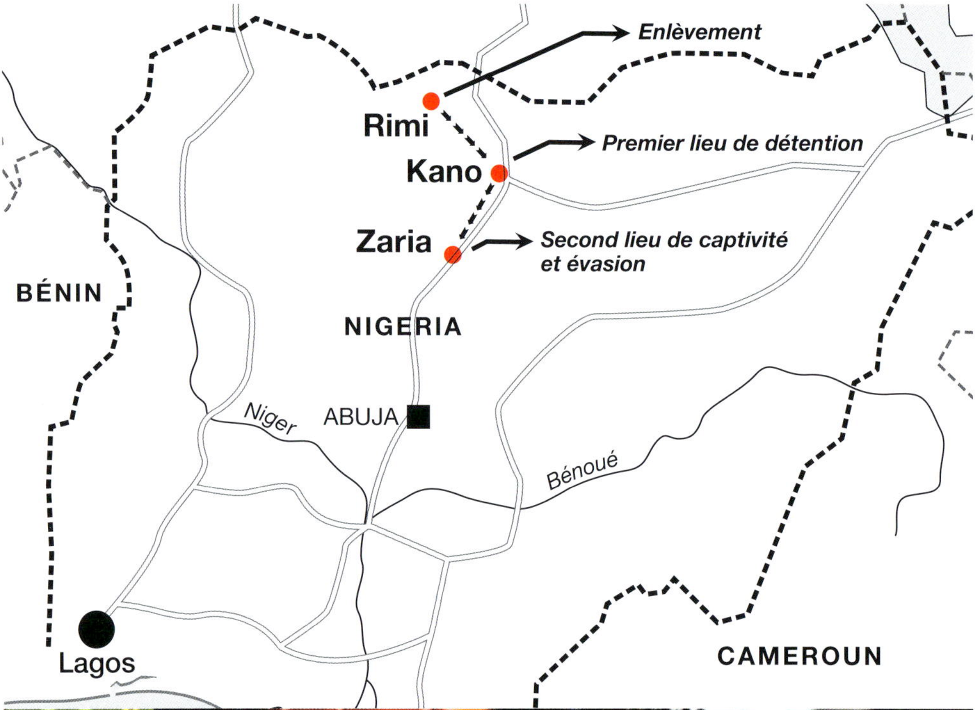

Carte Noël Meunier

À trois reprises, mes ravisseurs m'obligent à lire un texte. Dans la première vidéo, ils condamnent l'intervention de la France au Mali. Ils exigent également la libération de deux de leurs combattants. Je tente de me rassurer : s'ils ont enregistré cette vidéo, c'est pour la diffuser et faire pression sur la France. Cela signifie que j'ai une valeur marchande. Pour le moment…

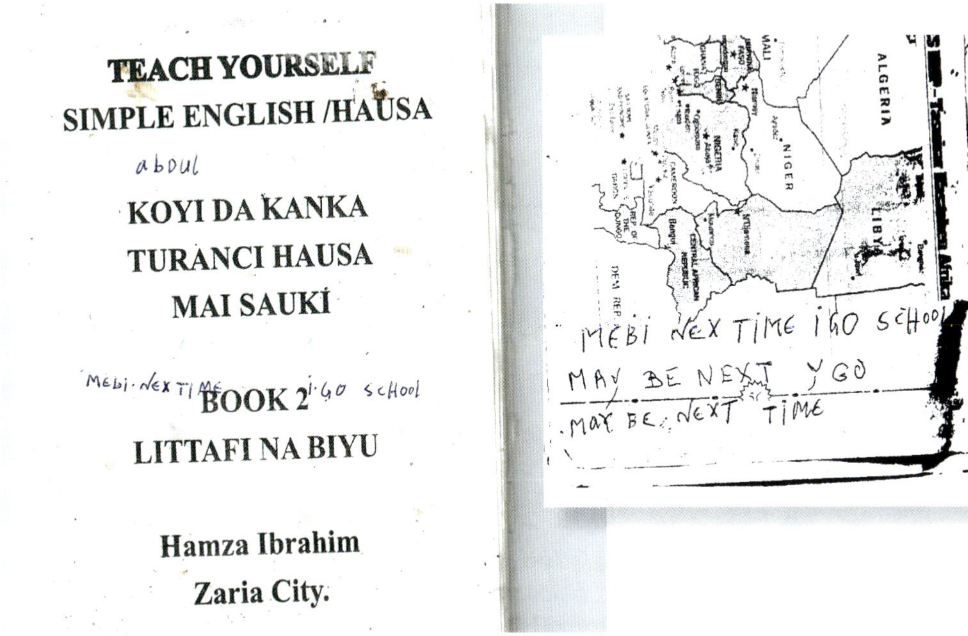

Pendant ma détention, Abdul est mon principal gardien. Progressivement, j'essaye de prendre l'ascendant sur cet homme imprévisible et très dangereux. Je l'encourage à apprendre l'anglais. Je lui dis : « Gardien d'otage, c'est pas un métier. » Sur son dictionnaire anglais-haoussa, Abdul a écrit : « Mebi next time i go school ». « Un jour, peut-être, j'irai à l'école…»

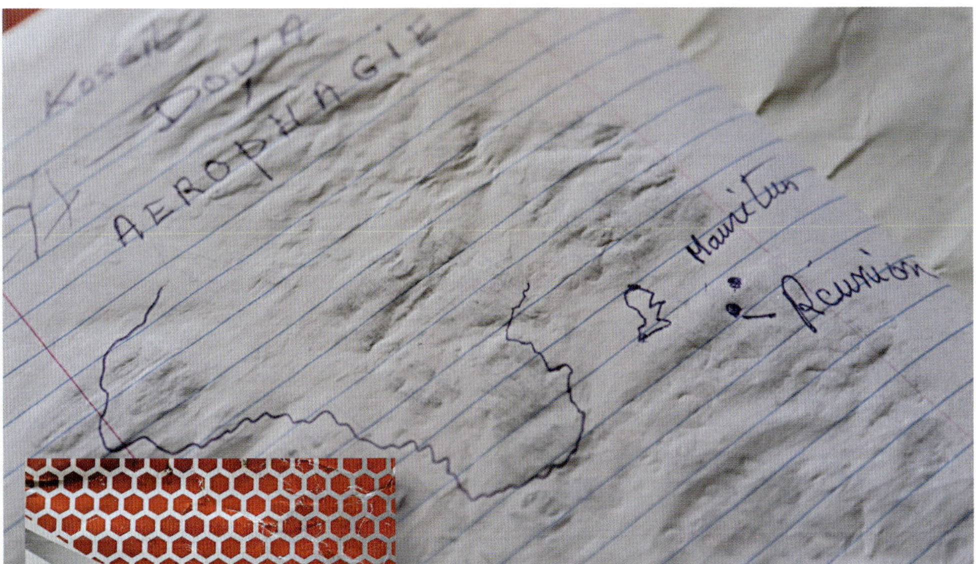

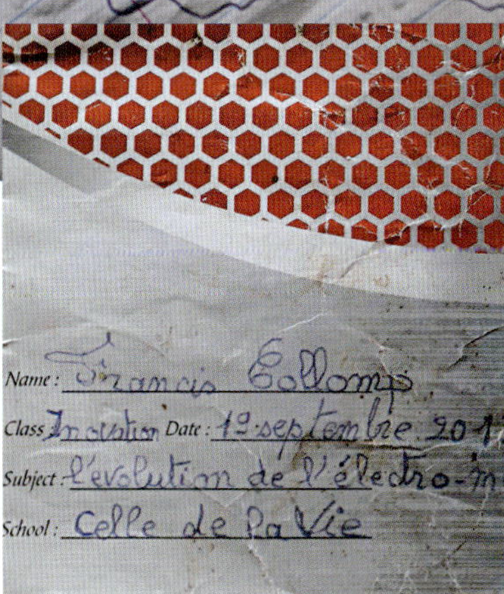

Sur mon cahier, je montre à Abdul l'île de la Réunion. C'est là que je réside avec ma femme Anne-Marie. Je lui parle de la France. Il me dit qu'il veut aller à Disneyland. Je lui apprends un nouveau mot en français, aérophagie, pour expliquer mes problèmes gastriques.

© AFP TV / Stringer

© AFP PHOTO / Sunday Aghaeze

Le 16 novembre 2013 à 18 heures, je réussis à m'évader. Je me réfugie dans un commissariat de police, puis je suis transféré dans une base militaire. On m'emmène ensuite au quartier général de la police à Abuja, la capitale, pour un interrogatoire. Après un dîner à l'ambassade, c'est le moment du départ. Le ministre des Affaires étrangères, Laurent Fabius, vient me chercher.

© AFP PHOTO / POOL / Kenzo Tribouillard

Six heures du matin, le 18 novembre 2013, l'avion se pose à Villacoublay, en région parisienne. Avec Laurent Fabius, pendant le vol, nous avons parlé plus de quatre heures. Un échange simple et chaleureux que je n'oublierai jamais.

Sur le tarmac de l'aéroport, le Premier ministre, Jean-Marc Ayraut, me donne l'accolade. La présence de mon frère, de mes sœurs et de ma belle-sœur me touche. Puis on me présente à de nombreuses personnalités. Je suis incapable de me concentrer. Je flotte entre rêve et réalité.

Ma femme, Anne-Marie, n'a pas pu arriver à temps pour m'accueillir à Villacoublay. À la Réunion, mon « petit oiseau des îles » fête mon retour avec tout le comité de soutien.

© Laura Philippon / La1ère.fr

La pêche a toujours été ma passion. Pendant ma détention, je me l'étais promis : « Si tu réussis à sortir de là, tu t'offres un nouveau moulinet. » Dix jours après mon évasion, à la Réunion, j'achète le plus beau.

© D. R.

Au printemps 2014, à Pantin, en banlieue parisienne, je retrouve plusieurs de mes coéquipiers de Rimi. Ils sont venus suivre une formation sur les éoliennes. Mes amis, mon chantier, l'Afrique… j'ai l'impression de revivre.

sur le rebord de la fenêtre. Je fais glisser l'un des deux panneaux vitrés et me penche vers l'extérieur comme je l'avais imaginé. Les clés sont posées sur le muret, à moins de deux mètres de moi. Mes bras ne sont pas assez longs pour les atteindre. Je n'ai pas d'autre choix que de me jeter sur le muret pour y prendre appui du bras droit, tout en tenant fermement de la main gauche le chambranle de la fenêtre. Ensuite, le corps tendu au-dessus du vide, entre la fenêtre et le muret, je lâcherai le chambranle et prendrai le trousseau avec la main gauche. Surtout ne pas s'énerver, tout faire calmement, en silence. Je repasse chacun des gestes dans ma tête. J'évalue mes chances de succès. Ça doit marcher... J'ai maigri, c'est un atout : j'aurai moins de poids à supporter quand je serai en appui sur le bras droit. Une fois la clé en main, toujours en appui contre le muret, je me réassurerai de la main gauche au chambranle. Et, d'un coup de reins, je me rétablirai sur le rebord de la fenêtre. Le moment le plus délicat, sans doute. Si je lâche ma prise, je chute à l'extérieur et, à coup sûr, je me fais prendre.

Je dois tenter le coup. Je suis sur le rebord. Inutile d'hésiter. J'assure ma position, puis je me jette dans ce vide de deux mètres qui me semble être un gouffre. Je respecte les consignes de prudence que je me suis fixées : main gauche fermement arrimée au chambranle, bras et main droits tendus pour prendre appui sur le muret. Au moment où ma main droite heurte brutalement le muret, le poids de mon corps, sous le choc, me fait vaciller. La panique m'envahit, je ne prends pas le temps de réfléchir. En un mouvement réflexe, d'un violent coup de reins, je repars en arrière, la main gauche toujours arrimée au chambranle. Tout ça dure une fraction de seconde, je me retrouve debout sur le rebord et je redescends à toute vitesse dans la cellule. Mon cœur bat à deux mille à l'heure, je suis en nage et furieux contre moi. Impossible de renoncer. Je reprends mes esprits, j'attends que les battements de mon cœur redeviennent normaux, puis je remonte sur le rebord. Je me déplace à petits pas vers l'extrême gauche de la fenêtre pour être le plus près possible du trousseau. Je m'étire au maximum vers l'extérieur sans me lancer dans le vide car, cette fois, j'en suis sûr, le muret ne résisterait pas à l'impact et s'écroulerait.

Malgré mes efforts pour allonger le bras gauche, impossible d'atteindre les clés. Je ne parviens même pas à les effleurer. Dépité, je retourne dans la chambre. Je râle, je jure, il doit bien exister une solution pour obtenir plus d'allonge. Je regarde le balai en paille de sorgho qui traîne dans un coin de la cellule. Il mesure environ quarante centimètres de long. C'est le flash. En plantant le clou que j'ai aiguisé dans le manche du balai, puis en le tordant pour en faire un crochet, j'obtiens comme une canne à pêche. Plus qu'une trentaine de minutes avant la fin de la prière. Je bricole mon piège à clés et remonte aussitôt sur le rebord de la fenêtre. Malgré la tension, je fais l'effort de me calmer. Tout doucement, je déploie le bras et tends le balai vers le muret. Ma main ne tremble pas. J'assure chacun de mes gestes, le regard concentré sur les clés. Je parviens à les crocheter, je ramène doucement le balai. J'ai le trousseau entre les mains, une bouffée de joie m'envahit comme si j'avais triomphé d'une épreuve insurmontable. Je me raisonne : « T'as fait que la moitié du chemin, Francis. Reste concentré… » J'enlève à toute vitesse une clé et remonte sur le rebord. Je ne dois surtout pas me précipiter, mais le temps est compté. Au bout d'une dizaine de minutes, je parviens à reposer le trousseau. Je ramène le balai à l'intérieur et, malgré l'excitation, je redescends du rebord de la fenêtre sans me casser la figure.

J'ai réussi, j'ai réussi ! C'est ma première vraie victoire sur ces barbares. J'ai eu l'audace de me lancer, ma main de pêcheur n'a pas tremblé. Comme quoi, c'est utile d'avoir une passion. Je me sens un peu comme un gosse qui vient de faire sa première grosse prise.

Avec la clé, j'essaye aussitôt d'ouvrir la serrure. « Eh merde, ça ne marche pas... » J'insiste, fébrile. Rien à faire, la clé ne tourne pas. Mon enthousiasme en prend un coup. La prière doit être terminée, ça devient dangereux. Je glisse la clé dans la doublure de mon blouson. Je ressayerai d'ouvrir un peu plus tard. Pourvu qu'ils ne se rendent pas compte qu'il manque une clé. Je ne peux pas avoir commis une erreur, c'est impossible. Cette clé va ouvrir la cellule, j'en suis certain.

* *
*

Mes gardiens n'y ont vu que du feu. Ils sont tellement sûrs d'eux qu'ils n'ont rien remarqué. Ils doivent se dire que je suis incapable de m'évader. Depuis cinq jours, je m'acharne sur cette serrure. Pourquoi cette clé n'ouvre-t-elle pas ? Je m'agace, retourne la question dans tous les sens et finis par comprendre : le canon à l'intérieur de la serrure bouge et la clé ne s'enclenche pas bien dans le pêne. Je dois mieux ajuster la clé pour ouvrir. Ça marche ! J'en frissonne de joie. La liberté n'est pas loin, juste derrière cette porte métallique que je vais pouvoir bientôt ouvrir. Pour le moment, je ne peux pas le faire : ils ont enlevé la poignée à l'intérieur de la cellule. L'obstacle n'est pas insurmontable. Pour sortir le pêne de la gâche, je dois fabriquer un instrument carré qui puisse faire office de tige de poignée. Mais avec quoi ? Le manche de ma brosse à dents devrait faire l'affaire. Avec ma lame de rasoir, je le taille et l'ajuste pour pouvoir l'enfoncer dans le trou laissé par la poignée manquante.

Mon bricolage fonctionne à merveille. Je peux enfin ouvrir la porte. Avec mille précautions, je l'entrouvre en évitant de la faire grincer. Je ressens la même satisfaction que sur un chantier, quand je viens à bout d'un problème. Fierté d'ingénieur et colère d'un otage mélangées. Le plus dur, pourtant, est encore devant moi. Je dois débloquer ce foutu portail rouillé à la base. Sans huile, je ne vois pas comment y arriver. Je pense soudain aux *koseils*, ces beignets de maïs cuit qu'ils me servent de temps à autre et qui baignent dans l'huile de palme. Je vais essayer d'en recueillir le maximum et, pendant ma promenade, j'en arroserai le bas du portail discrètement. Il me faut un récipient. J'utiliserai la capsule d'une bouteille de Coca que, dans un jour de bonté, ils m'avaient donnée. Je la dissimulerai dans le creux de la main. C'est un travail de fourmi que j'entreprends. Il me faudra être patient, très patient. Mais au moins, cette fois, j'ai un plan. Un vrai espoir d'évasion.

* *
*

En attendant que ce foutu portail veuille bien céder, je consacre mon temps à gamberger sur mon projet de voiture écologique. J'élabore des schémas et, dès que mes idées fonctionnent, je les rédige de manière définitive sur mon petit carnet. Les dynamos sur les roues permettront, avec les mini-éoliennes, de recharger les batteries. Il faudra aussi installer, sur le devant et le côté de la voiture, plusieurs prises d'air. Elles alimenteront des conduits de vingt centimètres de diamètre dans lesquels seront insérées des hélices spéciales. Ces dernières entraîneront un alternateur qui, de nouveau, rechargera les accus. Des moustiquaires serviront de filtres à air et protégeront les conduits. Pour que l'éolienne tourne et produise de l'énergie, le véhicule devra rouler au moins à 60 kilomètres/heure. Un moteur alimenté par l'électricité accumulée dans les batteries permettra le démarrage et la conduite en ville. Dans mon esprit, l'éolienne servira pour les déplacements interurbains, notamment sur l'autoroute. Si je ne me trompe pas, la voiture aura six à sept cents kilomètres d'autonomie au lieu des trois cents actuels pour les véhicules électriques. Elle ne polluera pas du tout.

Avant de tout mettre au propre dans le cahier, je griffonne des brouillons sur le calendrier. Mes dessins parsèment la carte du monde et je case des notes au milieu des chiffres des fuseaux horaires. Comme je ne veux pas commettre d'erreurs, je passe des journées entières à cogiter sur le schéma général et les détails de la conception. C'est d'autant plus compliqué que je n'ai pas d'outil informatique pour valider mes calculs. Mon projet est tout sauf un divertissement. J'y crois dur comme fer. Dans ma tête, ma cellule est comme un bureau d'études. Au moins, si je m'en sors, j'aurais réussi à tirer profit de ma détention, en œuvrant concrètement pour l'environnement.

Alors que j'essaye de calmer les douleurs de mon dos, un autre plan d'évasion me vient à l'esprit. Depuis quelques jours, j'ai droit à une chaise que je colle contre la porte métallique de la cellule. Comme, dans la journée, cette porte devient brûlante, mes ravisseurs ont décidé de la protéger par un rideau. En m'asseyant, dos à la porte, le rideau serré dans mes mains, je reçois une dose de chaleur censée me faire du bien. C'est du moins ce que m'avait affirmé, il y a quelques années, un chiropracteur. Je suis donc dans cette position quand me vient l'idée de tresser le rideau pour en faire une corde. Si je réussis à mettre un crochet au bout, je pourrais peut-être, du rebord de la fenêtre, balancer le tout par-dessus l'enceinte de quatre mètres de haut qui est sur ma gauche. Il me faudra alors la franchir en me hissant à la force des bras. En suis-je capable ? Grâce à mon travail sur les chantiers, je me sens assez leste pour tenter le coup. Et puis j'ai beaucoup maigri ces deux derniers mois. Je serai plus léger pour me hisser jusqu'au faîte du mur. Ce qui m'inquiète le plus, en réalité, c'est l'espace à franchir. Entre la cellule et le mur, il y a une deuxième chambre. Le risque est grand que mes gardiens me surprennent. En tout cas, j'ai un plan B et cette alternative me rassure.

Jour après jour, je continue mon travail de fourmi, huilant, à chacun de mes passages, la rouille du loquet au bas du portail. Rien ne bouge malgré les petits coups de pied discrets que je balance pour casser le fil de fer. Dissimulation, patience, il me faudra du temps et de la concentration pour parvenir à mes fins.

* *
*

La tête du manager apparaît à ma fenêtre. Comme chaque fois, durant ce bref échange, j'en profite pour demander une amélioration de mes conditions de détention. Je ne réclame rien d'important – rien surtout qui puisse lui mettre la puce à l'oreille. Ce jour-là, il me donne du savon noir pour les pieds et les mains, une savonnette pour le reste du corps et un petit miroir, une sorte de face-à-main avec un manche. En plastique vert, il est de fabrication chinoise, comme presque tout au Nigeria. Je m'en sers pour examiner mon corps. Régulièrement, je vérifie que je n'ai pas de boutons dans le dos. Toujours la crainte d'une infection que je n'aurais pas vue venir. Je l'utilise aussi pour me raser. Un peu superstitieux, je veille à ne pas le laisser tomber. Tous les jours, je me dis : « Si je le brise, c'est sept années de galère assurées ! »

En regardant passer les avions – les trois vols réguliers de 11 heures, 15 heures et 21 heures, mais aussi des appareils militaires qui décollent de l'aéroport voisin –, je me demande si ce miroir pourrait attirer l'attention des pilotes. Quand les gardiens ne sont pas dans la cour et que la position du soleil le permet, je leur adresse des messages en morse. Les rayons sont reflétés sur un mur d'enceinte : trois points, trois traits, trois points pour un SOS.

La nuit, j'envoie aussi des messages avec ma lampe. J'essaye d'être prudent car, si les gardiens me surprennent, ils sont capables de m'abattre d'une rafale de kalachnikov. J'ai une autre inquiétude. À gauche de ma cellule, derrière le mur, il y a un arbre de huit mètres de haut qui doit prendre racine au pied de l'école coranique et de la mosquée. Dans la journée, les oiseaux viennent s'y réfugier pour chanter et se protéger de la chaleur. Quand arrive la nuit, au moment de la prière de 22 heures, un groupe électrogène se met bruyamment en marche, provoquant une forte lueur derrière l'arbre. Des gens, j'en suis convaincu, se réunissent autour du tronc pour profiter de la lumière. J'imagine soudain qu'ils découvrent les SOS que j'envoie en braquant la lampe sur le feuillage. Cette seule pensée me terrifie. J'arrête immédiatement.

12

FANATIQUES

Des criminels, des salauds, voilà ce que sont ces types. Le 11 mars 2013, à 20 heures, le journal de RFI annonce qu'Ansaru vient d'exécuter les sept otages enlevés le 16 février dans l'État du Bauchi, au nord du Nigeria. Le Britannique, l'Italien, le Grec, les quatre Libanais, tous y sont passés. La radio évoque le communiqué publié par Ansaru au moment de l'enlèvement. Les islamistes dénonçaient « les atrocités faites à la religion d'Allah par les pays européens dans de nombreux endroits comme l'Afghanistan et le Mali ». Les mêmes propos qu'ils m'ont contraint à enregistrer dans les deux vidéos. Exactement les mêmes mots ! J'en ai froid dans le dos. RFI explique qu'Ansaru a posté une vidéo sur Internet montrant quatre corps et un homme armé à leurs côtés. Ces barbares affirment qu'ils ont été poussés à exécuter leurs otages à cause des actions menées par les gouvernements britannique et nigérian pour les libérer. Ils concluent en affirmant qu'ils ont agi « au nom d'Allah bienfaiteur et miséricordieux ». Miséricorde de m… oui ! Le gouvernement britannique a démenti toute opération. Deux heures plus tard, Abdul vient me chercher pour aller à la douche. Je lui hurle dessus :

– Pourquoi vous avez fait un truc pareil ?

– Ils ont été tués parce qu'ils ont essayé de s'évader.

Abdul m'a dit la vérité. Les forces spéciales anglaises et nigérianes n'ont rien à voir avec ces exécutions sommaires. Me voilà prévenu. Définitivement.

* *
*

11 mars 2013, DGSE, boulevard Mortier

Au sein de la cellule de crise, la tension monte d'un cran avec l'annonce du massacre des otages de la Setraco. Guillaume H. ordonne à ses équipes de tout faire pour comprendre les raisons de ces exécutions sommaires. Le contact est permanent avec les services de renseignement alliés, qui transmettent les images de quatre cadavres occidentaux. L'un d'entre eux ressemble étrangement à Francis Collomp. La photo est décortiquée, analysée dans les moindres détails. Finalement, l'hypothèse d'une exécution de Francis Collomp est écartée par les experts de la DGSE.

L'enquête sur les morts de la Setraco progresse rapidement. Ces assassinats semblent liés à l'arrestation par les forces nigérianes d'un membre d'Ansaru. De peur que cet homme ne parle et ne révèle où sont détenus les sept otages, Ansaru – qui a appris, par ailleurs, que les Anglais ont déployé des forces spéciales sur le territoire nigérian – a préféré les éliminer.

L'exécution des otages de la Setraco est la preuve qu'Ansaru est un adversaire déterminé et féroce. Cet épisode tragique renforce Guillaume H. dans sa conviction qu'il faut éviter à tout prix ce qu'on appelle une « opération de vive force » pour libérer Francis Collomp. Ce serait le condamner à mort.

* *
*

Fumée blanche, ce 13 mars à 19 h 05, à Rome. Un nouveau pape succède à Benoît XVI, annonce RFI. Il est argentin et s'appelle François. Je comprends qu'il est noir et je n'en reviens pas[1]. Ils l'ont donc fait ! Toutes les spéculations pendant le Conclave sur l'élection possible d'un pape africain étaient donc vraies. Je garde la radio ouverte, car je veux entendre les premiers mots du chef de l'Église. Il demande au peuple qui l'écoute sa bénédiction et sa prière. Cette humilité me touche. Certes, je ne suis pas pratiquant, mais je ne suis pas non plus athée. Ce sont les curés de Saint-Louis de Saumur, puis les Frères du lycée Saint-Julien-la-Baronnerie, à Angers, qui m'ont formé. En dépit des bêtises que j'ai commises tout au long de mon existence, des coups de canif que j'ai plantés dans mon contrat de catholique… et de mariage, j'ai gardé une forme de foi. L'humanité du pape François me bouleverse. Pourtant, elle n'atténue pas mon désir de vengeance et de liberté. Je ne peux pas accepter le sort qui m'est réservé. Au fond de moi, tout mon être est entré en résistance.

* *
*

Abdul est peut-être le seul gardien avec lequel j'ai des échanges, mais, incontestablement, c'est le plus dangereux. Si quelque chose tourne mal, c'est à lui, j'en suis convaincu, que le manager a confié la charge de m'exécuter. D'où ma préoccupation permanente de l'abuser sur mes intentions. En lui donnant l'image d'un homme âgé, râleur mais

1. Francis Collomp ne réalisera qu'après sa libération que le pape François, argentin, n'est pas noir mais blanc.

fataliste, je veux l'amener à baisser la garde. Qu'importe que l'incompréhension soit totale entre nous, il faut que je donne le change. Ce jour-là, Abdul est particulièrement disert.

– Tu as des enfants ? demande-t-il.

– Non, ma femme ne peut pas en avoir.

– Pourquoi ?

Je me lance dans une explication médicale à laquelle je sais par avance qu'il ne comprendra rien :

– Elle a une endométriose, une obstruction des trompes, c'est une maladie gynécologique.

– Mais tu aurais dû prendre une autre femme pour faire des enfants !

– Non, moi, j'aime ma femme !

Son regard est incrédule. Il ne semble pas saisir ce que je lui raconte. Pour lui, le mot amour ne doit pas signifier la même chose. Plus tard, dans la conversation, quand je lui parle du décalage horaire entre Paris et le Nigeria, il me regarde d'un air idiot. Je décide de le convaincre de ma gentillesse en tentant de lui apprendre un certain nombre de choses. Faute de matériel, je prends mon verre, fais un rond autour avec mon crayon et lui explique comment fonctionnent les méridiens autour de la Terre à partir de celui de Greenwich en Angleterre. Il ne sait pas que la Terre tourne. Il est si étonné de l'apprendre qu'il me dit qu'il va en parler au manager. Il me délivre même un compliment :

– Ah oui, tu es ingénieur !

Son ignorance me sidère. Je l'interroge :

– Mais qu'est-ce qu'on t'a appris, à l'école coranique ?

– Ce que dit Mohamed ! Un jour peut-être, j'irai à l'école.

– Tu te rends compte que des gamins de 12 ans savent ce que tu vas apprendre à 20 ans !

– Oui, mais mon monde, c'est pas le même. Moi, je vis pour le Coran, Mohamed et le paradis.

– Quand tu parles d'aller à l'école, tu parles de la vraie école ?

– Oui, parce que je veux aussi savoir. Ma femme sait lire et écrire. Je dois savoir parler avec elle.

– C'est pas une vie, d'être gardien de prison. Il faut que tu gagnes ta vie si tu es marié !

– Je me suis marié comme les autres, ici : j'ai acheté une fille.

Anéanti par ce qu'il me raconte, sans aucun espoir de réponse, je lui lance :

– Et l'amour, dans tout ça ?

Sans la moindre gêne, Abdul me montre alors que son sexe est en érection sous ses vêtements. L'amour se résume bien chez lui aux relations sexuelles. Il est, d'ailleurs, totalement obsédé. Il passe son temps à se tripoter. Je déteste cette impudeur, je lui demande de se calmer.

– Arrête de te toucher tout le temps la bite ! C'est pas possible, d'être toujours dans cet état, tu dois prendre du Viagra. Combien par jour, combien ?

Il comprend et répond, hilare :

– Trois !

Pour m'impressionner, il sort même de sa poche des cachets de Viagra chinois.

– Mais tu es jeune, tu n'as pas besoin de ça.

– Si, je dois satisfaire, beaucoup. Je veux d'autres femmes, elles m'appellent mais il me faut de l'argent.

Abdul me montre son téléphone. Il change tout le temps la puce pour pouvoir téléphoner à différentes filles. Soudain, il s'affole d'avoir trop parlé :

– Tu ne dis rien de ce que je t'ai raconté au manager…

Je le cuisine gentiment. Je sens qu'il a peur de cet homme qui, si j'ai bien compris, est marié à sa sœur. Abdul est dangereux, mais friable. Je dois continuer à gagner sa confiance, par petites touches, lentement. Le vieux Blanc que je suis doit susciter chez lui de la curiosité, à défaut de sympathie, et l'envie d'apprendre des choses. Il parle le haoussa et l'arabe, les deux langues qui véhiculent le Coran. En signe de soumission, je lui demande de m'apprendre de nouveaux mots de haoussa. Il accepte, flatté. De mon côté, je lui propose de lui donner des leçons de mathématiques pour qu'il sache au moins compter. Je commence par lui poser des questions pour évaluer ce qu'il sait déjà. Il ne sait rien, incapable de faire une addition ou une multiplication. Je lui explique les règles, je lui parle des racines carrées. Il note tout sur un petit carnet. Avant qu'il reparte, je lui fixe une liste de devoirs à faire pour la soirée.

Le lendemain, il revient sans avoir fait le moindre exercice. Il me dit qu'il n'a pas eu le temps de travailler.

– Je dois lire le Coran, c'est plus important que les devoirs que tu me donnes…

Abdul parle d'obligation religieuse. Il explique qu'il ne progressera pas dans la hiérarchie d'Ansaru s'il n'est pas un bon musulman. Il veut effectuer au plus vite le voyage à La Mecque et voir le tombeau du Prophète.

– Quand tu vas là-bas, ta foi pour Mahomet est contrôlée. Ça change l'homme, tu deviens un nouvel homme !

– Et le voyage, tu vas le payer comment ?

– Je ne sais pas…

– Tu devrais prendre des cours d'anglais pour gagner ta vie. C'est la langue des affaires, ici, au Nigeria.

– Non, la seule langue, c'est celle du Livre, la langue d'Allah qui m'a sauvé la vie dans un accident.

– Quel accident ?

– Dans une voiture. Tout le monde est mort, sauf moi. Allah m'a sauvé.

Abdul me rend fou avec son fanatisme religieux. Pour comprendre un peu les versets du Coran, j'écoute Radio Saudi Arabia qui les diffuse en français. Au moment de l'appel à la prière, je place le poste sur le rebord de ma fenêtre et je fais exprès de monter le son. Dans la cour, Abdul devient agité. Je lui demande pourquoi il ne se branche jamais sur cette radio. Il me répond qu'il n'aime pas les Saoudiens.

– Ce sont pas de vrais musulmans.

Je n'entre pas dans le débat. Au cas où il change d'avis, je lui montre comment régler les ondes courtes et trouver la fréquence. Il veut alors échanger son poste contre le mien. Je refuse.

– Tu te démerdes avec ta radio !

– Mais la mienne marche moins bien quand je marche. Toi, tu bouges pas…

Sa réponse me met dans une colère noire. Il sait que la radio est mon seul lien avec le monde extérieur. J'en deviens grossier.

– Tu te fous de ma gueule, Abdul, c'est pas toi qui vas me mettre un suppositoire : je me le mets tout seul !

Il repart l'air contrit mais revient quelques minutes plus tard de très bonne humeur. Il est comme ça, Abdul, insaisissable. Ses changements d'humeur ne me rassurent pas. Avec lui, je reste toujours sur mes gardes. Quand je marche autour du matelas, dès que je l'entends s'approcher, je m'arrête net. Je ne veux pas qu'il se dise que j'entretiens ma condition physique. Survolté, il se lance dans une diatribe contre les Américains.

– Ce sont tous des tueurs ! En Afghanistan, ils tuent des femmes et des enfants qui n'ont rien fait. Nous allons éliminer ces infidèles.

L'annonce de morts occidentaux, en Afrique ou en Afghanistan, le rend chaque fois heureux. Son monde est si simple : d'un côté les musulmans, de l'autre les non-musulmans qu'il faut exterminer. Dans toutes ses phrases ou presque, il cite Allah. Il est persuadé qu'Allah le protège depuis qu'il a échappé à la mort. Mais, pour lui, que représente-t-elle, cette mort ? Il peut aussi bien la donner que la recevoir. Tuer ou se faire exploser la tête.

Depuis plusieurs jours, Abdul écoute une radio mauritanienne qui retransmet les messages d'Aqmi, l'allié au Maghreb d'Ansaru. Je le questionne pour savoir ce qu'ils disent. Ses réponses ne sont pas claires : soit il est mal informé, soit il joue, un peu plus, à l'imbécile. Comme il passe son temps à écouter la radio, il use les piles de son poste à toute vitesse. Il me demande de le dépanner. C'est vraiment le monde à l'envers. J'accepte une fois, pas deux. Après la radio, voilà maintenant que sa lampe torche tombe en rade. Devant moi, il me pique la mienne. Je ne réfléchis pas : je lui saute au cou. On en vient presque aux mains. Je lui hurle que c'est le manager qui m'a donné cette lampe. Déchaîné, je lui annonce que je vais tout balancer au manager, sa vie sexuelle, ses boîtes de Viagra. Il recule aussitôt, me demande de ne rien dire.

Au manager, je ne dévoilerai rien sur ses frasques, mais j'évoquerai la dispute. On est en pleine saison des pluies, la lune est voilée, la nuit très sombre, je ne veux pas pisser dans le noir, à côté du seau, en en foutant partout. Avec l'humidité, ça pue suffisamment. Le manager me donne raison. Il me rend la lampe. Abdul est furieux, mais doit ravaler sa colère.

* *
*

C'est arrivé sans prévenir : une nouvelle dysenterie aiguë. Je vomis, je fais de l'eau comme au début, en janvier. Nous sommes le 15 avril. J'ai froid, je claque des dents. Ces diarrhées sont dévastatrices, épuisantes, je dois absolument prendre des médicaments : de l'Imodium, de l'Intétrix. Alerté par Abdul, le manager vient constater mon état. Je lui dis que j'ai besoin de médicaments, mais que je n'en avalerai pas un seul d'origine chinoise. Ces médocs chinois sont pires que tout : des poisons. Je lui demande des produits Glaxo Smith Kline. Je connais bien ce laboratoire anglais. J'ai travaillé pour eux dix-huit mois en 2006-2007, en France, dans leur usine de Saint-Amand-les-Eaux.

Le soir, le manager revient avec les médicaments. La diarrhée s'atténue progressivement. Je reprends mes marches autour du matelas, mais à un rythme moins soutenu : sept kilomètres par jour au lieu des douze habituels. Je me repose plus souvent. Parfois, les spasmes qui me secouent le ventre sont si forts que je salis mes sous-vêtements. Avec mes réserves de sachets d'eau, je les lave immédiatement. Je n'ai que deux shorts. Je mets un point d'honneur à me changer tous les jours : une lessive quotidienne. Pour obtenir plus d'eau, je continue de faire peur à Abdul en menaçant de révéler au manager les détails de sa vie sexuelle. Avec lui, il n'y a que le rapport de force qui marche. Je ne lâcherai rien sur l'hygiène. Je ne veux pas me dégrader et perdre ma dignité. Ce serait une victoire pour mes geôliers. Et, pour moi, le début de la fin.

* *
*

Pourquoi une troisième vidéo ? Le 17 avril, ils ressortent le grand cirque. Cette fois, Abdul fait partie du spectacle. Il est l'un des deux gardiens qui m'encadrent. Tout en noir, masqué, kalachnikov pointée sur moi. Ils m'ont redonné ma tenue Michael Jordan. C'est le manager lui-même qui réalise la vidéo avec son portable. Cette mascarade ne m'amuse pas. Je me tourne vers Abdul pour lui dire de faire gaffe à sa kala. Son acolyte, sur la gauche, pouffe de rire sous sa cagoule. Il se penche vers moi et rigole à mon oreille :

– T'inquiète ! Y a la sécurité !

En montrant ma peur, je me mets en position de faiblesse. Mais je me protège aussi : à coup sûr, ils doivent se dire qu'un homme qui craint autant les armes ne peut pas courir le risque de s'enfuir. Ils me demandent de lire un texte dans lequel je supplie la France de négocier ma libération. Pour inciter le gouvernement à agir vite, ils insistent sur la dégradation de mon état de santé.

« Mon nom est Francis Collomp, 63 ans, ressortissant français enlevé au Nigeria il y a cent dix-neuf jours à Rimi dans l'État de Katsina, alors que j'étais employé par la société française Vergnet. Nous sommes le 17 avril, je suis vivant mais dans une situation critique. J'espère que les gouvernements nigérians et français répondront aux exigences d'Ansaru afin de respecter ma vie, ma santé et également ma famille… »

Au texte qu'on m'impose, j'ajoute une information importante :

– Grâce à la radio, à RFI, j'ai des nouvelles de la France…

Le manager, après avoir revu les images sur son téléphone, n'est pas satisfait. Il a mal réglé la prise de son et m'oblige à recommencer. La séance devient pénible, tendue. Je ne suis pas sûr qu'ils gardent mon couplet sur RFI. Ce serait le meilleur moyen pour les autorités françaises de me faire passer des messages. Que font-ils des vidéos ? J'essaye de me rassurer : tant que ces illuminés fabriquent les preuves que je suis en vie, j'ai du temps devant moi. Ils ne m'ont pas encore condamné.

* *
*

Ces deux dernières nuits ont été moins pénibles. J'ai moins mal au ventre, je peux de nouveau rallonger mes marches dans la journée. Ce matin du 19 avril, je bondis de mon matelas. RFI vient d'annoncer la libération des sept membres de la famille Moulin-Fournier, parents et enfants ! Je me surprends en train d'esquisser des pas de danse réunionnais dans ma cellule. Je suis fou de joie, pour eux, pour les gosses, pour la France. Le communiqué émane de la présidence camerounaise. Il précise que les Français ont été libérés dans la nuit par Boko Haram puis remis aux autorités de Yaoundé. Il est donc possible de négocier avec ces barbares ! Pour la première fois, je me convaincs que Paris ne m'a pas oublié. Le gouvernement français doit être à la manœuvre pour s'occuper de mon cas. Comment ? Par quel canal ? Je n'en ai pas la moindre idée. Seule la réaction possible des autorités nigérianes continue de me contrarier. Je connais bien leurs méthodes. Ils ont toujours préféré la force à la diplomatie.

Le lendemain, j'entends les premiers mots de Tanguy Moulin-Fournier, le père de famille. Il vient de descendre de l'avion qui l'a ramené à Paris avec tous les siens. Accueilli par François Hollande, il remercie les autorités françaises qui ont fait leur devoir dans la discrétion. Il insiste sur le rôle de Paul Biya, président du Cameroun, dans leur libération. Il dit qu'ils ont été bien traités, mais qu'ils ont souffert de la chaleur et de la soif. Ce n'est pas mon cas, j'ai cette chance. Grâce au thé accordé par le manager, j'économise des sacs d'eau potable. J'ai une réserve de six ou sept litres d'eau que j'utiliserai quand je prendrai la fuite.

Abdul entre dans ma cellule, accompagné de « No money » que j'ai rebaptisé « Bille de clown » à cause de sa petite tête ronde et de ses lunettes noires de femme. Je leur parle de la libération des Moulin-Fournier. Je leur dis :

– Maintenant, c'est moi qu'il faut libérer !

Réponse de Bille de clown :

– Tu seras libéré en juillet, une semaine avant le ramadan.

Abdul ajoute aussitôt :

– C'est le manager qui décide. Les otages, ils ont été libérés avec des sacs-poubelle…

Dans le langage d'Abdul : des sacs bourrés de billets. Manifestement, il y a eu versement d'une rançon. « Bille de clown » me dit-il la vérité ? Cette date de juillet est une lueur d'espoir. En même temps, elle signifie que je dois croupir ici pendant encore trois mois. Il ne faut surtout pas que j'abandonne mes projets d'évasion. D'abord parce que je n'ai aucune certitude. Ensuite parce que ça m'occupe l'esprit. Quelques heures après la visite d'Abdul et de Bille de clown, j'aperçois la tête du manager à la fenêtre. Comme d'habitude, il ne rentre pas dans la cellule. Dans mon anglais de fortune, je le complimente pour la libération des Moulin-Fournier.

– Pour la première fois, vos frères ont pris une bonne décision. Les enfants n'ont rien à voir avec vos affaires. La femme non plus.

Subtil, il me répond :

– Ce ne sont pas nos frères et ce n'est pas nous…

Ce n'est pas nous… En une formule, le manager me fait comprendre que mon sort ne dépend pas de Boko Haram. Par ces quelques mots, surtout, il me laisse entendre qu'ils auraient pu agir autrement : en libérant les enfants et en tuant les parents. Ou l'inverse ! Cet homme est intelligent, dangereux. Il réfléchit à tout ce qu'il fait, tout ce qu'il dit. Je suis convaincu que c'est de lui que tout dépend.

* *
*

SIÈGE DE LA DGSE, boulevard Mortier

La libération des Moulin-Fournier est une victoire pour les membres de la cellule. Tous se sont donnés sans compter, vingt-quatre heures sur vingt-quatre, pour obtenir le retour des parents et de leurs enfants. Cette opération réveille l'espoir d'une issue heureuse pour Francis Collomp. Le contact qui avait été rompu avec l'imam utilisé comme point de contact par la fondation britannique est enfin rétabli. Un dialogue périlleux est engagé avec des proches d'Ansaru. Des filatures et des contre-filatures sont déclenchées au Nigeria par des hommes équipés de capteurs et soutenus par des moyens aériens : drones et avions. Les informations recueillies sont nombreuses, mais elles ne permettent toujours pas de localiser avec exactitude le lieu de détention de Francis Collomp, dans la ville de Kano.

Pour Guillaume H. et son équipe, il n'est pas question, de toute façon, de déclencher une opération de force pour le libérer. Avec les Nigérians, l'opération serait compliquée à monter et trop aléatoire.

De son côté, Ansaru ne demande plus seulement la libération de ses hommes détenus par les forces nigérianes : le groupe réclame aussi une rançon. En s'appuyant sur son réseau, la DGSE fait passer le message que, pour agir, Paris a besoin d'un geste de bonne volonté. En cas de libération de Francis Collomp, la France promet de pousser le gouvernement nigérian à reconsidérer le sort de certains prisonniers. La libération des Moulin-Fournier rend optimiste Guillaume H. Non seulement c'est un gros souci en moins, mais encore c'est la preuve que des discussions et un accord sont possibles.

* *
*

13

PROBLÈMES DE CŒUR

Le 25 avril 2013, comme tous les jours, je suis debout depuis 5 h 30 du matin. Vers 10 heures – je le sais grâce à l'appel à la prière –, je termine ma première marche autour du matelas. Assis sur la chaise, je récupère de mon effort, quand une violente douleur me déchire le corps, sous le bras gauche. « Eh merde, manquait plus que ça ! » Attaque cardiaque, angine de poitrine, j'en connais bien les symptômes. Je m'allonge et commence, avec le bras droit, à me marteler la poitrine de coups très forts. Quinze à vingt fois de suite. Je fais une pause de trente secondes et reprends les coups de poing. J'ai peur que mon cœur lâche, mais je ne cède pas à la panique. Depuis mon triple pontage, j'ai appris à gérer mes problèmes cardio-vasculaires. Comme responsable de chantier, j'ai aussi suivi une formation de secouriste pour faire des massages cardiaques ou arrêter l'hémorragie d'une artère. Mon cœur fait un chahut fou. J'ai l'impression que le bruit de ses battements est amplifié. Cette impression de vacarme cardiaque est affolante. Comment entendre un bruit qui n'existe pas ?

Au bout d'une demi-heure, la douleur diminue, puis finit par disparaître. J'avale deux cachets d'aspirine laissés par le manager pour fluidifier mon sang. Je redeviens enfin calme. La tempête est passée. L'idée d'avoir pu mourir d'un infarctus, alors que je ne suis pas loin de me tirer de ce bourbier, me glace le sang. Il faut que j'oublie ce qui vient de m'arriver. Pas question, non plus, d'alerter mes geôliers. S'ils pensent que je peux mourir, ma valeur marchande va vite s'effondrer. Moi, malade, ma peau ne vaut plus rien. Je ne dois ni l'être ni le laisser croire.

Pour ne plus penser à cette alerte cardiaque, je décide de relire mes notes sur la voiture éolienne, allongé sur mon matelas. Sans lunettes, je me rends compte que je confonds les « m » et les « n ». Je me rassure en me disant que je suis assez lucide pour repérer les fautes que j'ai commises en écrivant. Je parle à voix haute, à moi-même, de Francis à Francis, faux dialogue et vrai monologue qui me donne l'illusion d'un échange. En m'observant de l'extérieur, on me prendrait sans doute pour un fou. Je suis certain, pourtant, que mon esprit ne déraille pas. Mon projet de voiture en est la preuve.

Ce travail de relecture terminé, j'allume la radio. Je décide de ne plus bouger de la journée. Il faut que je récupère complètement pour éviter une rechute. Depuis mon pontage, je ne me considère plus comme « cardiaque ». Malgré la brutalité de ces angines de poitrine qui surviennent sans prévenir, je ne me sens plus en danger. J'ai mes médicaments et, grâce à eux, j'ai une vie normale. En 2001, pourtant, j'ai été tout près de passer l'arme à gauche.

Le souvenir de cet épisode remonte dans ma mémoire. J'habite alors Paris, rue Lemercier, dans le 17e arrondissement. Tous les matins, je pars en voiture à Poissy, en banlieue, où je travaille sur l'aménagement du siège social de Peugeot. La société qui m'emploie, Anyway, est dirigée par Marima, une femme d'origine maghrébine que j'apprécie beaucoup. Depuis plusieurs jours, je lui confie mon inquiétude : j'ai du mal à me déplacer, je fais de l'apnée du sommeil. Elle m'indique aussitôt le nom d'un bon médecin. Un vendredi soir, alors que je sors du restaurant avec Anne-Marie et un copain, je ressens un malaise inhabituel, un poids dans tout le corps. Je me traîne comme un vieillard. Anne-Marie et mon pote se moquent de moi : je marche dix mètres derrière eux, incapable de les suivre. Le lendemain, toujours aussi faible, j'appelle le toubib recommandé par Marima. Il me demande de le rejoindre au plus vite, dans son cabinet, à Créteil. Les derniers mètres à pied, légèrement en pente, sont un calvaire. J'ai l'impression d'escalader un col ! Quand le docteur commence à m'ausculter, je suis, en réalité, au bord de l'infarctus.

Après avoir pris ma tension, il appelle deux cardiologues et m'expédie sur-le-champ aux urgences de l'hôpital Henri-Mondor de Créteil. Très vite, je suis transféré en cardiologie, au treizième étage. On me demande de placer dans un coffre mes papiers et mes objets de valeur. J'ai une montre Cartier et, autour du cou, une chaîne en or de cent treize grammes. Surtout, devant l'infirmière sidérée, je sors de mon slip quatre mille euros que je viens de gagner au tiercé. Une heure plus tard, le verdict tombe : deux coronaires bouchées, la troisième à moitié obstruée. L'opération est urgente. Le lundi, Anne-Marie vient me voir. Je lui annonce que j'ai décidé de faire don de mes organes. Les papiers sont prêts, elle n'a plus qu'à les cosigner. Elle entre alors en furie, déchire le dossier.

– Si tu meurs, hurle-t-elle, je ne veux pas ramener un rapiécé à la Réunion !

Deux jours plus tard, je suis opéré. Tout se passe bien, mais il me faudra trois mois pour me remettre. Sur la table d'opération, j'ai laissé une partie de ma mémoire. Certains repères temporels se sont envolés. Je ne sais plus quand mon père est mort, j'ignore l'âge de mes sœurs, j'ai un mal fou pour dater les événements. L'anesthésie a flouté mon existence.

C'est pour cela que j'ai besoin d'un calendrier. Si je ne note pas les choses, je m'égare dans mon passé.

* *
*

Siège de la DGSE, boulevard Mortier

Au début du mois de mai 2013, la DGSE récupère, via un intermédiaire, une nouvelle vidéo de Francis Collomp. Elle n'est pas destinée à être diffusée. C'est une preuve de vie et une adresse directe à François Hollande pour qu'il retire les forces françaises au Mali et en Afghanistan. Dans cette vidéo, Francis Collomp lit avec difficulté son texte en anglais.

La cellule de crise du Quai d'Orsay est sollicitée pour examiner son état de santé. Sur les images, il paraît abattu, ses cheveux ont beaucoup blanchi en deux mois, il est amaigri. Cependant, pour le docteur Christophe Schmit, cet amaigrissement n'est pas inquiétant. Il est même rassuré de constater que Francis Collomp est beaucoup moins essoufflé quand il s'exprime. Plus que jamais, le médecin pense qu'il peut s'en sortir physiquement. Il l'explique à Laurent Fabius, ministre des Affaires étrangères, puis au chef de l'État qui pose directement la question :

– Il va mieux ou moins bien ?

La réponse de la cellule est claire :

– En dépit des apparences, monsieur le Président, Francis Collomp va mieux.

Le 25 mai, au Quai d'Orsay, dans le bureau de Laurent Fabius, trois membres de la famille de Francis Collomp sont réunis : Anne-Marie Collomp et sa sœur Gilda Marbois, qui ont fait le voyage de la Réunion, et Denis Collomp, le frère de l'otage. La cellule de crise a décidé de leur montrer la vidéo de quarante-trois secondes datée du 17 avril. Francis leur apparaît vieilli, amaigri, le regard absent sous ses paupières à moitié closes. Tous trois sont terrifiés par les canons des kalachnikovs qui l'encadrent de chaque côté des épaules.

Sous le choc, Anne-Marie éclate en sanglots. Elle s'inquiète de le voir sans lunettes et se préoccupe de ses médicaments. Tétanisée, elle pose peu de questions au ministre. Denis Collomp, lui, s'informe avec précision de la situation. Il veut comprendre le sens de cette vidéo. Le chef de la cellule du Quai d'Orsay fait tout pour les rassurer. Il leur explique que les médicaments nécessaires ont été expédiés et que, grâce à plusieurs canaux, Francis Collomp a dû les recevoir. Des contacts importants sont en cours. À tous, il demande la plus grande discrétion pour ne pas contrarier l'action menée. Dans la conversation, pourtant, Anne-Marie Collomp comprend que son mari écoute peut-être RFI. Au sein de la cellule, c'est l'inquiétude : on sait que personne ne pourra la contrôler et l'empêcher de tenter d'établir un contact de son côté.

* *
*

Avec ses cinq appels à la prière, le muezzin commence à me taper sur les nerfs. D'accord, il me donne l'heure, mais sa voix m'est devenue insupportable. Je me précipite à la fenêtre. Je gueule :

– Tu chantes faux, mon gars, arrête, tu chantes faux !

J'enchaîne en hurlant des Allah Akbar pour énerver mes gardiens. Aucune réaction. Ils me prennent pour un fou. Bientôt six mois qu'ils me retiennent ici et ma colère explose. J'allume la radio pour me changer les idées. Je tombe sur une chanson que je n'avais jamais entendue. Une voix douce, lente, qui semble s'étirer à l'infini : « Formidable, fooormidable… »

Je suis sous le charme de cette mélodie. Plus tard, j'apprends que le chanteur s'appelle Stromae, que sa mère est belge et que son père, rwandais, a été massacré pendant le génocide en 1994. Je découvre une autre chanson de lui : *Papaoutai*. Elle me bouleverse. J'essaye de retenir les paroles pour les fredonner : « Où t'es, papa, où t'es ?… »

Si je sors de ce merdier, je ferai tout pour rencontrer ce chanteur. Je lui dirai combien il m'a aidé à tenir. Aujourd'hui, Stromae me donne envie d'écrire. Peut-être pourrais-je lui offrir un texte de chanson !

* *
*

Allongé sur mon matelas, j'écoute distraitement le journal de 8 heures de RFI quand soudain j'entends la voix d'Anne-Marie. Je redresse la tête, attrape la radio, réoriente l'antenne pour mieux capter le son. C'est bien elle, ma petite femme, qui s'adresse à moi :

« Je dis à Francis : je t'aime, je ne t'abandonne pas, je te demande de tenir le coup. Tu n'es pas seul dans ce combat, à la Réunion nous menons des actions pour demander ta libération, je te demande juste de tenir le coup. Je t'aime. Je ne t'abandonne pas. »

Les larmes me montent aux yeux. Je ne veux pas que sa voix s'en aille. Je veux la réentendre. Il faut qu'ils rediffusent son message. Depuis combien de temps ne l'ai-je pas entendue ? Malgré les hauts et les bas de la vie, j'aime encore cette femme, je le sais. Par la fenêtre, je lui envoie des milliers de baisers. D'après mon calendrier, nous sommes le 20 juin. Peut-être qu'Anne-Marie a voulu fêter notre anniversaire de mariage. On s'est mariés à l'église le 22 juin 1979 et à la mairie le 23. Trente-quatre ans, toute une vie. Je surmonte mon émotion. Non, ce n'est pas le sens de son message. Elle cherche juste à me dire qu'elle tente de faire bouger les choses et qu'on ne me laisse pas tomber. J'aimerais tant pouvoir lui répondre, la rassurer sur mon état de santé. Toute la journée, je laisse la radio ouverte. Le soir, RFI repasse l'enregistrement. J'ai envie de hurler que je suis en vie.

– Oui, Anne-Marie, tu m'entends, je suis en vie…

Depuis plusieurs semaines, c'est la mort ici, il ne se passe plus rien. Le message d'Anne-Marie rompt une routine désespérante :

– lever 5 h 30
– toilette
– infos
– marche
– travail sur les plans de la voiture
– radio
– promenade dans la cour
– repas
– radio
– marche
– douche le soir

– radio avant de m'endormir
– chants de l'école coranique.

Pendant la promenade, je continue aussi avec obstination de verser un peu d'huile de palme sur le loquet au bas du portail. Je donne des coups de pied pour ébranler l'ensemble. Je m'en prends au fil de fer qui sert de cadenas pour bloquer les ventaux du portail. Le tout, le plus discrètement possible. Le problème, c'est que cette saloperie résiste. Combien de temps me faudra-t-il pour tout faire sauter ? Question de jours, de semaines, de mois ? Je n'en ai pas la moindre idée. Je sais juste que je n'ai pas le choix. Le message d'Anne-Marie me fait du bien. Il me rassure sur la mobilisation du gouvernement français et des médias. Mais il me laisse toujours à la merci de ces fous furieux, haineux et imprévisibles. Je ne peux pas compter sur d'hypothétiques négociations, je dois me tirer pour sauver ma peau. En fin de promenade, je balance toujours une poignée de sable sur le loquet pour dissimuler les traces d'huile. Quand ta peau est en jeu, tu t'attaches aux moindres détails.

En principe, pendant mes tours dans la cour, c'est Abdul qui me surveille. Cette fois, c'est Bille de clown, avec sa tête ronde et son cou de taureau musculeux. Il dissimule son visage. Une seule fois, je l'ai aperçu sans son keffieh. Ce jour-là, j'ai eu peur. Son visage respire la haine. Pendant la promenade, son fils lui a fait un signe depuis la cour voisine. En tournant légèrement la tête, j'ai capté la scène. Cela a suffi pour que Bille de clown se déchaîne. Il m'a foncé dessus et m'a balancé un coup de crosse en m'insultant.

Cette violence sans raison m'affole. Elle me rappelle que je suis leur cible. Dans ce monde islamique en guerre contre tout ce que je représente, les sentiments n'existent pas. Au mieux, je suis un objet d'échange. En aucun cas un être humain.

* *
*

Est-ce à cause du coup de crosse de la veille ? Une nouvelle fois, le poignard plonge dans ma poitrine, sous le bras gauche. Angine de poitrine. Je m'allonge et démarre les massages cardiaques : coups de poing, pause, coups de poing, pause. J'applique à la lettre les consignes. Au bout de quelques minutes, l'étau se desserre. Je suis épuisé, lessivé. Surtout ne pas parler de ces crises à mes kidnappeurs. Après tout, ils savent que je suis cardiaque : ils m'ont fourni les médicaments de mon traitement. Inutile d'en rajouter. Nous sommes le 23 juin. Si je me souviens bien, la première alerte a eu lieu fin avril. Deux mois déjà. En principe, ce n'est pas trop grave. Je dois me reposer… et continuer à marcher. C'est bon pour le cœur, m'ont dit les médecins.

La douleur est encore vive, mais je la supporte. Je suis plutôt dur au mal. À la Réunion, un jour, je me suis fait recoudre l'avant-bras sans anesthésie : sept points de suture. La seule chose que je redoute, ce sont les brûlures. Étendu sur mon matelas, je pense au temps écoulé. Six mois et quatre jours. Malgré cette alerte, je me trouve plutôt vaillant. Psychologiquement, surtout. Je ne dépéris pas, je m'occupe, j'échafaude des plans, je leur tiens tête. Ils aimeraient sûrement me faire basculer dans l'islamisme, me convertir. Abdul ne me lâche pas avec sa charia. Qu'ils aillent tous au diable !

14

ÉPUISEMENT

Dans le brouillard oppressant de ma détention, plus que jamais je m'accroche à l'espoir d'une évasion. Pour le moment, la rouille résiste aux gouttes d'huile de palme et à mes coups de pied. Je finis par me demander si je vais réussir. Quand mon moral flanche, je marche, je chantonne, je réfléchis à mon projet de voiture, j'écoute RFI. Voilà ma vie. La radio est ma planche de salut. Je tutoie maintenant tous les animateurs. C'est ma nouvelle famille. Je deviens, moi aussi, commentateur. J'écoute, je parle, j'analyse, je contredis, affûtant mes arguments, m'emportant dans des envolées passionnées.

Depuis hier, 25 juin, Barak Obama est au Sénégal. Une visite de deux jours. RFI rappelle que c'est son premier déplacement en Afrique subsaharienne depuis le passage express qu'il a effectué à Accra, au Ghana, en 2009. Le président américain semble vouloir saluer le seul pays d'Afrique francophone qui vive une authentique expérience démocratique. Demain, il doit aussi se rendre dans la Maison des esclaves de l'île de Gorée, pour s'y recueillir, avec sa femme et ses deux filles. Je trouve ce voyage risqué. Je ne sais pas pourquoi, mais j'ai un mauvais pressentiment.

Comme si Abdul pouvait me rassurer ou confirmer mes craintes, je décide de lui en parler.

– À la radio, ils disent qu'Obama n'est pas très loin du Nigeria. T'es content ?

– Très content. On le sait depuis longtemps, on va le tuer...

Abdul le dit sans fanfaronner. Froidement. Il joint le geste à la parole et se passe le pouce droit sur le cou pour mimer un égorgement. Cette marque de haine me glace. Je ne me laisse pas impressionner et cherche à le coincer.

– Pourquoi le tuer ? Il est noir, c'est un de tes frères africains !

Abdul s'agace. Il hausse la voix.

– C'est un tueur de musulmans. Avec ses drones, il massacre des femmes et des enfants. Il n'est pas musulman, il faut le tuer !

Dans ma tête, les mots se bousculent. J'aimerais lui dire que l'Afrique est le berceau de l'humanité, qu'il ne peut pas tuer un Noir, que le père d'Obama est né au Kenya... Mais les phrases, en anglais, ne me viennent pas. Je me contente de lui lancer :

– *Same ground !*

Autrement dit : même terre, même couleur de peau.

Abdul n'en a rien à foutre. Il est drogué à l'islam.

– Noir, mais pas musulman ! hurle-t-il.

Devant tant de connerie, je reste pétrifié. Pour Abdul, seuls les musulmans chiites ont le droit de vivre. Tous les autres, hommes, femmes et enfants, quelles que soient leur religion, leur nationalité ou leur couleur de peau, doivent disparaître de la planète. Je me mets à sérieusement flipper pour Obama. Ces cinglés sont capables de l'assassiner. Je pense à la mort de Kennedy qui nous a tous bouleversés, enfants, il y a bientôt cinquante ans. Et puis j'ai beaucoup de sympathie pour ce président. Obama a désengagé son pays de l'Irak, il va le faire en Afghanistan. Il a lutté pour instaurer la Sécurité sociale dans son pays, il est courageux, moderne, solidaire. Je voudrais me tirer d'ici pour alerter les Américains.

Au Sénégal, de nombreux groupes islamistes prospèrent. Je suis certain qu'ils ont des liens avec Ansaru. Une opération suicide est tout à fait possible. Abdul est un imbécile, mais ses propos ne me rassurent pas. Et s'il dit la vérité ? Et s'il se vante ? En mars dernier, RFI a annoncé que neuf enfants étaient morts, brûlés vifs, dans une école coranique de la Médina de Dakar. Pendant des mois, ces gosses ont été réduits en esclavage, vivant dans des conditions épouvantables. Ces islamistes ne respectent rien ni personne. Dans ma tête, tout se mélange, tout m'inquiète. Pendant deux jours, je reste collé à ma radio. Je passe de RFI à La Voix de la Russie, de Saudi Arabia à la radio internationale allemande, la Deutsche Welle... jusqu'à ce qu'Obama s'envole pour l'Afrique du Sud. Quel soulagement ! J'ai eu si peur pour cet homme.

Quelques jours plus tard, le 3 juillet, j'apprends, toujours par la radio, la destitution de Mohamed Morsi, le président égyptien porté au pouvoir par les Frères musulmans. A priori, une bonne nouvelle. Cette fois, ce n'est pas l'avis d'Abdul que je veux connaître, mais celui du manager. Il est informé, intelligent et certainement en colère. Lors d'un de ses brefs passages à la fenêtre, je l'attaque franco sur l'Égypte et la chute de Morsi.

– Mohamed Morsi, me répond-il tranquillement, a été élu démocratiquement. L'armée le jette en prison uniquement parce qu'il est islamiste...

Connaissant l'argument, je ne cherche pas à aller plus loin. Je l'interroge sur l'affaire Edward Snowden dont RFI, depuis un mois, relaie tous les rebondissements. L'homme a dénoncé le système mondial d'écoute de la NSA. Il vient de quitter Hong Kong pour Moscou où il espère trouver asile et échapper aux poursuites de la justice américaine.

L'occasion est trop belle pour le manager de dénoncer le grand Satan :

– Tout est la faute de Washington…

* *
*

Dans quelques jours, c'est le début du ramadan. En écoutant RFI, qui mène une longue enquête sur la propagation du ramadan au Niger, au Nigeria, en Côte-d'Ivoire, au Sénégal et au Mali, je comprends qu'il débutera le 9 juillet. À la radio, on raconte que les commerçants en profitent pour augmenter leurs prix, la tradition voulant qu'à cette période les musulmans, et en particulier les femmes, s'offrent de nouveaux habits. Je redoute, quant à moi, d'être moins bien nourri. Si c'est le cas, je risque vraiment de me délabrer. Faussement ingénu, Abdul me pose la question :

– Toi, tu n'es pas croyant, tu ne feras pas le ramadan ?

– Non, moi, je m'en fous, je te l'ai déjà dit, je ne crois pas à vos conneries, je ne le ferai pas.

Il me bombarde alors de reproches. Je ne suis qu'un vulgaire mécréant. Je pourrai les amadouer en leur faisant croire que je suis séduit par l'islam, mais c'est au-dessus de mes forces. Pendant qu'ils jeûneront dans la journée, moi, je mangerai ! Je me trompe. Dès le 9 juillet au matin, Abdul m'explique que je n'aurai droit qu'à quelques biscuits, des sortes de Petit Brun à la semoule de blé. Quatre-vingts grammes par jour, pas un de plus. J'ai peur de m'affaiblir. J'ai déjà perdu beaucoup de poids, je ne suis pas sûr de supporter un nouvel amaigrissement.

Dès le premier soir, à la nuit tombée, j'entends les gardiens manger et faire la fête dans l'autre cour. Seul Abdul passe me voir. Je lui demande où est passé le manager.

– Il est parti à l'étranger…

– À La Mecque ?

Abdul explose de rire.

Pour tenir le coup, je décide de puiser dans les petites réserves de sucre, d'eau et de thé que j'ai constituées pendant ces longs mois. Chaque jour, je me fais un thé sucré dans lequel je trempe les biscuits. Malgré ces quelques calories supplémentaires, je m'affaiblis très vite. Au bout de quatre jours, je décide de mâcher le fond cartonné d'un sac de supermarché. Mais je ne sais pas d'où il vient, j'ai peur d'attraper une maladie, je préfère laisser tomber. Je regrette de ne pas avoir une ceinture en cuir. C'est nourrissant, le cuir, ça m'aurait bien aidé ! Au fil des jours, je suis contraint de diminuer la longueur de mes marches. Tenaillé par la faim, je fais des crises d'aérophagie qui m'épuisent.

Vers 22 h 45, Abdul m'accompagne dans la première cour pour aller aux toilettes et à la douche. Je suis frigorifié, l'endroit est infesté de rats. Je proteste.

– Je ne pourrais pas me laver un peu plus tôt ?

Réponse invariable :

– C'est le ramadan qui fixe les choses.

Une prison de plus. Comme si l'enfermement et l'éloignement ne suffisaient pas. Avant de m'allonger, je prends mon petit miroir chinois pour inspecter ma gueule. Cela fait plusieurs jours que je n'ai plus de rasoir. Ma barbe pousse de plus en plus. J'ai la tête d'un barbu converti.

* *
*

Mon cœur, décidément, ne me laisse pas tranquille. En me levant, le 20 juillet, à 5 heures du matin, au onzième jour du ramadan, je sens que ça ne va pas. Je mets beaucoup de temps à me mettre debout. Deux heures plus tard, la crise survient, plus violente que les deux premières. J'essaye de ne pas paniquer et de me calmer. Je passe de longues minutes à me frapper la poitrine. La douleur démarre sous le bras gauche et vient jusqu'au cœur, que je sens se durcir. Je prends de grandes aspirations pour oxygéner mon sang. J'avale aussi quatre comprimés d'aspirine pour le fluidifier. Jusqu'à 14 heures, je reste allongé. Dans la matinée, la douleur est si forte que je songe à appeler au secours mes gardiens, contrairement à la règle que je me suis fixée. Pourtant, je n'entends aucun bruit, un silence lourd, pesant. J'ai l'impression qu'ils ne sont pas là. À chaque appel pour la prière, ils doivent fermer la maison et se rendre à la mosquée voisine. Je suis à peu près certain d'être seul. Et si je prenais la fuite par la grande cour ? Je suis trop fatigué pour courir, mon cœur pourrait lâcher. Surtout, d'après mes repérages topographiques, je dois passer devant la mosquée pour filer vers les antennes de radio et l'aéroport. Pour leur échapper, il faudrait que les membres d'Ansaru soient en pleine prière, inclinés, la tête posée sur le sol. Dans le cas contraire, je finis déchiqueté sur place. Un peu risqué quand même…

À mes problèmes de cœur s'ajoutent maintenant des troubles intestinaux. L'eau n'est pas assez bouillie. Mes geôliers n'utilisent pas les filtres Buron qui, en Afrique, permettent de purifier la flotte. Je me vide des deux côtés. Pendant deux jours, je reste couché ou assis sur la chaise, oubliant provisoirement mon projet d'évasion. Comme je marche très peu, je me laisse aller à rêvasser. Je calcule l'argent qu'on me devra quand je serai libre : ma retraite, mes impôts, ma situation bancaire. J'écris tout ça sur mon carnet puis je déchire les pages. Je me rappelle mes parties de pétanque avec les potes. Je suis tireur, pas pointeur. Je me dis que je pourrais améliorer mes performances en trafiquant les boules : y introduire par exemple du mercure pour les alourdir.

Je me lance surtout dans la mise au point d'une martingale pour gagner aux courses. Depuis toujours, je suis turfiste. Quand j'ai commencé à jouer, à Marseille, j'avais 18 ans. J'ai très vite compris que les dés étaient pipés dans le monde du cheval. Les bons coups ne sont pas toujours dus au hasard. À l'époque, après avoir repéré un bar PMU qui trichait, je m'étais branché sur son téléphone pour avoir des tuyaux. Ça a marché deux ou trois fois. Ce coup-ci, je veux trouver un truc pour gagner souvent. J'imagine une combinaison qui devrait améliorer mes chances. Je mets dans un sac en plastique des bouts de papier numérotés de un à dix-huit, puis j'effectue dix-huit tirages de tous les numéros. Je note ceux qui sortent le plus souvent et je les classe. Ensuite, je crée des grilles avec des cases allant de un à onze car je pense qu'il faut jouer onze chevaux sur dix-huit. J'en suis à mon quatrième essai. La méthode me semble prometteuse, mais je dois arrêter… faute de papier. J'y repenserai une fois libre.

Pour arrondir ma retraite.

* *
*

Ce ramadan est interminable. Il m'épuise. Je suis obligé de réduire mes marches. Je mange si peu que mes forces et mon énergie m'abandonnent. Le matin, je me lève tard. Et, dans la journée, il ne se passe rien. Un silence insupportable. Plus je m'affaiblis, plus mon obsession de l'hygiène grandit. Dès que j'ai un peu de dysenterie, je double les feuilles de papier hygiénique. Je les imbibe d'eau et les passe au savon de Marseille. Avant chaque repas, je me rince les mains à la fenêtre. Existence minuscule, rétrécie, presque maniaque. À la tombée de la nuit, la vie reprend un peu ses droits. Les rumeurs de la ville sont plus fortes pendant le ramadan. Tous les soirs, un type tape sur une calebasse. Selon mon évaluation, il est à environ trois cents mètres. Les gosses de l'école coranique, eux aussi, sont plus bruyants. Je me demande s'ils ne jouent pas au football.

Abdul continue de me faire la guerre pour la nourriture. Il me dit qu'il en a ras le bol d'aller chercher, tous les jours, en dehors de la villa, mes quatre-vingts grammes de biscuits.

– Je vais bientôt arrêter.

Je suis pris de panique.

– Pourquoi tu les stockes pas ?

– À cause des rats.

Je lui explique que ce petit biscuit me tient debout. Sans cet apport calorique, je suis fini. Il a l'air de s'en ficher. Dans ces moments, le doute revient. Tiennent-ils toujours à me garder vivant ? Veulent-ils encore m'échanger ? Je ne dois pas fléchir. Penser à moi, à ma survie, à mon évasion, à ma vie d'après. Gamberger sur leurs intentions ne sert à rien. Mes jambes me portent mal, mais je me convaincs que mon corps est plus résistant que la moyenne. Je découvre la puissance de l'autosuggestion. J'encourage mon corps, je le flatte, je lui parle comme le font les coureurs cyclistes dans les cols. Il faut que je tienne jusqu'à la fin du ramadan, en espérant qu'ils me donnent de nouveau à manger comme avant. À coup sûr, ils me font payer mes propos sur l'islam. Peu importe : je suis fier de leur tenir tête. De leur renvoyer leur bêtise à la gueule.

Le 22 juillet, RFI annonce la naissance du *royal baby*. Il paraît que le prince William a assisté à l'accouchement, que la jolie Kate Middleton va bien et que le bébé pèse trois kilos huit. C'est un garçon. Le trône a un nouvel héritier. Moi qui ne me suis jamais intéressé à ce genre d'informations, je suis heureux pour les Anglais. Cette nouvelle, pourtant, jette sur moi un voile de tristesse. Je ne peux m'empêcher de penser à Anne-Marie. Elle comme moi, on aurait tant voulu un enfant. Allez, Francis, c'est comme ça : du passé. Et puis, si j'avais eu un gosse, il aurait été dans l'angoisse depuis sept mois. Je lui ai au moins épargné ça.

15

ILLUSOIRES TRACTATIONS

Il est 19 heures, ce 30 juillet, quand deux grosses explosions déchirent la nuit. Un boucan d'enfer. La déflagration d'un attentat. Je me rue à la fenêtre avec mon poste de radio. Je pense immédiatement aux affrontements sanglants qui ont opposé ces derniers temps l'armée nigériane et les groupes djihadistes. Je me branche sur RFI dans l'espoir d'avoir une information. Pour l'instant, rien. Et puis, au journal de 20 heures, c'est la confirmation : le journaliste annonce une série d'explosions dans la ville de Kano. Je suis bien à Kano, j'avais vu juste, je ne me suis pas trompé. J'en tire, sur le moment, une sorte de fierté. De l'espoir aussi : les antennes sont bien celles de l'aéroport. C'est là qu'il faudra que je me réfugie.

Dès l'aube, le 31, je remets la radio. Les flashes d'infos apportent de nouveaux éléments. Les bombes ont été placées dans le quartier chrétien et visaient une église. Bilan provisoire : vingt-quatre morts. Selon le gouvernement d'Abuja, l'opération a été menée par Boko Haram. Quand Abdul vient me chercher pour la douche, je lui parle aussitôt des explosions. Je lui dis que je sais maintenant que nous sommes à Kano. Il ne bronche pas. Au moment où j'évoque Boko Haram, en revanche, il sort de ses gonds.

– C'est pas Boko Haram, c'est Ansaru, c'est nous !

Dans sa voix, rarement je n'ai entendu une telle fierté. Décidément, rien n'arrêtera ces types. Leur foi ne s'exprime que par la violence, ils n'ont pas peur de leur propre mort, c'est toute leur force. Il faut traquer ces terroristes jusqu'au dernier. Abdul l'ignore, mais ma haine n'en est que plus grande, ma volonté de m'évader plus forte. En leur échappant, je ne sauverai pas seulement ma vie. Je raconterai au monde entier leur barbarie.

* *
*

Le 8 août, le ramadan est enfin terminé. Tôt le matin, pour la première fois, Abdul me conduit à la douche. En passant devant la cuisine, il s'arrête et soulève le couvercle d'une casserole.

– *Souilla !* je hurle.

En langage haoussa : de la viande. La marmite est pleine de morceaux de poulet.

– Tu en auras ce soir…

En me lavant, je ne pense plus qu'à ça : manger. J'examine rapidement mon corps, il a fondu. Depuis mon enlèvement, j'ai dû perdre une quarantaine de kilos. Je n'ai plus de ventre, mes muscles se sont asséchés, mais ils restent fermes. Suffisamment pour courir. Je dois peser environ soixante kilos. L'avantage, c'est que je suis moins essoufflé. Quand je dépassais le quintal, j'avais tendance à me traîner. Mes joues se sont creusées, ma barbe a beaucoup poussé, j'ai un peu de mal à me reconnaître.

Toute la journée, je salive en pensant au poulet. C'est interminable. Une torture. En fin de soirée, Abdul finit par me l'apporter. Celui qui se vantait encore la semaine dernière de massacrer des chrétiens se fait prévenant, presque doucereux. Il m'a servi une bonne ration. C'est délicieux, en plus ! J'en profite, je déguste lentement le plat, je ne laisse rien. Parfois, c'est à ne plus rien y comprendre.

* *
*

Le repas de fête n'aura été qu'une brève parenthèse. Les jours ont repris leur cours, triste et routinier. Même régime alimentaire dégueulasse, même traitement, mêmes occupations. J'ai droit à un nouvel enregistrement vidéo. Texte et décor identiques. Seul Abdul, cette fois, monte la garde derrière moi. J'essaye de ne pas perdre le rythme pendant mes promenades : de l'huile sur le fil de fer, des coups de pied dans le bas du portail, ça finira bien par casser. En revanche, je suis plus prudent pour envoyer mes SOS avec le miroir. L'autre jour, les gardiens se sont rendu compte que je jouais avec les rayons du soleil et m'ont sérieusement sermonné. Je ne peux pas courir le risque de me faire prendre une seconde fois : ils m'interdiraient la promenade et c'en serait fini de mes projets.

Pour la première fois depuis le début du ramadan, le manager revient me voir. Abdul lui a répété ce que j'avais dit après les attentats à Kano. Maintenant, il sait que je sais où nous sommes… J'ai peut-être eu tort de faire le malin et de les inquiéter. À la fenêtre, le manager me fait comprendre que tout est figé dans les négociations sur ma libération. Il n'est plus question de dates. D'ailleurs, la fin juillet évoquée par l'un de mes gardiens est derrière moi. Ce statu quo me fiche le bourdon.

Pour oublier, je me concentre sur ma voiture éolienne, je chante du Stromae, je dresse la liste des affaires dont j'aurai besoin le jour de mon évasion : de l'eau, quelques vivres, ma lampe, des piles, de quoi tenir quelques jours dans la brousse si je dois me planquer. Pour la millième fois, je refais mentalement le film de mon départ. Inutile et dangereux d'ouvrir le portail en grand, il pourrait grincer. Il me suffira de l'entrebâiller de trente ou quarante centimètres et je me glisserai dans le passage. Au moins, le fait d'avoir maigri m'aura servi à ça ! Surtout, résister à la tentation de courir trop vite. Pas tout de suite, en tout cas. Ce serait le meilleur moyen de me faire repérer. Il n'y a pas un Blanc dans ces rues. Je m'éloignerai tranquillement, sans précipitation.

Quel est mon pourcentage de réussite ? Je l'évalue cette fois à 30 ou 40 %. Suffisant à mes yeux pour tenter ma chance.

* *
*

Un peu d'ironie sur mon sort ne me fait pas de mal. Il m'en faut beaucoup pour tenir le coup. Jamais je n'aurais pu imaginer qu'un otage puisse rire ou sourire une seule fois durant sa détention. Pourtant, c'est bien le cas. Tout devient caricatural dans cette situation, donc grotesque, et parfois amusant. Je mesure à quel point le rire fait du bien. C'est puéril, mais quand je chante des chansons paillardes pendant l'appel du muezzin, ça me fait marrer et ça allège le fardeau de ma solitude. Ne rien savoir de ce qui se trame ou se passe est plus angoissant. Vivre sans horizon de vie est une petite mort. Le manager le sait, il s'en sert contre moi. Mais c'est le jeu du chat et de la souris. Il est important que mon maton pense qu'il est le matou. Je ris de mon jeu de mots…

* *
*

Contrairement à ses habitudes, le manager fait irruption dans ma cellule. Son portable à la main, il est escorté de plusieurs hommes en armes.

– Les négociations n'avancent pas, maugrée-t-il, il faut que j'enregistre une vidéo pour que la France comprenne la situation.

Nous sommes le 5 septembre, mais Ansaru, comme à l'accoutumée, joue sur les dates. Pour cette vidéo, je porte mon tee-shirt blanc Vergnet. Le manager me tend le texte écrit en anglais.

– Lis, maintenant…

Je jette un œil sur mes gardes, étant toujours inquiet qu'ils ne commettent une maladresse. Ce n'est pas le moment de se prendre un tir de kalachnikov dans le buffet. Je reprends mon souffle.

« Je suis Francis Collomp, 63 ans, ingénieur français travaillant pour la société Vergnet, compagnie d'éoliennes. J'ai été kidnappé à Rimi, État de Katsina, Nigeria, le 19 décembre 2012 jusqu'à aujourd'hui le 25 septembre 2013 sous la garde de mes ravisseurs, en vie, mais dans des conditions critiques en raison de mon cœur et de mon âge. J'ai travaillé plusieurs fois pour mon pays dans différents lieux. Il est urgent que ma famille, mes amis, mes compatriotes français et n'importe qui d'autre qui peut faire quelque chose… les gouvernements français et nigérian doivent tenir leurs promesses dans de sages négociations pour ma libération sans danger, s'il vous plaît. »

Le manager est content : la première prise est la bonne. Ansaru, décidément, insiste beaucoup sur mon état de santé. Les discussions avec la France doivent être totalement bloquées. Je comprends mieux pourquoi ils me privent de rasoir. En m'obligeant à me laisser pousser la barbe, ils veulent me fabriquer une tête d'islamiste. Comme si je m'étais converti. Une autre manière de faire pression sur la France.

Derrière ces dingues se cachent de gros malins.

16

VOYAGE VERS L'INCONNU

Huit mois que je m'acharne sur ce bas de portail... et enfin le craquement attendu. Pendant la promenade, le 25 septembre, le loquet commence par bouger, puis la rouille saute. D'un coup. Le fil de fer, lui aussi, se brise. Mon cœur fait un bond. Je suis comme un fou. J'ai envie de crier. Il fallait y croire : huile de palme, coups de pied, huile de palme, coups de pied, inlassablement, quotidiennement. Je réussis à cacher mon excitation, poursuivant mon tour comme si de rien n'était. Abdul, plongé dans la lecture rituelle de son Coran, ne remarque rien. En revenant dans ma cellule, je suis toujours aussi fébrile. Je regarde par la fenêtre : Abdul est bien repassé dans la cour principale. Je souris, j'ai gagné une manche. Je ressens la même fierté que sur les chantiers, quand je viens à bout d'un problème. La route est libre désormais, je dois saisir ma chance, en mettant tous les atouts de mon côté. Surtout ne pas se précipiter. Je ne suis pas à un ou deux jours près.

En bon ingénieur cartésien, je dois faire la check-list des difficultés à résoudre. L'heure de départ, d'abord. Mes observations me poussent à privilégier le matin très tôt, vers 5 h 30, au moment de la première prière. Abdul et les gardiens se rendent à la mosquée, à trois cents mètres environ. Je suis seul, libre de mes mouvements. Mon idée est d'aller me planquer à l'extérieur de la villa et d'attendre qu'ils reviennent dans cette cour principale, où ils garent leurs voitures, et que j'apercevais depuis mes deux premières cellules. Généralement, ils y restent un bon moment avant de vérifier que tout est normal dans la partie de la maison où je suis retenu prisonnier. Dès qu'ils auront refermé et verrouillé le grand portail, je prendrai le large, direction la mosquée et les antennes. Un point me préoccupe. De temps en temps, un gosse fait les courses pour Abdul. Je l'entends appeler derrière le portail de la grande cour quand il rapporte ses achats. C'est son commissionnaire. Peut-être aussi son guetteur. Je ne connais pas son visage. Il ne doit pas avoir de téléphone portable puisqu'il appelle à voix haute. Il ne faut pas que je tombe sur ce gamin. C'est un vrai problème. Un élément d'incertitude.

Les antennes de l'aéroport sont à sept cents ou huit cents mètres. A priori, le temps qu'ils découvrent ma fuite, j'ai toutes les chances de les atteindre. Dans cette zone instable de Kano, où les attaques des islamistes se multiplient, les installations doivent être étroitement surveillées par l'armée et la police nigérianes. C'est une garantie, mais pas une assurance vie : je ne suis pas à l'abri d'éléments infiltrés. De toute façon, je me dis que le risque zéro n'existe pas et que je n'ai pas de meilleur plan. En passant au crible tous les paramètres, j'ai l'impression de monter une opération militaire. Je pense soudain à un autre détail. Derrière le portail de ma cour, celui que j'ai fait sauter avec mon huile de palme, un remblai de terre a dû s'accumuler. Il faudra que je pousse fort pour réussir à l'entrouvrir. Je devrai aussi prendre le temps de bien le refermer. Les secondes qu'ils perdront à se demander où je suis passé seront précieuses pour ma cavale.

Dans cette course d'obstacles, je peux compter sur la fatigue d'Abdul. Le matin, il se traîne de plus en plus. Il n'arrête pas de bâiller. On dirait un type qui a passé sa nuit à surfer sur Internet. Je me demande ce qu'il fait. Une nouvelle fois, je recense mon paquetage : deux packs d'eau et ma torche chinoise équipée de ses trois piles crayons. Pour ma tenue, je passerai le short de basket et le tee-shirt Michael Jordan. Je prendrai aussi un petit blouson blanc cassé qu'ils m'ont donné pour me protéger du froid, la nuit. Pas question de partir avec le tee-shirt siglé Vergnet. Trop repérable. Je déchirerai aussi un bout de rideau pour me fabriquer un keffieh. En masquant mon visage, je peux passer pour un Arabe. N'ai-je rien oublié ? Si : le clou que j'ai aiguisé et une petite pierre plate. Bloqué entre le majeur et l'index, avec la pierre dans la paume de la main pour éviter de me blesser, ce clou peut être une bonne arme de poing. En cas d'attaque à l'arme blanche, j'aurai de quoi me défendre. Face à une kalachnikov, ce sera une autre affaire. Je préfère ne pas y penser.

* *
*

27 septembre 2013, DGSE, boulevard Mortier

Lorsqu'il découvre la vidéo de Francis Collomp sur Internet, Guillaume H. se dit qu'il tient une nouvelle preuve de vie. Ses services ont repéré la date réelle d'enregistrement : le 5 septembre. Après une analyse détaillée des images et du son, le rapport médical sur la santé de l'otage est toujours aussi rassurant. Francis Collomp tient bien le choc, même s'il apparaît très amaigri. Le fait qu'il porte une barbe ne suffit pas, selon lui, à accréditer la thèse d'une conversion. D'ailleurs, la DGSE en est sûre : ce n'est pas Francis Collomp qui lit, à la fin de la vidéo, les citations coraniques à la gloire de Dieu – citations assorties de menaces :

« Pour le gouvernement français et nigérian, en ce qui concerne l'otage français.

« Nous vous avons donné une occasion, pour sauver la vie de votre ressortissant.

« Nous avons prolongé l'ultimatum, plusieurs fois, afin que vous puissiez réfléchir.

« Mais il semble que le gouvernement nigérian voudrait tromper les moudjahidin.

« À cet égard, si vous répétez votre folle conduite, dans le traitement avec violence des affaires, nous répondrons de la même manière.

« Tout ce que l'otage a subi est votre faute.

« Abou Oussama Al Ansari

« Émir du groupe des partisans des musulmans au pays des Soudans. »

Guillaume H. n'accorde pas d'importance particulière à cette déclaration. Depuis la fin du ramadan, des contacts ont été rétablis. L'émir de Katsina fait de nouveau le lien avec Ansaru. En réalité, les négociations achoppent sur la demande répétée de la France : libérez l'otage et nous vous aiderons ensuite. Pas l'inverse.

* *
*

J'ai pris la décision hier soir. Aujourd'hui, lundi 30 septembre, je me tire. J'ai peaufiné mon plan dans les moindres détails. Je suis prêt. J'ai peu dormi, mais je suis en forme. À l'idée de me faire la malle, je ressens même une vraie excitation. Il est 5 heures du matin, je vais à la fenêtre. Pas un bruit. Ni dans la maison ni à l'extérieur. La nuit est en écharpe, des lambeaux de jour commencent à percer l'obscurité. Mon départ est programmé à 5 h 45, juste après le départ des gardiens pour la mosquée. J'inspecte la chambre. Je ne la reverrai plus. Je me dis qu'il n'y a rien à retenir de ce lieu aux murs de parpaing et au sol de latérite. À 5 h 40, j'enfile mon tee-shirt Michael Jordan. Il me reste à mettre le short et le blouson quand soudain, dans la cour, j'entends des hommes approcher de ma cellule.

– Merde, je ne suis pas seul…

La serrure grince. À toute vitesse, je disperse mes affaires et me recouche. Un homme sans masque, tout maigre, pénètre dans la pièce. Quand il prend la parole, j'identifie immédiatement sa voix : c'est celle de l'adjoint du manager qui a participé à l'attaque de la villa, à Rimi. Son visage fermé ne manifeste que de la haine. Sa maigreur souligne sa nervosité. C'est un tueur à fleur de peau. Son regard est dur. Ont-ils déjoué mon plan ? Si oui, ils sont venus pour m'exécuter. Le type m'appelle « mister Francis ». Je feins de me réveiller. Je le regarde en cherchant à dissimuler mon inquiétude. D'un geste, il me fait signe de me mettre debout. Qu'a-t-il en tête ? À son tour, le manager entre dans la cellule. Comme d'habitude, son visage est dissimulé. Seule sa barbiche de pharaon dépasse du foulard qui lui masque le bas du visage. Tout ça sent mauvais. Je suis mort de trouille.

Face à moi, le manager prend la parole.

– N'ayez pas peur, on va juste vous transférer pour vous rapprocher de votre lieu de libération.

Est-ce du bluff, de l'ironie, une manière sadique de m'annoncer ma condamnation à mort ? La coïncidence entre mon départ programmé et leur arrivée est trop forte pour que je sois rassuré. Je l'ai échappé belle, en tout cas. À cinq minutes près, c'était la fin : je les croisais dans la cour et je me prenais une rafale de kalachnikov.

Je demande au manager :

– Vous voulez faire ça quand ?

– Maintenant, immédiatement, vous êtes trop loin du lieu d'échange. Nous devons bouger rapidement !

Surmontant comme je peux mon accablement – tous ces mois de calculs et d'efforts pour en arriver là… –, je le relance :

– Mais il est où ce lieu ?

– Le même lieu que la famille Moulin-Fournier.

Cette fois, je prends peur. Ils vont me ramener vers le nord, près de la frontière du Niger, dans leur fief, là où ils sont venus me prendre en otage. Si des militaires cherchent à me libérer, le travail d'approche sera beaucoup plus compliqué. Peut-être que la planque de Kano a été repérée et qu'ils redoutent un assaut. Ils me demandent de rassembler mes affaires. Je fais traîner et ça les met en colère. Manifestement, ils sont dans l'urgence. Ils me menacent de leurs armes, mais pas question d'accélérer, je ne veux rien oublier : mon cahier avec mes notes pour la voiture électrique, le calendrier avec mes annotations codées, mon clou, ma lampe, mon miroir, le morceau de savon, la brosse à dents taillée pour remplacer la poignée de porte, le rasoir qu'ils ont fini par me rendre après l'enregistrement de la dernière vidéo. Toute cette quincaillerie, je me dis, me sera de nouveau utile. Ces objets minuscules, accumulés pendant des mois, sont mon seul kit de survie. Mon seul bagage pour retrouver la liberté.

L'adjoint du manager me demande d'enfiler la paire de tongs chinoises trop petites qu'Abdul m'avait achetées. À l'époque, j'avais refusé de les mettre. Elles taillent 43 alors que je fais du 46 ! Cette fois, je n'ai pas le choix : c'est ça ou un coup de crosse. Inutile de discuter, leur détermination est totale. Cinq gardes armés m'escortent jusqu'à la grande cour où une voiture m'attend, coffre ouvert. J'ai à peine le temps de repérer qu'il s'agit d'une Golf Wolkswagen. Ils me poussent dedans sans ménagement. L'espace est très étroit. Je pose la tête à gauche, côté conducteur, et je recroqueville tant bien que mal les jambes. Ils déposent à l'intérieur mon paquetage, mon sac et une des deux couvertures dont je disposais dans la cellule. Ils l'ont pliée. Je l'utilise pour caler ma tête et mieux encaisser les soubresauts de la voiture lorsqu'elle roulera. La tablette amovible entre la malle et l'habitacle retombe sur moi, mais je ne suis pas dans le noir absolu. De chaque côté, un espace de cinq ou six centimètres me permet de voir ce qui se passe dans le véhicule. Ils sont quatre : les deux sur la banquette arrière sont armés de AK-47, premier modèle des kalachnikovs. Ces hommes ne sont pas mes gardiens habituels. Pour assurer le transfert, Ansaru a dû faire appel à l'équipe militaire qui a mené l'opération de kidnapping à Rimi.

La voiture démarre. Ce nouveau voyage me stresse, mais je réussis à me convaincre que l'abattoir n'est pas au bout de la route. Où vont-ils m'emmener maintenant ? Je mets tous mes sens en éveil pour mémoriser le trajet. À peine sortie de la cour, la Volkswagen tourne légèrement sur la gauche, puis elle fonce sur la droite, sans passer devant la mosquée. Elle ne se dirige pas vers les antennes de l'aéroport. À travers l'espace de vue dont je dispose, j'aperçois le ciel. Je vois défiler aussi les lignes électriques. La route est mauvaise, ça secoue dur, j'en prends plein les côtes. J'ai l'impression de rouler sur de la tôle ondulée.

Dans l'habitacle, les quatre types sont silencieux. Ils ont l'air tendu. Le téléphone sonne quelquefois, mais les conversations sont courtes. Ils doivent être préoccupés par les barrages de contrôle, les convois militaires, les *check points*. Soudain, la Golf se met à accélérer. Je ne ressens plus de secousses, nous sommes sur une route goudronnée. À quelle vitesse roulons-nous ? À mon avis, à plus de 140 kilomètres/heure. Puis le chauffeur plante un coup de frein brutal. Une odeur de pneus cramés envahit la voiture. Quelques minutes après cet arrêt étrange, nous redémarrons. Difficile de repérer la direction. Nous roulons puis effectuons un nouveau stop. Nous restons là une bonne dizaine de minutes. Dans le coffre, la chaleur devient pénible. Je dégouline de sueur. Je leur hurle d'ouvrir une fenêtre. Ils m'ordonnent de me taire, mais l'un des gardes consent à descendre un carreau. Je respire un peu mieux. J'analyse la situation. Nous sommes partis depuis soixante-dix ou quatre-vingts minutes, officiellement pour me rapprocher de mon lieu de libération. Est-ce que je peux vraiment y croire ? Optimiste, j'écarte l'idée qu'ils pourraient me descendre, sans sommation, sur un bord de route ou de piste. Mais je me dis que ce transfert est dangereux. Aussi bien pour eux que pour moi. S'ils se font arrêter, tout risque de mal se terminer. Je n'ai pas intérêt, de mon côté, à me faire remarquer et à provoquer une intervention. Un accrochage finirait en carnage. J'y laisserais la vie.

Nous repartons. Le garde assis à gauche, devant moi, se décide enfin à m'adresser la parole. En anglais, il me dit :

– Maintenant, mister Francis, nous sommes tout près. Nous arrivons aussi vite que possible.

En relevant la tête, j'identifie la ligne à haute tension qui relie le Nigeria au Niger. Comme nous la suivons, cela signifie bien que nous roulons vers le nord. Après une demi-heure de route, nouvelle halte. Brève, trois ou quatre minutes, pas plus. Mes gardes descendent, ouvrent le coffre, m'ordonnent de sortir. Ils sont pressés. À côté de la voiture est stationné un deuxième véhicule : la Honda 4 x 4 dans laquelle ils m'ont transporté en décembre. Le coffre est déjà ouvert. Ils m'obligent à baisser la tête vers le sol et me poussent à l'intérieur. Je suis persuadé que c'est la voiture du manager. Il doit être un peu plus de huit heures du matin[1].

* *
*

Le dernier trajet ne dure que quelques minutes. La voiture ralentit puis s'arrête. J'entends un portail qui s'ouvre. Le 4 x 4 redémarre et semble franchir le seuil d'une cour. J'encaisse un léger choc. Impression étrange de revivre ce que j'ai connu il y a plus de neuf mois. Où sommes-nous ? La voiture s'immobilise sèchement. Quelques secondes plus tard, les portières claquent. Ils ouvrent le coffre de la Honda et me redressent nerveusement. Assis sur le rebord, ils me bandent les yeux. Un garde me tire par le bras pour m'obliger à avancer. Ils ouvrent une porte, m'ôtent le bandeau. Je suis dans une pièce dont les murs sont couverts d'un enduit blanc. Au sol, il y a un lino à damiers noirs et blancs. Ma nouvelle cellule. Toujours masqué par un foulard, le manager entre dans la pièce. Je ne vois que ses yeux. Il ne porte pas son costume occidental habituel, mais une tenue africaine traditionnelle, un boubou large et sombre. Son attitude me fait penser que nous sommes chez lui, dans sa propre maison.

– Vous serez mieux ici. Il y a une douche qui donne sur la chambre, vous n'aurez plus à sortir pour vous laver. Que voulez-vous manger ?

1. Francis Collomp est transféré à Zaria, une ville de plus de 1 million d'habitants dans l'État de Kaduna, entre Kaduna et Kano, au nord du pays. Il découvrira le nom de la ville après son évasion.

Je n'hésite pas.

– Du poulet et des patates.

Il acquiesce d'un signe de la tête. Puis il désigne la porte qui, sur la gauche, ouvre sur la salle de douche. Elle comprend aussi un lavabo et des toilettes. Un matelas est posé face à l'entrée, contre le mur, au pied d'une fenêtre. Des draps pliés sont posés dessus. Même si l'un des draps semble avoir déjà servi, l'ensemble est beaucoup plus propre qu'à Kano. Au toucher, le matelas est plus épais. Plus clean surtout. Je n'aurai pas à le laver. Voyant qu'il n'y a pas de chaise, j'en réclame une. De nouveau, le manager opine du chef.

– On va vous apporter du thé, ajoute-t-il avant de quitter les lieux.

Lorsqu'ils referment la porte, je remarque qu'elle grince énormément. La serrure, aussi, fait du bruit quand on tourne la clé. Mes gardiens donnent deux tours, mais dans la norme anglaise cela ne fait en réalité qu'un tour et demi. La chambre comporte deux fenêtres. Elles sont équipées de châssis italiens Naco, à la manière des persiennes, et de barreaux infranchissables. La première fenêtre, sur la gauche du mur qui fait face à l'entrée, donne sur une ruelle. L'autre, sur la gauche, immédiatement en entrant, ouvre sur une petite cour. La pièce est bien plus lumineuse que mes précédentes cellules. Après ce rapide relevé topographique, je rentre dans la salle de bains. Les toilettes sont à la turque. Sur la droite, au-dessus des W.-C. et de la douche, il y a une autre fenêtre. Elle aussi est protégée par des barreaux. Le lavabo est face à la porte. Il est en céramique blanche. Pas de glace, en revanche. Il faudra que je ressorte mon miroir chinois. La douche n'est pas protégée. C'est un simple espace ouvert avec une évacuation d'eau au sol et un seau équipé d'un bol pour s'arroser.

Par la fenêtre des toilettes, je découvre un pré très vert dans lequel paissent des chèvres, des moutons et un zébu attaché à une corde. Le mors lui passe dans la gueule et semble le gêner. Des poules, aussi, picorent à travers le terrain. Je me suis toujours intéressé aux animaux. Quand les chèvres mangent, elles grattent et arrachent les plantes, mettant les vers à nu. Les poules en profitent pour se goinfrer. Elles avalent les vers ou les donnent à leurs petits. Deux gardiens surveillent les bêtes, l'un, d'âge mûr, est appuyé sur un bâton et utilise un téléphone portable. Il paraît en grande discussion. L'autre est beaucoup plus jeune, 13 ou 14 ans. Ils sont habillés de manière traditionnelle, en boubous. De l'autre côté du pré se dresse un grand mur. Sur sa gauche, une porte ouvre sur une autre construction. On la devine par-dessus l'enceinte. Le terrain doit être commun. Je suppose que le zébu appartient au propriétaire de la maison d'en face.

Ces premiers repérages terminés, je sors mes accessoires de toilette ainsi que le rouleau et demi de papier hygiénique que j'ai apporté de Kano. Je retourne dans la chambre-cellule et tire le matelas vers le centre pour reconstituer ma piste d'athlétisme. Pas question de baisser les bras. J'essaye de rester positif. Concentré. Ce n'est pas parce qu'ils m'ont transféré dans un lieu plus confortable que je vais attendre sagement une hypothétique libération. L'évasion reste mon seul objectif. J'ai besoin de nourrir cette obsession pour tenir debout. C'est une question de survie. Sans calculs, schémas, décisions à prendre, je dépéris à coup sûr. Il faut que j'imagine au plus vite un plan de cavale.

En me postant devant la fenêtre qui donne sur l'extérieur, je remarque que la ruelle est une impasse en terre. Avec un cul-de-sac sur la gauche. Face à la fenêtre, de l'autre côté du passage, il y a une maison. Et sur la gauche de cette maison, un terrain vague où sont déposés des parpaings et d'autres matériaux de construction. Sans doute vont-ils étendre la villa ou en construire une autre. Sur la droite, bordée par la villa dans laquelle je me trouve, la ruelle débouche sur une rue plus large. Ce passage doit servir au stationnement des voitures. Il faudra que je prenne soin de faire des relevés d'immatriculation.

La cour que je vois depuis la deuxième fenêtre de la chambre est une sorte de terrasse de plain-pied avec deux accès. Au fond, à gauche, une première porte permet de sortir dans l'impasse. Sur la droite, une autre porte donne sur la maison et, plus précisément, sur la pièce qui communique avec ma chambre-cellule. Toutes ces observations me permettent d'avoir une vue générale des lieux. Il faut maintenant que j'entre dans le détail. Pour déceler d'éventuelles failles. Malgré la fatigue et le stress de ce transfert, je reste optimiste. Repérer ce qui cloche a toujours été un peu mon métier.

17

INSPECTION

Le trajet dans le coffre a réduit le côté gauche de mon corps en bouillie. J'ai si mal qu'il m'est impossible de prendre appui dessus. Je ne pourrai pas dormir sur ce flanc-là. Je m'allonge comme je peux sur le matelas, en essayant de trouver le sommeil. J'ai besoin de récupérer. Soudain, j'entends le bruit de la clé qui grince en tournant. La porte s'ouvre, elle aussi, dans un fort crissement. J'ai beau être dans le brouillard, j'en conclus que les charnières ne sont pas huilées. Deux gardiens entrent dans la pièce et me tendent une assiette : du poulet, comme promis, une cuisse et un morceau de blanc accompagnés de patates douces. Le manager arrive à son tour. Il me donne un yaourt et deux petites boîtes en carton de jus de fruits. Pour les boire, je dois les transpercer avec une paille. Je me jette sur la nourriture. Depuis le ramadan, j'ai encore maigri. Pour retrouver des forces, il faut que je parvienne à reprendre un peu de poids. Je me rallonge sur mon matelas. Rassasié. Je m'appuie sur le côté droit du corps, beaucoup moins douloureux. Je n'ai jamais pu dormir couché sur le dos. Impossible de trouver le sommeil ; le transfert a dû être un vrai choc nerveux.

J'en profite pour poursuivre mon inspection. À la loupe. Comme à Kano, le lino est posé sur de la terre battue. Les murs, eux, ne sont pas faits de parpaing brut. Ils sont protégés par un enduit blanc. C'est plus esthétique, mais ça présente un gros inconvénient : je ne pourrai rien inscrire dessus. Un coup d'œil au plafond et je retrouve mes copines : quatre belles araignées. Ce ne sont pas des chasseuses. Chacune est installée au centre de sa toile. Pas question de les tuer, elles feront office de pièges à moustiques. C'est étrange comme la détention rend méticuleux. L'espace est si étroit, l'horizon si fermé, qu'il faut se fondre dans sa cellule, faire corps avec elle, l'explorer dans ses moindres détails.

Curieusement, pour la première fois depuis que je suis otage, je pense à un livre. Je ne suis pas un intello – je lis surtout *Sciences et Vie* –, mais, il y a quelques années, j'ai été frappé par la lecture de *L'Étranger* de Camus. Ce texte me revient soudain en mémoire. Est-ce lié à ce moment de transition qui me replonge dans l'inconnu ? Je songe à Meursault, le personnage principal. Il raconte son existence après la mort de sa mère. Comme lui, j'ai l'impression que ma vie d'homme a débuté le jour où ma mère est partie dans mes bras. Comme Meursault, il me faut vivre dans l'instant, l'immédiateté. Être à la fois présent et absent. À l'intérieur et à l'extérieur de ma prison. Toutes antennes dehors, aux aguets. Je dois entretenir le désir d'être absent de cette chambre tout en étant retenu prisonnier. Pourquoi cette petite philosophie de bazar (sans doute Camus ne s'y reconnaîtrait pas…) ne ferait-elle pas partie de mon attirail de survie, au même titre que mon clou, ma lampe ou mon miroir ? Elle m'incite, en tout cas, à privilégier le silence. Dans un espace fermé, j'ai l'impression que le silence ouvre des horizons, devient liberté. Et puis je dois rester sensible à tous les bruits. Être ici et ailleurs. Je me dis que la pensée rejoint la technique, c'est tant mieux. Géographie des lieux, sources sonores, en bon ingénieur, je dois reconstituer tout ce qui se passe autour de moi.

Parfois, mon attention se relâche et je me mets à gamberger. Je n'arrive pas à croire à leur thèse sur les causes du transfert : se rapprocher du lieu de ma libération prochaine… Personne, dans cette région du Nord contrôlée par les islamistes et infestée de bandits, ne se risquerait à un rendez-vous pour un échange de prisonniers. Beaucoup trop aléatoire. En revanche, je suis convaincu qu'ils n'ont pas déjoué mon plan d'évasion. Non, le plus probable, c'est qu'après les attentats à Kano, en juillet dernier, ils ont compris que je savais dans quelle ville, et même dans quel quartier on était planqués. Sans doute, ce jour-là, ai-je eu tort de fanfaronner. C'est un peu mon défaut. J'ai fait le malin et voilà où ça m'a conduit. Tout est à recommencer.

Devant mes gardiens, Bille de clown, Abdul, mais surtout devant le manager, je décide de faire comme si je croyais à leur scénario. Il faut que je manifeste mon envie d'être échangé. Je dois rentrer dans leur propre plan, leur donner le sentiment que, pour moi, c'est la seule solution. En adoptant cette attitude, ils ne pourront pas imaginer que je prépare mon évasion. Le soir même, le manager resurgit. Il me demande si j'apprécie les lieux.

– Non, c'est encore une prison !

Il ne me répond pas, tourne les talons, verrouille la porte derrière lui. De nouveau le silence. L'observation. La gamberge. Puis, à 22 heures, retentit l'appel à la prière. Le son est très étouffé. La mosquée est bien plus éloignée qu'à Kano. Des bruits de proximité, en revanche, sont la preuve que la maison est habitée. Et pas seulement par des gardiens. Je perçois des voix de femmes et d'enfants. J'en suis convaincu : je suis retenu dans la propre villa du manager.

* *
*

Hôpital de Bombay, Inde

Depuis des mois, une centaine de personnes sont mobilisées par la DGSE et la cellule de crise du Quai d'Orsay pour repérer le lieu de détention de Francis Collomp et obtenir sa libération. Courant août, après le ramadan, les contacts ont repris, par l'intermédiaire de l'imam, avec la fondation britannique.

L'émir de Katsina, qui affirme pouvoir établir le lien et mener à bien la négociation, est toujours jugé crédible par Guillaume H. Une multitude de vérifications ont été faites sur le terrain. Le ministre de la Défense, le ministre des Affaires étrangères et le président de la République sont informés régulièrement de l'avancée des pourparlers. Guillaume H. a fait savoir qu'une libération pourrait advenir rapidement. Un lieu d'échange a même été arrêté. Le feu vert est donné au sommet de l'État pour conduire l'opération.

Alors que la négociation est pratiquement bouclée, l'imam devient nerveux. Il veut de l'argent, mais estime qu'il est en danger. Début septembre, il fait savoir qu'il ne peut pas conduire l'opération à son terme, puis disparaît. Ordre est donné aux différents contacts sur le terrain de le retrouver. Les informations remontent très vite. L'homme aurait quitté précipitamment le pays pour se faire soigner en Inde. La DGSE réagit sur-le-champ. Elle mobilise deux agents qui, en quelques heures, le retrouvent dans un hôpital de Bombay.

– Nous venons de Paris. Nous te rappelons que nous attendions quelque chose de toi.

– Je suis en mauvaise santé…

– On s'occupera de toi.

– Mais j'ai peur aussi…

Les agents reparlent de sa rémunération, si la libération aboutit. Ils insistent. L'émir finit par accepter de repartir, dans quelques jours, pour Katsina. Sous haute surveillance.

Un temps précieux a été gâché, mais le retour de l'imam au Nigeria signifie bien qu'en ce début du mois d'octobre 2013 rien n'est perdu. Après dix mois d'une traque incessante.

* *
*

Au soir de ce premier jour dans mon nouveau lieu de détention, mon moral tient bon. Je sens enfin le sommeil m'envahir. Il y a si longtemps que je n'ai pas bien dormi. La nourriture est bien meilleure. J'ai de l'électricité dans la chambre de 20 à 22 heures. Après, ils la coupent. Le matelas est plus épais, plus confortable. J'ai droit aussi à deux couvertures. Le froid est moins dur qu'en janvier, mais il continue à mordre. L'une des couvertures est bleu foncé. Elle vient de Kano et m'a servi d'amortisseur dans la voiture. L'autre, jaune orangé, m'a été fournie à mon arrivée ici. Toutes ces petites améliorations créent chez moi une sorte de détente nerveuse. Avant de me coucher, je prends quelques minutes pour me laver. Avec un bol, je puise de l'eau dans la grande poubelle en plastique qu'ils m'ont laissée. Cette eau provient d'un puits. Ils l'ont fait chauffer au soleil dans la journée. Ce n'est peut-être pas très confortable, mais c'est si agréable de se sentir propre. En tout cas, je m'endors vite.

Le lendemain, comme d'habitude, je me réveille vers 5 heures du matin. Comme il me reste un peu de poudre de lessive dans mon sac, je décide de laver le drap. Il n'est pas assez propre à mon goût. Toujours cette obsession de l'hygiène. Je le mets ensuite à sécher dans la salle de bains. Au milieu de la journée, avec la chaleur très élevée, je devrais pouvoir le récupérer. Pas d'Abdul à l'horizon. Qu'est-il devenu ? J'ai l'impression d'être moins épié. Sa présence, à Kano, était vraiment pesante. Je reprends mes séances d'entraînement autour du matelas. Surtout ne pas lâcher cette discipline. Pendant les pauses, je me colle à la fenêtre. Au-delà du terrain rempli de matériaux de construction, j'aperçois, sur une route très animée, des camions, des voitures, des femmes en habit traditionnel. C'est une voie de circulation fréquentée. Pas mal pour me tirer, je pense. Je me fondrai plus facilement dans la foule.

À l'heure du repas, le manager en personne apporte ma pitance. Je l'entreprends aussitôt sur les négociations.

– Quand vais-je sortir ?

– Il y a un petit problème, répond-il calmement. L'homme qui servait d'intermédiaire est parti en Inde. Mais n'ayez crainte, la discussion sur votre libération est en cours.

Soudain, j'ai une angoisse. Dans l'hypothèse où les tractations avec la France échouent, ils pourraient me revendre à Aqmi. Mes chances de survie deviendraient infimes. Pour surmonter mon inquiétude, je lui pose directement la question. Il ne me répond pas.

– Dites-moi, au moins, combien je vaux. Sur RFI, ils ont parlé de vingt-cinq millions d'euros pour sortir les Moulin-Fournier. Ça veut dire que c'est cinq millions pour moi ?

Le manager a l'air surpris.

– Ce n'est pas une question d'argent.

– Quoi, alors ?

Mais il est déjà parti, me laissant, une fois de plus, seul avec mes doutes.

18

QUESTION D'INTIMITÉ

Mauvaise nouvelle, Abdul est de retour. Je n'aurai eu que deux jours de tranquillité. Pire : il est accompagné du manager qui m'annonce :

– Abdul va dormir ici, à côté de vous…

Je me lève d'un bond de mon matelas.

– Comment ça, à côté de moi ?

Pas de réponse du manager. Pendant que je proteste, Abdul installe sa natte près du matelas, sous la fenêtre qui donne sur le pré. Nous allons dormir côte à côte. Je refuse cette promiscuité. Je suis déjà otage, je ne veux pas perdre le peu d'intimité qui me reste. Cette fois, je pète un plomb.

– Je ne dors pas avec un homme ! Je ne suis pas homosexuel. Ce n'est pas parce que François Hollande a fait une nouvelle loi sur le mariage pour tous que je vais partager ma chambre avec un mec !

Pas sûr qu'il comprenne tout. Mais, sous sa cagoule, j'ai l'impression qu'il se marre. Ma colère n'est pas feinte, j'ai du mal à la dominer, je ne plaisante pas. Le manager s'en fiche, comme d'habitude il s'en tient à donner ses instructions, refusant toute vraie discussion. Je passe une première nuit avec Abdul, couché à quelques centimètres de moi, sur sa natte. Je suis incapable de dormir, tétanisé par cette promiscuité. Quand il se lève pour la prière du matin, je suis complètement réveillé. Je le vois partir dans la salle de bains effectuer ses ablutions. Ce type consomme beaucoup trop d'eau. S'il continue comme ça, il n'y en aura pas assez pour nettoyer les toilettes. Je me dis à moi-même, furibard : « Toi, mon petit gars, je vais te faire la guerre ! » Ses ablutions terminées, il dispose sa natte vers La Mecque. Il s'agenouille et débite, à voix haute, ses versets du Coran. En français, j'explose de rage :

– Mon con la joie, garde tes litanies pour toi et évite de parler fort…

Pour qu'il comprenne bien, j'ajoute en anglais :

– Pourquoi tu parles fort ? Ce n'est pas acceptable ! Ce n'est pas musulman ! Si tu parles fort, je crie !

Comme les fenêtres sont ouvertes, il craint que mes cris n'alertent le voisinage. Il baisse immédiatement d'un ton. Sa prière achevée, il file vers la fenêtre qui donne sur l'impasse et marche sur mon matelas. De nouveau, je gueule :

– Tu n'as pas à mettre les pieds sur mon matelas !

Avec culot, Abdul me rétorque :

– Pour respecter le Coran, je me lave les pieds plusieurs fois par jour. Ils sont propres !

– Et tu crois que ça t'autorise à marcher sur mon lit ?

Entre nous, l'ambiance est détestable. Pour calmer le jeu et le convaincre que je crois à leur fable sur les négociations, je soupire, colère rentrée :

– Si je reste tranquille, c'est uniquement parce que ma libération est proche…

Dès demain, je lui en ferai voir de toutes les couleurs. Il ne va pas rester longtemps dans cette chambre.

* *
*

La deuxième nuit avec Abdul me rend, de nouveau, totalement insomniaque. Je le guette pendant son sommeil, réfrénant des envies de meurtre. Alors qu'approche l'heure de la première prière, je me lève précipitamment et fonce dans la salle d'eau. Abdul se réveille aussitôt, mais il est pris de vitesse. Je décide de prendre tout mon temps pour me laver. Surtout, je ne lui laisserai qu'un filet d'eau pour ses ablutions. Quand vient son tour, il pousse des hurlements.

– Tu as utilisé toute l'eau !

– Ah bon ? Si t'en as pas assez, va en chercher au puits, espèce de feignant. Tu ne travailles pas, tu peux te bouger, non ?

Il ressort furieux de la salle de bains. Je me tourne ostensiblement les pouces pour qu'il comprenne.

– Être gardien, c'est pas un métier !

Alors qu'il commence à psalmodier sur sa natte, je débute ma marche autour du matelas, les mains dans le dos. Je fais du fractionné pour le contrarier un peu plus. Je pète aussi à plusieurs reprises. Il relève la tête et m'ordonne d'arrêter.

– Impossible, je lui réponds. J'aimerais bien, mais j'ai un problème de santé : une hernie hiatale...

Il a voulu la guerre. Il l'aura.

* *
*

Non seulement j'ai besoin d'être seul pour dormir, mais la présence d'Abdul, jour et nuit, perturbe mes projets d'évasion. Depuis onze mois qu'ils m'ont kidnappé, jamais l'horizon ne m'a paru aussi sombre. Quand, le vendredi 4 octobre, le manager revient me voir, je suis décidé à le convaincre de faire sortir son subordonné. Peu importe qu'ils aient des liens personnels...

– Peut-être qu'Abdul est de ta famille, mais je n'accepte pas cet imbécile dans la même chambre que moi !

Je lui explique qu'Abdul les met tous en danger, en étant en permanence à la fenêtre et en tirant les rideaux pour mieux voir à l'extérieur. Forcément, les rideaux bougent, ça ne peut qu'éveiller la curiosité de l'entourage.

– Si vous voulez avoir des ennuis et compromettre vos négociations, vous n'avez qu'à continuer…

J'insiste en disant que, moi aussi, j'ai envie qu'on me libère. Dans un assaut, on risque de tous y passer : eux comme moi. Bref, je me fais passer pour le bon otage : tranquille, patient mais exigeant. Je réitère ma demande :

– Je veux rester seul.

Ai-je réussi à l'ébranler ? Sans prendre le temps de réfléchir, le manager me répond :

– Je vais aménager une chambre à côté, mais, comme elle n'a pas de salle d'eau, Abdul viendra prendre sa douche et faire ses ablutions ici.

Je ne manifeste aucun signe de contentement. J'en rajoute même en lui disant que la poubelle d'eau n'est pas suffisante pour deux personnes. Il promet d'en trouver une plus grande : de soixante-dix litres. Je réclame aussi la chaise verte qu'ils m'avaient donnée à Kano. Pour mon dos.

– Nous ne l'avons pas apportée, me répond-il, mais je vais voir ça.

Il ressort de la pièce et, quelques minutes plus tard, revient avec une chaise en plastique blanc. La position assise me fera du bien. Mais cette chaise sera surtout pratique, le jour de mon évasion, pour passer par la fenêtre. J'ai gagné une manche, mais je n'en ai pas fini pour autant avec Abdul. L'installation de sa nouvelle chambre prend deux jours. Pendant ces quarante-huit heures, vexé et furieux après moi, il fait tout pour m'agacer. Il me reproche aussi de trop parler au manager et de le critiquer devant lui. Je n'ai pas envie de l'épargner. J'en rajoute même :

– Tu es un *stupid and a fuck man.* Je ne te veux pas dans ma chambre !

Soudain, il devient livide. Il finit par m'avouer :

– Si tu continues à me traiter de *stupid man*, le manager va me tuer.

Pour la première fois, il est sur la défensive. J'en profite pour en savoir davantage sur ses liens avec le manager. Il me confirme qu'il est le frère d'une de ses femmes. C'est la sœur d'Abdul qui, depuis cinq jours, dépose la nourriture devant la porte de ma chambre. Elle frappe à la porte et disparaît aussitôt. Chaque fois qu'Abdul se penche pour récupérer les plats, je jette un rapide coup d'œil sur la disposition du salon. Au centre, il y a un grand tapis et, tout de suite à droite, la future chambre d'Abdul. Au fond, toujours à droite, on distingue l'accès à une autre partie de la maison. C'est sans doute là que vit la famille du manager : femmes et enfants. J'entends leurs allées et venues. Il me faut désormais les identifier.

* *
*

Depuis la fenêtre qui donne sur la terrasse, à l'entrée de la maison, je peux voir l'une des femmes du manager étendre son linge. Elle n'est pas habillée en tenue traditionnelle. Parfois, quand elle porte son enfant dans le dos, elle met une robe africaine. Curieusement, elle n'est jamais voilée comme une musulmane. Elle est jeune, mince, grande, longiligne. Elle doit avoir 27 ou 28 ans. Le manager, lui, doit en avoir au moins huit de plus. Elle a trois enfants : un bébé d'environ 1 an, une petite fille de 8 ans et une autre de 13 ou 14 ans. Je comprends que l'aînée ne vit pas tout le temps dans la maison. Elle n'est présente que le week-end. La semaine, elle est peut-être dans un internat.

La femme sait que je l'observe. Elle n'hésite pas alors à me regarder. Pur fantasme ? Privé d'amour depuis si longtemps, c'est vrai que mon imagination peut me jouer des tours… Mais je la soupçonne vraiment de se baisser pour me montrer sa poitrine. Sans la moindre gêne. Mes années d'Afrique m'ont appris que les femmes, ici, adorent attirer les regards. Je ne m'en prive pas. Une sorte de complicité muette s'établit entre nous.

Ce dimanche 6 octobre, Abdul vide enfin les lieux. Il s'installe dans la chambre mitoyenne, mais continue de me surveiller étroitement. Il entre sans cesse dans ma chambre, se colle à la fenêtre. Je lui répète qu'il nous met en danger. À force, ça finira bien par rentrer ! De lui-même, il faut qu'il espace ses visites, baisse la garde, me laisse plus souvent seul. Je l'interroge brièvement sur la femme qui étend le linge.

– Tu es fou, c'est interdit de regarder les femmes des autres.

– Mais non, ce n'est pas interdit, à partir du moment où tu es correct. C'est même flatteur pour les femmes…

– C'est interdit, je te dis ! Je vais en parler au manager.

– Et moi, je raconterai que tu prends des cachets de Viagra.

Comme à Kano, il se met à paniquer.

– *No, no, no*, ne parle pas de ça !

J'ai beau expliquer à Abdul que son Viagra est « *a fake product* », une saleté chinoise, il continue sa consommation. Il est obsédé par l'idée de ne plus avoir d'érection. Il m'explique qu'il lui arrive d'avoir des relations avec trois ou quatre femmes à la suite et que, pour lui, les préliminaires ne servent à rien.

Je lui dis :

– Vous ne savez pas faire l'amour.

Il me répond :

– La femme est faite pour avoir des enfants, pas pour prendre du plaisir.

J'arrête là cette conversation. Ça ne sert à rien. Je sens que je peux vraiment lui coller une droite. Inutile de jouer avec le feu. Je préfère lui faire peur en lui disant que je vais parler au manager et dénoncer son laisser-aller. Il veut des exemples ? Aucun effort pour aller chercher de l'eau à la pompe, toilettes jamais nettoyées après son passage, douche pleine de poils quand il fait ses ablutions.

– Je ne suis pas la femme de ménage d'Abdul !

Ce type me rend fou, mais, globalement, mes conditions de détention sont bien meilleures. Je reprends un peu de poids. Le matin, j'ai droit à dix *koseils* au lieu de trois. J'ai de la viande presque tous les jours, du poulet, du mouton, du cabri, rarement du bœuf. La sœur d'Abdul me fait même du poisson-chat en soupe. Tout est bon. Un trois-étoiles, je me dis. Quand je m'étonne auprès du manager de ce changement de standing, il me répond :

– Vous allez bientôt retrouver votre femme, il faut que vous soyez en forme pour les retrouvailles !

Dit-il la vérité ou me balade-t-il depuis des semaines ? Chaque fois que je lui demande des détails sur les négociations, il se braque et quitte ma chambre. Je ne peux pas lui faire confiance, m'accrocher à une telle incertitude. Je ne dois compter que sur moi. C'est ma règle depuis le début. Mon évasion est mon seul horizon.

19

GUERRE DES NERFS

Je me doute bien que les tractations entre la France et Ansaru doivent être compliquées et fragiles. Je n'en veux pas à mon pays. Mais, cette fois, je n'en reviens pas : le manager en personne me demande de l'aide. Avec la disparition de son intermédiaire en Inde, il a perdu le contact.

– Tu ne connais pas quelqu'un qui pourrait rétablir le dialogue ?

Je suis tellement ahuri par sa requête que j'en deviens parano. Et s'ils jouaient la comédie pour que je leur désigne un nouvel otage ? Non, je me ravise, je préfère me dire que ce sont définitivement des incapables. Il faut que je leur trouve un contact. Mais qui ? Avec Jean-Claude Jallon, nous étions les deux seuls Français installés à Rimi. Il y a bien Scham, le chauffeur de Jallon, mais je n'ai aucune confiance en lui. Je pense alors au pharmacien installé juste en face de la villa de Rimi, de l'autre côté de la route. Je m'entendais bien avec lui. Il avait voulu nous racheter un petit groupe électrogène de marque française, Sdmo, équipé d'un moteur Honda. Je le voyais presque tous les jours. Je suis sûr qu'il a le bras long. J'en parle au manager.

– On va vérifier ça, me dit-il, manifestement satisfait de ma réaction.

Pour Ansaru, il n'est pas question de passer par le gouvernement du Nigeria. Depuis le mois de mai, le président Jonathan Goodluck a déclaré l'état d'urgence dans les trois États du nord-ouest du pays. Dans cette région, Goodluck a également bloqué la téléphonie mobile pour paralyser les contacts entre groupes islamistes. C'est une guerre à mort entre le pouvoir et les deux principales organisations djihadistes : Boko Haram et Ansaru. RFI rend régulièrement compte d'attentats horribles et de la répression sanglante qui s'ensuit. D'après mes calculs, je suis plutôt hors de cette zone de traque, au nord-est. Mais si l'armée nigériane me repère et tente un coup de force, c'est le carnage.

Le jour de la visite du manager, Abdul fait le malin en me laissant entendre qu'il va me donner des informations de première main. Il m'explique que les forces spéciales d'Abuja ont tiré sur Abubakar Shekau, le chef de Boko Haram, mais que, contrairement à ce qu'on raconte, il n'est pas mort.

Il est simplement blessé et il se cache dans une église.

Puis il me parle de l'attaque d'un marché où des gens vendaient du porc. Il raconte l'assassinat de sept infirmières à Kano, accusées par un imam d'inoculer le sida à la population alors qu'elles participaient à une campagne de vaccination. Il évoque enfin le meurtre de trois médecins orientaux. Abdul est fier de ces actes odieux. Pour lui, ce sont autant de victoires sur les ennemis de l'islam. C'est un monstre. Il est heureux dès qu'il y a des morts.

– Toutes ces victimes sont inutiles, je lui répète. Vous tuez des innocents !

Sa réponse est invariable, la même qu'il m'a déjà faite à Kano lorsqu'il m'a annoncé le 21 septembre l'attaque

islamiste d'un grand centre commercial à Nairobi, au Kenya. Malgré les soixante personnes abattues, il m'avait lancé :
– Pour la cause d'Allah, il n'y a pas de gens innocents !

* *
*

Je dois partir. Pour sauver ma peau. Pour témoigner aussi de leur barbarie. Dès qu'Abdul m'en laisse le temps, je reprends mes observations. Je suis confiné dans ma chambre. Contrairement à Kano, il n'y a pas de cour pour marcher. Du côté de la salle d'eau, je ne vois pas d'issue. Impossible de partir par cette fenêtre, pas plus que par les deux de la chambre. Je n'ai qu'une solution : filer par la porte. De nouveau se pose le problème des clés. Mais, cette fois, il n'y a pas de trousseau qui traîne. C'est avec Abdul que la partie va se jouer. Il faut que je l'observe sans relâche, que je le rassure sur mes intentions, que jamais il ne se doute de mon désir de fuite. Alors, peut-être, il baissera la garde et commettra une faute…

Par la fenêtre donnant sur l'impasse, je glane quelques informations intéressantes. Sur la grande route, les femmes, quand elles arrivent du côté gauche, ne transportent rien. En revanche, quand elles surgissent du côté droit, elles sont chargées de courses. J'en déduis que le centre-ville est sur la droite. Si je réussis à sortir, c'est par là qu'il faudra que je me dirige. Au milieu de la foule, je serai moins repérable. Autre observation : l'impasse est bien un lieu de stationnement. Quand Abdul n'est pas à mes côtés, dès que j'entends un bruit de moteur, je me précipite à la fenêtre. En entrebâillant avec précaution le rideau, je constate que les véhicules qui entrent dans l'impasse viennent de la gauche. Au bout, la rue doit rejoindre la grande route très fréquentée.

J'identifie aussi la deuxième voiture du manager. C'est un Jumpy Fiat rouge, un monospace avec un dessin peint sur le côté. Le motif représente un Bibendum Michelin surmonté d'une scie de charpentier. En général, le manager part tôt le matin et revient à la nuit tombée. Il doit être entrepreneur. Parfois, quand il descend de son Jumpy, je réussis à capter une image furtive de son visage. Il a toujours sa barbichette, avec des poils raides, hérissés. Il a un peu de ventre aussi. Le jour où je serai dehors, il me faudra dresser un portrait-robot précis de cet homme qui, j'en suis convaincu, est un des grands chefs d'Ansaru.

Je relève tous les numéros des véhicules qui stationnent dans l'impasse. Je les code et les note dans mon calendrier. Tous ces renseignements, je les donnerai, un jour, aux services spéciaux. Au total, il y a cinq voitures : le Jumpy, un 4 x 4 appartenant à la maison qui fait face à celle du manager, deux Golf Volkswagen, l'une verte, l'autre rouge, et la grosse Honda qu'ils ont utilisée pour le kidnapping et mon transfert jusqu'ici. Le manager la prend de temps en temps pour aller faire des courses avec l'une ou l'autre de ses femmes.

* *
*

Le 14 octobre, vers 9 heures, deux hommes – l'un descendant d'un 4 x 4, l'autre d'une moto – discutent dans la ruelle. À leurs gestes, je comprends qu'ils parlent d'un projet de construction sur le terrain à bâtir. Le premier est sûrement le propriétaire du terrain, le second, le chef de chantier. Ce n'est pas une bonne nouvelle. De la fenêtre qui donne sur l'impasse, la vue va être complètement obstruée par cette nouvelle maison. Je ne pourrai plus voir, au loin, la grande route. Le chantier démarre le jour même, à toute vitesse. Ils sont au moins neuf à travailler. Les jours suivants, je vois arriver le chef de chantier à moto à 7 heures du matin. Les ouvriers se défoncent, vraiment. À midi, un gamin leur apporte le déjeuner. Ils viennent alors s'asseoir contre le mur de ma chambre, sans savoir que je suis à l'intérieur. Ils s'interrompent aussi pour aller prier à la mosquée. J'observe leur méthode de construction : ils ne font pas de coffrage, se contentant de fixer les parpaings au sol avec du ciment et des cailloux. Voilà pourquoi il y a tant l'humidité dans leurs maisons. Elle remonte directement de la terre, à travers les murs. Les trois maçons travaillent au fil à plomb et finissent les murs rapidement. Au bout d'une semaine, ils ont même coulé les linteaux des portes et des fenêtres. Résultat, la route a disparu de mon champ de vision. Mon univers s'est rétréci. Ça n'arrange pas mes affaires.

De temps en temps, la petite fille du manager, celle de 8 ans, bavarde avec les ouvriers. Elle sort tous les jours à onze heures, au moment où un type s'avance dans l'impasse en chantant des litanies religieuses, une sorte de cantique. Quand il a terminé, la gamine lui offre à manger. Ce rituel m'intrigue. Abdul, lui aussi, lorsqu'il est à mes côtés dans la chambre, écoute avec attention cette sorte de mélopée. Mais il ne va pas voir le chanteur. Il m'explique que cet homme prie pour eux. Qu'il ne demande pas d'argent, mais espère juste qu'on lui donnera de la nourriture.

– Aidez-moi, dit-il, Allah vous le rendra.

Ces jours-ci, Abdul est toujours sur mon dos. À croire que le manager lui a donné des consignes pour renforcer la surveillance. Il débarque à l'improviste et, comme chaque fois, fonce vers la fenêtre en écartant les rideaux. De nouveau, j'alerte le manager sur les risques qu'il nous fait prendre. Je sens que mon discours le rassure. Un dimanche matin, alors que je viens de terminer une séance de six kilomètres de marche, il entre dans ma chambre, toujours masqué mais avec un bébé dans les bras. J'ai déjà vu ce gosse courir par terre, sur la terrasse, à quatre pattes. Il me tend l'enfant et lui dit en haoussa :

– Tu as jamais vu un batoulé !

Au moment où je le prends, l'enfant se met à hurler. En le lui rendant, je dis au manager :

– C'est normal qu'il pleure, il n'a jamais vu un Blanc…

Ces gestes d'attention se multiplient sans que j'en comprenne toujours le sens. Une chose est sûre : ils ont réalisé à quel point j'ai maigri et ils veulent que je me requinque. Ils continuent de me donner de la viande, très grasse, mais nourrissante. En plus des patates douces, j'ai droit à des haricots rouges. Le tout est très épicé, mais j'aime ça. Le piment est idéal pour désinfecter mes intestins. À ma grande surprise, le manager m'apporte des tomates que j'ai souvent réclamées à Kano.

– Je sais que vous aimez ça !

Elles sont coupées en tranches, salées, poivrées, arrosées d'huile et de vinaigre et parsemées d'oignons. Avec un brin de culot, je lui demanderais bien un peu de thon et d'huile d'olive…

* *
*

Abdul ne me lâche plus d'une semelle. Ce type m'énerve au plus haut point, mais c'est dans mon intérêt de chercher à l'amadouer. J'initie avec lui de longues discussions, lui inculque, comme je peux, quelques bribes de savoir. Je lui explique des rudiments d'informatique, d'électricité, tout en ironisant sur son ignorance.

– Quand tu auras un enfant, il saura plus de choses que toi !

– C'est impossible, je serai son père.

– Si, mon gars, au bout de quatre ou cinq ans d'école, il en saura plus que toi…

– Pas possible !

– Alors, commence, toi aussi, à apprendre. Tu dois savoir l'anglais, je te l'ai déjà dit.

Comme il me ressort son couplet sur l'arabe, je lui lance :

– Mais ce n'est pas ta langue ! Si tu veux travailler et gagner de l'argent pour ta future famille, tu dois bien parler l'anglais, c'est la langue officielle de ton pays.

Je demande à Abdul s'il connaît l'histoire de Lawrence d'Arabie. Il me répond que non. Je lui raconte alors le rôle que cet homme a joué auprès des Arabes. Pour le provoquer, je lui dis :

– Tu vois, les Arabes, ils ont eu besoin d'un Blanc, d'un Britannique, alors arrête avec l'arabe et apprends l'anglais !

Un autre jour, Abdul me parle de la France. Il m'interroge sur le métro parisien dont il a vaguement entendu parler.

– C'est à combien sous terre ?

– Ça dépend des endroits. Il y a souvent des escaliers automatiques pour descendre…

Je ne suis pas sûr qu'il comprenne bien. J'abrège cet échange technique pour lui parler des femmes françaises. Je sais que ce sujet le rend fou. Je décris leur manière de s'habiller. J'insiste sur leur liberté.

– Parce que la France, mon vieux, c'est la liberté ! On a fait la révolution pour ça. Chez nous, on peut lire, penser et dire ce qu'on veut. On peut même dire du mal du président sans aller en prison.

Abdul a l'air réellement émerveillé.

– Ici, c'est pas possible, les femmes en tenue légère. *Only muslims !* Mais j'aimerais bien les voir les filles françaises…

Voilà maintenant qu'il me soupire à l'oreille qu'il veut quitter le Nigeria et partir en France.

– Je vais te donner mon numéro de portable pour que tu m'appelles quand tu seras rentré chez toi…

Serais-je devenu son ami ? Au fil de nos échanges, j'ai parfois l'impression de jouer le rôle du père. Pourtant, je ne suis dupe de rien. Ce n'est qu'une complicité de façade. Quand il a une kalachnikov entre les mains, Abdul se transforme en sauvage. Depuis le début, je suis sûr qu'il est l'un des tueurs les plus chevronnés d'Ansaru. Entre nous, ça ne peut que mal finir. Il faudra un vainqueur et un perdant.

* *
*

Le lundi 21 octobre 2013, Abdul me rappelle avec brio qu'il n'est qu'un irresponsable qui se prend pour un cow-boy. En entrant dans ma chambre, il se met à jouer avec son arme, la faisant tourner dans tous les sens. Soudain, un boucan d'enfer. La balle siffle à mon oreille droite et vient se ficher dans le mur. Ce con a appuyé sur la détente. Je hurle :

– Tu es fou, pourquoi tu joues avec ton arme ? *Why ?*

Alors que je suis encore blanc de frousse, Abdul se réfugie dans sa chambre. Il a dû alerter tout le quartier. Je me rue à la fenêtre : aucun mouvement, aucune réaction, les ouvriers ne sont plus sur le chantier. Sans doute sont-ils allés chercher des parpaings. Je vais tout balancer au manager. Il faut qu'il comprenne que son beau-frère est un danger sur pattes. Le soir, quand Abdul revient m'apporter mon dîner, il est tout penaud. Je le regarde droit dans les yeux et place mon index sur la tempe.

– *You are a crazy man…*

Abdul recule, il a l'air terrifié. Peut-être s'est-il déjà fait engueuler par le manager. La voix basse, il lâche :

– *Sorry, sorry*, c'est une grosse erreur, une grosse erreur.

Au manager, deux jours plus tard, je raconte tout. J'en rajoute même. Sur son inconscience, sa saleté. Non seulement je veux éloigner Abdul, mais encore je voudrais qu'il ait plus confiance en moi qu'en lui. Inverser les rôles, en quelque sorte.

– Abdul n'est même pas capable de retirer le siphon de la douche. Après son passage, c'est encrassé de cheveux et de poils ! C'est pas à moi de le faire !

Le manager me promet qu'il va lui en parler. Je le sens exaspéré. Si seulement je pouvais placer un pion entre lui et Abdul. Les monter l'un contre l'autre.

* *
*

Manger mieux me donne un surplus d'énergie. Tôt le matin, je marche six kilomètres autour du matelas. Et j'en refais six l'après-midi. Cet entraînement me fait beaucoup de bien. Il me renforce physiquement tout en me lavant la tête. En plus, je n'ai plus Abdul à mes basques. Le manager a fait son travail : mon chien de garde ne vient plus que pour ses ablutions, cinq fois par jour : à 5 heures, 10 heures, 15 heures, 18 heures, 22 heures. Je relève, jour après jour, le temps qu'Abdul passe dans la salle de bains pour se laver. Sous le bas de la porte, par l'interstice, je réussis, en m'allongeant, à observer ses mouvements. Je calcule chaque étape de ses ablutions, établissant un minutage le plus précis possible de son programme. Je note les silences, les moments bruyants. Je dois connaître les moments où il peut m'entendre et ceux où le risque n'existe pas. Comme il respecte scrupuleusement un rituel, les variations sont faibles d'une séance à l'autre, réduisant à presque rien mes marges d'erreur. Ce diagnostic me rend optimiste.

Le soir, sur mon matelas, j'écoute RFI sereinement. Ce samedi 26 octobre, l'information me ramène à la Réunion : un bodyboarder a été attaqué à trois cents mètres de la plage par un requin. Je connais bien le spot. Il est aux abords de la Ravine Mula, sur la commune de L'Étang-Salé. Le type a perdu la moitié d'une jambe et se trouve entre la vie et la mort. Cette nouvelle me met en colère. À la mi-juillet, déjà, une jeune fille de 15 ans est morte en baie de Saint-Paul, sur la côte ouest de l'île. Depuis trois ans, on en est à cinq victimes. Dans la soirée, une ancienne députée de l'île appelle les Réunionnais et les visiteurs à la prudence. Qu'attend-on pour prendre de vraies mesures de protection ? Je pêche régulièrement dans ces eaux. Elles sont infestées de squales.

* *
*

Depuis qu'il m'a demandé le nom d'un intermédiaire, le manager ne me donne plus aucune information sur ma libération. Je n'aime pas ça. C'est le signe que les négociations sont en panne. Le contact avec la France est peut-être même complètement rompu. Je ne veux pas passer le cap de l'année entre les mains de mes kidnappeurs. Ma seule issue, c'est l'évasion. Même si m'enfuir est beaucoup plus difficile qu'à Kano, je dois m'accrocher à cette idée et mettre tous mes sens en éveil pour guetter la faille. Je tourne et retourne des plans dans ma tête. Très vite, j'en viens à la conclusion que pour parvenir à mes fins, il faudrait qu'Abdul oublie sa clé dans la serrure de la porte. Ai-je une chance que cela se produise ? Avec cet abruti, tout est possible. Du coup, je concentre mon attention sur chacun de ses mouvements. Je guette le moindre de ses gestes. Je le surveille sans cesse.

Passer la porte de ma cellule, pourtant, n'est que la première étape d'un parcours d'obstacles où la moindre erreur sera fatale. Pas question de me lancer à l'aveugle, d'hésiter sur le chemin à emprunter. Je dois prendre le temps de rassembler toutes les informations que j'ai glanées sur l'environnement extérieur. Ne pas me précipiter si l'occasion se produit. Déjà, mes premières observations me permettent d'esquisser un schéma d'évasion. Après avoir franchi le salon mitoyen, je devrai me diriger vers la terrasse que je vois depuis ma cellule. Je passerai une porte puis, une fois sur la terrasse, j'en ouvrirai une deuxième : celle qui débouche dans l'impasse. Là, je partirai sur la droite, puis je tournerai à gauche, au bout de l'impasse. Ensuite, c'est la plongée dans l'inconnu. En principe, la rue que j'aperçois doit rejoindre la grande route animée, celle qui est désormais cachée de ma vue avec la nouvelle construction. Si je parviens jusqu'à cette avenue, je prendrai alors à droite. D'après mes déductions, c'est en effet la direction du centre-ville. Je pourrai alors me fondre dans la foule en couvrant mon visage.

Au début de ce labyrinthe, je serai sans doute contraint de passer tout près de la cour où sont garées les voitures. Il faudra que j'évite que ces véhicules me prennent en chasse. Sur la question, j'ai ma petite idée. J'ai récupéré plusieurs clous laissés par les ouvriers qui ont construit la maison. Il me suffira de les crocheter par paquets de deux ou trois, et de les balancer devant le portail des bagnoles. S'ils veulent me poursuivre, ils crèveront ! Je dois vérifier tous ces points. Mon imagination ne doit surtout pas me jouer des tours. Comment y parvenir ? Impossible de forcer la porte de ma chambre, ce serait trop bruyant. Je n'aurais même pas le temps de sortir de la maison que je serai déjà repris ou abattu. Soit je pique une clé à Abdul, soit ce con laisse la sienne sur la porte en se rendant dans la salle de bains. Ce type est tellement bête et sûr de lui que l'hypothèse n'est pas vraiment à exclure. Depuis nos dernières discussions, il se méfie moins de moi. Pas une seconde il ne peut imaginer que je veuille me faire la malle. C'est mon principal atout.

* *
*

Je ne veux pas croire à ce que RFI vient d'annoncer. Pas ça, pas eux. Samedi 2 novembre 2013, en fin d'après-midi, la radio annonce qu'Aqmi a enlevé mes deux amis journalistes, Ghislaine Dupont et Claude Verlon. Ils étaient en reportage à Kidal, au Mali. Oui, depuis toutes ces années passées à les écouter bourlinguer dans les endroits les plus chauds de la planète et raconter dans leurs reportages le monde tel qu'il est avec un courage sans limites, Claude et Gigi, comme je les ai surnommés, sont devenus mes amis radiophoniques. Je ne les ai jamais rencontrés en chair et en os, mais ils font partie de ma famille. Ma famille d'expatrié. Je suis attaché à la voix de Gigi, je la connais et la reconnais. La radio m'a rapproché d'elle comme si nous étions proches ou intimes. Et je sais le rôle essentiel de Claude à ses côtés.

Une terrible inquiétude m'envahit sur le traitement qui leur est réservé. Dans quelles mains sont-ils tombés ? Si les kidnappeurs sont des Arabes, ils risquent de connaître, en plus de la prison, une épouvantable humiliation physique. Si ce sont des Noirs, au moins échapperont-ils, comme moi, aux outrages corporels. Je connais la culture des uns et des autres, leurs différences de comportement. Mes geôliers sont des monstres qui peuvent massacrer sans états d'âme, mais ils ne poussent pas la barbarie jusqu'à l'avilissement corporel et sexuel. Je sais que nombre d'ex-otages au Proche-Orient n'ont pas eu cette chance. Ils sont meurtris à vie. Étrangement, je décide de ne pas parler à Abdul de la disparition de mes deux « amis » de la radio. Je reste branché en permanence sur RFI, dans l'attente de nouvelles. En début de soirée, l'information tombe, brutale : les forces françaises ont retrouvé Gigi et Claude assassinés. Leurs corps gisaient près du pick-up beige dans lequel ils ont été enlevés. J'en ai les larmes aux yeux. J'ai envie de hurler, de tuer. D'après la radio, Gigi et Claude ont été abattus dans la précipitation, lorsque le véhicule qui les emmenait est tombé en panne. Je serre les poings de rage. J'aimerais pouvoir éliminer toutes ces ordures à la kalachnikov.

Ma colère explose quand RFI détaille les circonstances de leur exécution : Claude a été abattu d'une rafale de mitraillette dans le dos et Gigi de trois balles de face. Des lâches. Des monstres. « C'est dégueulasse, dégueulasse... » Je n'ai que ce mot en tête. Je les vois, ces salauds, dans leur fuite, pris de court, en rade, décidant soudain de les éliminer plutôt que de les traîner comme des fardeaux. Je repense à tout ce que j'ai vécu : moi, au bord de la route, un sac plastique sur la tête, terrifié à l'idée de ce qu'ils allaient faire de moi. Dieu que j'ai eu de la chance ! Leur disparition multiplie par mille mon désir d'évasion. Je le ferai pour moi, pour eux, pour ne plus subir cette haine qui salit le monde. Si je veux avoir une chance de réussir, ne pas commettre la moindre erreur, je dois accepter l'idée que je peux mourir. Je m'impose cet effort de réalisme comme test de ma propre volonté. C'est la seule manière de savoir si je tiendrai le coup, une fois sorti de cette chambre.

En me préparant mentalement, je comprends pourquoi les otages, souvent, renoncent à s'évader. Tout pousse à la prudence. Ce n'est pas du courage qu'il faut, c'est autre chose : une envie folle de liberté, plus forte que la peur de mourir. Je ne peux plus vivre comme un rat au fond d'un trou. Je ne peux pas accepter l'idée de perdre, à petit feu, cette envie de vivre et de me battre qui me fait avancer. Je veux revoir ma femme, mes potes, ça n'a rien d'héroïque. Je préfère la peur de la cavale à la lâcheté de l'inaction. Point barre.

Finalement, je ne peux pas m'empêcher de parler à Abdul de l'assassinat de Gigi et Claude. Glacial, il laisse tomber ce couperet :

– Ce ne sont pas des musulmans, ils n'ont que le droit de crever !

J'ai envie de vomir. Je ne réponds pas. Je le fixe et m'entends dire :

– Crève toi-même, salaud. Si je peux t'abattre en partant, je n'hésiterai pas.

20

LA FAUTE

Mardi 12 novembre, 10 heures, Abdul entre dans ma chambre. Depuis plusieurs jours, le matin, il est en pilotage automatique, comme s'il ne dormait pas de la nuit. De mon matelas, je le regarde attentivement. Il referme la porte derrière lui et, sans dire un mot, file dans la salle de bains. Puis, soudain, je réalise : il n'y a pas eu de grincement de clés ! Il n'a pas fermé, ce con n'a pas fermé ! Je fais un bond. C'est la faute que j'attendais. Une excitation immense m'envahit : la liberté est là, à portée de main, il suffit de pousser cette porte et de partir. J'ai le cœur qui bat à mille à l'heure. Je me répète : « Calme, Francis, calme... », comme chaque fois que je dois gérer l'imprévu. Surtout ne pas m'emballer, agir posément, réfléchir.

Je m'approche lentement de la porte de la salle de bains. Une nouvelle fois, je m'allonge en silence sur le lino et j'inspecte les mouvements d'Abdul. J'ai déjà étudié tous ses gestes, je les ai chronométrés, mais je me sens l'obligation de recommencer et de tout vérifier. Plusieurs fois, je jette un coup d'œil vers la porte de la chambre. Je ne veux pas être surpris par une visite inopinée du manager ou d'un autre homme. Abdul, lui, est fidèle à son rite du lavage. Puis, aussi silencieux qu'un chat, je me glisse vers la porte de la cellule. L'envie de fuir me tenaille. Je suis pris entre le désir instinctif de partir et ma raison qui me dicte d'attendre. Quelque chose me dit que c'est la première erreur d'Abdul, qu'il en commettra d'autres. C'est le signe de sa perte de vigilance, d'une certaine lassitude. Il est train de relâcher son attention par habitude et par ennui.

Collé à la porte, je n'entends aucun bruit dans le salon. Abdul, enfin, se verse de l'eau sur le corps pour se purifier. J'en profite pour entrebâiller la porte de la chambre. Comme je l'espérais, le léger grincement de la porte est couvert par les éclaboussures d'eau sur le sol. D'un coup d'œil sur la gauche, je vérifie que le salon est bien vide. Je fais alors un petit pas dans le mini-couloir qui mène dans cette pièce et repense à mes observations sur la porte qui conduit du salon à la terrasse : dans la semaine, lorsque le manager est absent, sa femme ne la ferme que le soir, vers 18h15. Le week-end, le manager la laisse ouverte jusqu'à la dernière prière de 22 heures. Je décide d'avancer dans mon repérage. Je me lance et traverse le salon en diagonale sur la gauche. Je suis pieds nus. Même si je ne fais pas de bruit de pas, je marche sur le tapis, au centre de la pièce, pour étouffer mes mouvements. Sur ma gauche, contre le mur mitoyen de ma chambre, il y a une télévision et, juste à côté, un ordinateur, un PC. Je vais jusqu'à la porte de la terrasse. Elle comporte deux verrous qu'on ferme et ouvre de l'intérieur. Pas de problème pour les ouvrir. Il y a aussi une installation pour mettre un cadenas. Ils doivent le poser uniquement la nuit, par sécurité. Le jour, ça les empêcherait de circuler librement.

Je reviens vite sur mes pas. Au passage, j'enregistre que la porte donnant sur la cour où stationnent les voitures est dissimulée par un rideau à la fois épais et transparent. Elle semble ouverte. C'est par là qu'entre la femme du manager. L'autre porte est celle qui donne sur la chambre d'Abdul. Je regagne ma cellule. Je ne serai resté à l'extérieur que quelques secondes. Je guette de nouveau les bruits. L'eau coule toujours sur le corps d'Abdul. Je referme la porte. Léger grincement, mais je pense qu'il n'entend rien. Le cœur battant, sur la pointe des pieds, je retourne sur mon matelas et m'allonge. Ses ablutions terminées, Abdul sort de la salle de bains et passe devant moi, indifférent. Il n'a rien remarqué. Je me demande s'il va comprendre qu'en laissant la clé à l'extérieur et en oubliant de m'enfermer il a commis une grosse erreur. J'entends la clé qui tourne dans la serrure. Derrière la porte, je n'entends pas Abdul manifester un quelconque signe d'agacement ou de reproche. Ses gestes, semble-t-il, sont devenus mécaniques. Je suis de nouveau prisonnier. Aurais-je dû partir ? Je me convaincs que non. Il y aura d'autres occasions. Surtout, je n'étais pas prêt. Mes chances de survie auraient été proches de zéro.

* *
*

Deux jours plus tard, bingo, Abdul oublie de nouveau, à 10 heures, la clé sur la porte. Décidément, il a la tête ailleurs. Dans ses prières, ses rêves de paradis. La tentation est grande de filer, mais je me retiens. Je ne me sens toujours pas prêt. Ce n'est pas de la trouille, mais plutôt le sentiment que je n'ai pas réuni toutes les chances de mon côté. Je dompte mon impatience. Il manque encore des pièces dans le puzzle de mon évasion. Je me concentre sur l'examen de la serrure et de la clé. J'observe que la clé sert à verrouiller la serrure, mais, comme la poignée, elle actionne aussi le pêne. C'est le moyen de retarder Abdul lorsqu'il sortira de la salle de bains. J'imagine sa stupéfaction lorsqu'il découvrira la cellule vide. Je vois son regard, paniqué, parcourant la pièce, le temps d'arrêt qu'il marque, l'affolement qui le gagne et le pousse à se précipiter sur la porte. C'est là que je peux gagner un temps précieux.

En partant de Kano, j'ai mis de côté le petit bout de métal décoratif qui ornait mon coupe-ongles chinois. Si je le glisse dans la serrure, à la place de la clé, je bloque tout le système d'ouverture. La poignée intérieure ne pourra pas actionner le pêne. Abdul n'aura alors qu'une seule solution : faire sauter la porte avec sa kalachnikov. Et encore, pour cela, il faudrait qu'il ait son arme avec lui, ce qui n'est pas le cas quand il vient dans la salle de bains… Deux autres conditions sont nécessaires pour que je prenne la décision de me tirer. Un : Abdul, bien sûr, doit oublier une troisième fois de verrouiller la porte. Deux : son erreur doit se produire quand il vient faire ses ablutions pour la prière de 18 heures. Si je ne veux pas qu'on me remarque trop vite dans cette ville que je ne connais pas, il est impératif que je parte à la tombée de la nuit. Je regarde Abdul sortir de la salle de bains, puis de la chambre. Il ne se rend toujours pas compte de son erreur. J'en conclus que son oubli n'est pas un piège pour me pousser à partir et m'abattre dix mètres plus loin. J'essaye de ne pas céder à l'euphorie. Je dois garder la tête froide pour réussir. En moi-même, je me dis :

– Mon petit gars, le jour où tu oublieras de me boucler pour la prière de 18 heures, je t'enfermerai dans ce trou et tu ne me reverras plus ! Je ne te tuerai pas, mais tu passeras un sale moment avec tes amis.

On a les vengeances qu'on peut. Abdul est trop heureux quand il m'annonce la mort d'innocents pour que je fasse preuve de grandeur d'âme à son endroit.

* *
*

Je ne pense plus qu'à cela : le prochain oubli d'Abdul. Mais devant lui comme devant le manager, je feins toujours de m'inquiéter des négociations sur ma libération. Après tout, on ne sait jamais, même si je n'y crois pas du tout, un miracle peut arriver. Au moins, je n'aurai pas à mettre ma vie en danger en tentant de fuir. Abdul me parle de plus en plus de lui. Il évoque de nouveau son désir de venir en France.

– Tu me feras venir, hein ? Je veux y aller avec ma femme. Je veux monter dans le train le plus rapide du monde et visiter Disneyland.

Décidément étrange, cet Abdul. Un mélange de brutalité et de naïveté, de barbarie et d'innocence. Il veut goûter à la liberté et n'a que la charia à la bouche. Il rêve de rencontrer des femmes françaises et passe son temps à dire que la France est l'ennemie des musulmans.

Je me dis qu'avant d'être endoctriné, il devait être un brave garçon.

* *
*

Nous sommes le samedi 16 novembre, en milieu d'après-midi. Allongé sur mon matelas, je commence à m'impatienter. Hier, Abdul n'a commis aucune erreur. Aujourd'hui encore, pour les trois premières prières de la journée, il m'a enfermé et a récupéré la clé. Pour me rassurer, je me répète le dicton : « Jamais deux sans trois. » Il va commettre une nouvelle faute, j'en suis certain. En tout cas, désormais, tout est prêt pour l'évasion. J'ai peaufiné mon scénario. J'en ai vu et revu tous les détails. Départ à 18 heures pour profiter de la nuit qui tombe. En général, à ce moment-là, la maison est calme, personne n'est dans le salon. La femme du manager prépare le repas qu'elle dépose seulement vers 20 heures. Soit devant ma porte, si Abdul est avec moi, soit devant celle de sa chambre, s'il s'y trouve. Pour signaler qu'elle apporte à manger, elle frappe à la porte. Elle est facile à repérer, car elle vient toujours accompagnée d'un ou deux gamins. Le plus jeune pousse un camion à roulettes avec les pieds. Il parle à sa mère et fait beaucoup de bruit. Plusieurs fois, elle est venue avec une autre femme. Je les ai souvent entendues rire et pousser de petits cris. Elles ne font rien pour se dissimuler. Peu de risques, a priori, qu'elles me surprennent.

Dans ma fuite, je le sais, tout sera affaire de rapidité. Je ne devrai pas perdre une seconde, tout en m'efforçant de ne pas me précipiter. Pour éviter de farfouiller dans ma poche, je coincerai dans ma bouche le petit bout de métal qui servira à bloquer la serrure. Après avoir chronométré le temps qu'Abdul consacre à ses ablutions, j'estime bénéficier d'une fenêtre de quinze minutes pour filer. Par sécurité, je ne m'en accorderai que dix. Mon départ aura lieu à l'instant précis où Abdul se déshabille et se met complètement nu. J'ai noté que ses vêtements ne sont jamais mouillés quand il sort de la salle de douche. Il quitte aussi ses tongs chinoises qu'il porte coincées entre le gros doigt de pied et l'orteil voisin. Puis il commence à se laver la tête. Il finit par les pieds et les mains. Les ablutions lui prennent entre huit et dix minutes. Cette durée est invariable depuis que j'enregistre ses gestes. En l'absence de montre, j'ai ma technique pour calculer : à quatre pattes contre la porte, je compte jusqu'à soixante, puis je lève un doigt chaque minute écoulée. Je n'ai jamais dépassé les dix doigts de la main…

Je me dis qu'il faut que je décampe au moment où il se lave les pieds. Avec une application maniaque, il se nettoie la plante des pieds. Il le fait tantôt en s'asseyant sur le sol, le cul par terre, tantôt en adoptant la position du héron, en équilibre sur une jambe et l'autre relevée pour se laver le dessous du pied. Si jamais il m'entend partir, c'est le moment où il sera le plus embarrassé pour réagir. En moins d'une minute, je dois ouvrir et refermer la porte de la chambre, franchir le salon, traverser la terrasse et atteindre la rue. Même si j'agis sans précipitation, pour demeurer silencieux, tout sera très rapide.

Grâce à Dieu, j'ai une bonne oreille. Depuis des jours, j'écoute avec minutie les sons produits par Abdul pendant ses ablutions : les éclats de l'eau qui tombent sur son corps, ou sur le sol quand il s'arrose avec une grande tasse en plastique. À plat ventre derrière la porte de la salle de bains, j'ai repéré tous les moments où le son de l'eau peut couvrir les bruits de ma fuite. Je pense d'abord au grincement de l'ouverture de la porte et au clic de la clé lorsqu'on referme la serrure à double tour. Ce geste-là est primordial : j'emprisonnerai Abdul à ma place et retarderai la chasse à l'homme qu'ils déclencheront inéluctablement. Il faudra que j'emporte la clé avec moi pour qu'ils ne puissent pas le libérer de l'extérieur.

Une fois le salon et la terrasse franchis, je déboucherai dans l'impasse, sans courir pour ne pas attirer l'attention sur moi. J'ai évalué à environ vingt-cinq mètres la distance qui sépare la porte de sortie de la maison de la rue que l'on voit au bout de l'impasse. C'est à ce moment-là, surtout, que je ne dois pas m'emballer. Je vais me sentir libre, enfin. Je risque d'accélérer. Pendant ces vingt-cinq mètres, je dois faire preuve de la plus grande discrétion. Être un vrai passe-muraille. Normalement, à cette heure-là, le cul-de-sac est vide, car les ouvriers du chantier partent quelques minutes plus tôt, eux aussi, pour se rendre à la prière. Mais une mauvaise rencontre est toujours possible...

Après, sur la rue, c'est l'inconnu. Il me faut tourner à gauche pour rejoindre la grande route. Sur l'avenue, je prendrai à droite pour me fondre dans la foule et filer vers le centre-ville. Au-delà de la route, avant que la maison en construction ne m'en cache la vue, j'ai repéré une mosquée en arrière-plan. Il faudra surtout que je m'en tienne éloigné pour ne pas tomber sur des types d'Ansaru qui s'y rendraient ou en reviendraient. Ils doivent aussi avoir des guetteurs dans tout le quartier. Peut-être que certains ont participé à mon enlèvement et connaissent mon visage. Du coup, je prévois de partir avec un chèche découpé dans un pan de rideau. À défaut de ressembler à un Noir, on pourra au moins me prendre pour un Arabe.

Ma tenue de départ est arrêtée : short et tee-shirt Michael Jordan. Dans mon paquetage, je mettrai l'autre short, mon tee-shirt Vergnet, deux packs d'eau, ma lampe, la pierre avec le clou affûté que j'ai réussi à planquer en quittant Kano, et mon précieux carnet. J'y ai consigné mes études sur la voiture électrique et le dessin du chèche que je me suis confectionné. Au dernier moment, je glisserai dans mon sac une feuille du calendrier que j'ai épinglé sur le mur, dans un coin, face au matelas. S'y trouvent écrites, sous forme codée, toutes les informations que j'ai pu glaner sur ma captivité : nombre de jours passés enfermé – j'en suis à trois cent trente-deux ; numéros de voiture que j'ai pu relever ; durée de vie des piles ; moments où je vais aux toilettes et dates de dysenterie. À l'envers du calendrier, il y a les notes que j'ai rédigées pour donner des cours d'électricité à Abdul et quelques mots d'anglais comme *old* et *new*, pour qu'il les apprenne. Enfin, je prendrai dans la main gauche les clous que j'ai patiemment rassemblés. Pour éviter d'être rattrapé, je les jetterai devant le portail de la cour où le manager gare ses voitures.

Dans la chambre, mon sac est bien rangé. Il n'a jamais intrigué mes ravisseurs. Le manager et ses hommes savent que je n'ai aucun rangement pour rassembler mes affaires. Seul mon blouson blanc est apparent, posé sur la chaise. Les tongs que je porterai ne sont vraiment pas commodes. Elles sont trop petites, mais Abdul n'a jamais voulu me les changer. Je les porterai quand même. Pas question de me blesser dans la rue.

J'observe les heures de la journée qui avancent sur le mur de la maison en construction. Je l'utilise comme cadran solaire. Grâce aux ombres, à leur mouvement, je sais où j'en suis avec une assez grande précision. Par temps couvert, malheureusement, mon truc ne marche pas. Autre incertitude : l'appel à la prière n'intervient pas toujours à l'heure. Il peut varier d'une bonne quinzaine de minutes. C'est suffisant pour me tromper sur l'heure exacte. Le timing doit pourtant être parfaitement calé quand viendra le moment de m'échapper.

21

MAINTENANT OU JAMAIS

Le quatrième appel à la prière retentit. En regardant mon cadran solaire, je vérifie qu'il est bien 18 heures. Le temps est plutôt clément, ça tombe bien. Je me rallonge sur mon matelas. Je planque la petite pièce de métal que j'ai passé l'après-midi à nettoyer. Toujours mon obsession de l'hygiène... J'entends Abdul qui approche. Je me concentre aussitôt. La clé tourne dans la serrure en grinçant. Je connais bien ce bruit maintenant. Abdul actionne ensuite la poignée extérieure, ouvre la porte, la referme, entre dans la chambre. Il n'est pas armé, c'est tant mieux. Alors qu'il se dirige vers la salle de bains sans dire un mot, indifférent, je réalise qu'il a laissé la clé à l'extérieur.

Il l'a fait, putain ! Il a tiré la porte sur lui sans la verrouiller !

Comme les fois précédentes, mon cœur bat à tout rompre. Abdul, lui, est complètement absorbé par ses obligations religieuses. Il repousse la porte de la salle d'eau. Sans s'enfermer, car il n'y a ni serrure ni verrou. Cette fois, je dois me décider vite, très vite. Pendant quelques secondes, je me parle à moi-même. Je m'entends dire : « C'est maintenant ou jamais, Francis, t'as tout prévu, tout préparé. C'est peut-être ta dernière chance. Montre que tu en as dans le ventre... » Je me convaincs que c'est le moment. Je rassemble mes forces, mon énergie, mon attention, déterminé, tendu vers cet unique objectif : leur échapper.

Abdul commence ses ablutions. À présent, il doit être à poil. Et l'eau doit couler sur sa tête. En retenant mon souffle, j'avance, pieds nus, vers la salle de bains. Délicatement, je plaque l'oreille sur la porte. Je veux savoir précisément où il en est dans son rituel. Au bruit de l'eau, je sais qu'il n'a pas encore attaqué le bas du corps. Je suis dans les temps. Je m'éloigne en longeant le mur et j'enfile, comme je peux, la paire de tongs. Arrivé à la porte de la chambre, j'attends le moment où les flaques d'eau tombent sur le sol pour l'ouvrir. Tout doucement. Abdul, c'est sûr, ne peut rien entendre. Je fais deux petits pas vers le salon. La voie est libre. De là où je suis, je vérifie que la porte d'accès à la terrasse est bien accessible. Les deux verrous intérieurs sont fermés, mais le cadenas qu'ils posent pour la nuit n'est pas mis. La clé de ma cellule, elle, est bien restée sur la porte. Tous les signaux sont au vert.

En silence, je reviens dans la chambre. Je referme la porte sur moi. On ne sait jamais : quelqu'un peut arriver par surprise dans le salon et deviner que je cherche à m'évader. Tout en guettant l'eau qui coule, j'arrache la feuille de calendrier où j'ai codé toutes mes notes. Je la plie en quatre, la glisse dans le sac. Je laisse le reste. Relié par un ressort métallique, le calendrier est beaucoup trop encombrant pour que je l'emporte tout entier. Je plie également mon blouson blanc en quatre et le tasse dans mon sac. En une poignée de secondes, tout est prêt. Après avoir enroulé mon chèche autour du visage, je retourne coller l'oreille contre la porte de la salle de bains. L'eau coule toujours. Cette fois, il doit en être au bas du corps : c'est le moment de foutre le camp. Un regard furtif sur la chambre : « Allez, barre-toi, Francis… » J'attrape mon paquetage et je colle ma pièce de métal dans la bouche. Mon sac dans la main droite, mes clous dans la main gauche, j'ouvre très lentement la porte de la cellule.

Coup d'œil dans le salon : toujours personne. Dans la salle de bains, j'entends l'eau tomber de nouveau sur le sol. Avec précaution, très, très doucement, je referme la porte derrière moi. Un geste brusque et je fais tout foirer.

Alors que je commence à donner un tour de clé pour enclencher le pêne, je dois m'arrêter. Le silence est revenu. J'écoute. Je ne bouge plus. J'attends. Mon cœur tape dans ma poitrine. Je ne panique pas. Je garde mon sang-froid. Mes malaises m'ont préparé à ces accélérations cardiaques. Sous mon chèche, ma tête est calme. Abdul, c'est sûr, va recommencer à s'arroser. Je suis dans le timing que je me suis fixé. Autour de moi, rien ne bouge. Aucun mouvement préoccupant dans la maison. Et puis le bruit de l'eau sur le sol reprend. Je redonne un tour de clé en me grattant la gorge pour masquer le clic. Abdul est enfermé à double tour. Je retire la pièce de métal de ma bouche et j'essaye de la glisser dans la serrure. Merde ! Elle est trop grosse. Je n'insiste pas. Inutile de m'acharner, de perdre du temps. Abdul est prisonnier, c'est l'essentiel.

Je traverse le salon à pas de loup. Pas de bruits de femmes ou d'enfants. J'ouvre les verrous de la porte ouvrant sur la terrasse. Un nouveau coup d'œil rapide à droite, à gauche, je file cette fois vers la porte qui donne sur l'impasse. J'essaye de l'ouvrir, impossible, elle est bloquée. Une bouffée d'angoisse m'envahit. Je regarde le mur d'enceinte. Il fait au moins quatre mètres de haut. Jamais je ne pourrai le franchir. Soudain, j'ai peur que tout foire. Si un homme d'Ansaru débarque, je peux mourir sur place. Je me concentre sur la serrure. Je pousse le pêne de toutes mes forces. Il rompt, la porte s'ouvre. « La chance est avec toi, Francis... »

Une fois dans l'impasse, mon sac sous le bras droit, je n'hésite pas : je pars sur la droite d'un pas rapide mais sans courir. Ces vingt-cinq mètres me paraissent interminables. J'ai l'impression de parcourir des kilomètres. Mon cœur bat de plus en plus fort. Enfin, je débouche sur une rue en latérite, bordée de maisons. Sur la gauche, elle conduit bien à la grande route fréquentée par des milliers de Nigérians. Pour la rejoindre et gagner le centre-ville, les véhicules du manager doivent absolument emprunter ce chemin. Je balance méthodiquement mes clous : à droite de la rue, au centre, à gauche, suffisamment éparpillés pour être sûr que mes poursuivants soient stoppés net dans leur élan. J'accélère maintenant tout en jetant nerveusement quelques rapides regards en arrière. J'ai une trouille bleue de voir jaillir la voiture du manager et de me faire tirer comme un lapin. Devant moi, il n'y a personne, la voie est libre.

Couvert par l'obscurité, je me mets à courir, de plus en plus vite. Je parcours au sprint plus de trois cents mètres avant d'atteindre la grande route. C'est bien plus que je n'avais imaginé. L'alerte n'a pas été donnée et, a priori, j'ai encore huit bonnes minutes devant moi, mais je me sens en très grand danger. S'ils me chopent, ils me massacrent. J'accélère à fond, quitte à faire un arrêt cardiaque. Je décide de ne plus me retourner avant de déboucher sur la voie qui conduit au centre-ville. Une phrase m'obsède pendant que je m'enfonce, à bout de souffle, dans l'inconnu : pourquoi devenir libre si c'est pour mourir ?

* *
*

Lorsque j'arrive enfin sur la grande route, la nuit est presque noire. C'est une large avenue de bitume sur laquelle roulent des centaines de voitures et de camions. Je ralentis l'allure pour reprendre un peu mon souffle. Puis je décide de marcher pour ne pas attirer l'attention. Avec mon chèche, mon tee-shirt Michael Jordan et mes tongs trop petites, j'ai quand même une drôle d'allure. Au loin, je devine un grand carrefour. Je me remets à accélérer, comme aimanté par ce nouvel objectif. Je dois mettre la plus grande distance possible entre mes geôliers et moi, les prendre de vitesse, les semer. La route est bordée d'étalages de fruits et légumes. J'ai l'impression que les marchands me dévisagent. Je suis comme une tache blanche lumineuse dans un océan noir. Repérable, identifiable à tout moment.

Après cinq ou six cents mètres, j'atteins, épuisé, le carrefour. Il est encombré de voitures, de motos chinoises, de charrettes. Depuis la sortie de la maison, j'ai dû parcourir environ un kilomètre. En marchant moins vite, mon souffle, peu à peu, redevient normal. Les centaines de kilomètres que j'ai parcourus autour de mon matelas n'ont pas été inutiles. Je récupère plutôt bien. Mais l'inquiétude, elle, ne fait que monter. Où sont les hommes d'Ansaru ? Abdul, libéré, est peut-être à mes trousses. Je l'imagine ivre de rage et de haine, brandissant sa kalachnikov et fonçant, à toute blinde, sur moi. Le sentiment d'être observé me panique. Dès qu'un regard m'accroche, je détourne la tête. Je suis un batoulé, tout le monde le voit. Il n'y a aucun Blanc dans les parages. Je ne peux approcher personne sans me mettre en danger. À part les handicapés peut-être. En Afrique, moyennant trois sous, ils renseignent les étrangers. Je n'en vois aucun.

Je suis à cran. Prêt à me battre ou à détaler pour me fondre dans la foule si je suis repéré. Chaque fois que j'entends une moto derrière moi, je me mets à trembler. Je me retourne sans arrêt, prêt à me jeter à terre pour éviter une rafale. Soudain, dans mon dos, une moto-taxi. Le gars s'approche, ralentit, me hèle.

– Pour cent nairas[1], je t'emmène où tu veux...

1. La monnaie du Nigeria.

Alors que tout me fiche la trouille, j'ai tout de suite confiance en lui. Son regard est bon. En haoussa, je lui réponds :

– J'ai été attaqué, je dois aller très vite dans une *police station*...

Il me fait signe d'approcher. Il ne me demande pas d'argent : au Nigeria, on paye toujours à l'arrivée de la course. Je grimpe à l'arrière de la moto. Le pilote démarre en trombe, mais, au lieu d'avancer droit devant lui, il fait demi-tour, direction le carrefour et mon point de départ. Une vague d'angoisse me submerge. Je vais me jeter dans la gueule du loup. Sous ma main droite, je serre fort mon sac pour ne pas le laisser tomber. De la main gauche, je dissimule mon visage. Je voudrais disparaître.

J'ai envie de sauter quand, au carrefour, il se met enfin à tourner à droite, à l'opposé de mon lieu de détention. Je pousse un soupir. Dans la nuit de plus en plus noire, la moto parcourt deux kilomètres avant de déboucher sur une route à deux voies. Sans hésiter, le pilote coupe la voie montante, franchit le terre-plein central, puis atterrit sur la voie descendante dans laquelle il s'engage à fond de train. Je voudrais qu'il soit plus prudent, je n'ai pas envie de finir par terre. Mais, très vite, il quitte la voie rapide et s'arrête devant un commissariat. En me déposant, le chauffeur me réclame ses cent nairas. Dans un mélange d'anglais et de haoussa, je lui explique que je n'ai pas un sou en poche :

– Je suis désolé, je n'ai rien dans les poches à cause de barau[1].

D'un mouvement de la tête, il me montre qu'il a compris. Il va attendre que je règle mon problème avec la police.

1. *Barau* en haoussa signifie voleur.

Dans la nuit noire, le pas hésitant, je m'approche du poste. Je ne suis pas du tout rassuré. La police, ici, est gangrenée par la corruption, infiltrée aussi. Soudain, un homme sans uniforme s'avance vers moi. Il me demande ce que je veux. Un frisson de peur me parcourt le corps.

– Je veux porter plainte pour vol et agression.

Le type me dit qu'il est policier. Il me fait signe d'entrer dans le commissariat. À l'intérieur, un mur en béton fait office de comptoir. Derrière, trois policiers attendent. Je leur explique en anglais ce qui se passe :

– Ansaru me poursuit et vous devez me protéger ! Peut-être que vous n'avez que deux ou trois minutes pour le faire. Ansaru va vous attaquer, ils veulent me tuer !

En m'écoutant, les trois policiers s'agitent, manifestement préoccupés par ce que je leur raconte. Ils me font asseoir face au comptoir, près de la porte d'entrée. Puis l'un d'eux téléphone à un supérieur. On dirait que le flic me décrit de la tête aux pieds. Au bout de plusieurs minutes, il raccroche.

– L'inspecteur va nous rejoindre…

Sur ma chaise, l'attente est interminable. Le chef tarde à venir. Je suis de nouveau traversé de sueurs froides. J'ai la trouille de voir débarquer mes kidnappeurs. Ces types sont capables de faire un carnage. Rien ne leur fait peur. Ils ont souvent attaqué des commissariats. Et ils n'ont pas hésité à tuer des flics quand ils m'ont enlevé.

22

PRÉNOM DE VOTRE MÈRE ?

Après quarante-cinq minutes d'angoisse, l'inspecteur arrive enfin. Il me salue poliment et demande à ses hommes de renforcer la protection à l'extérieur du bâtiment. À l'un de ses subordonnés, il donne l'ordre de payer la moto-taxi qui attend toujours dehors. Je le suis jusqu'à son bureau, accompagné de deux auxiliaires de police, à travers un couloir plongé dans le noir. L'électricité n'y fonctionne plus. Il me fait asseoir, réussit à allumer une lampe et se présente. Je découvre enfin le nom de la ville dans laquelle je me trouve : Zaria. J'ignore totalement où elle se trouve. Je n'ai jamais entendu son nom. En demandant des précisions, je comprends que je suis beaucoup moins au nord que je ne l'avais imaginé. Zaria est au sud de Kano alors que je nous pensais près de la frontière avec le Niger. L'échange entre nous est difficile. Nous parlons à la fois en anglais, en français et en haoussa. J'explique tant bien que mal qui je suis, d'où je viens.

– Je m'appelle Francis Collomp, je suis français, j'ai été pris en otage il y a onze mois, à Rimi, en décembre.

L'inspecteur me fait répéter et répéter encore. Apparemment, il ne sait rien de mon histoire. Je ne cesse de penser aux hommes d'Ansaru, à leur folie. Ils doivent sillonner la ville dans tous les sens, à la recherche du moindre renseignement pour me retrouver. Je lui exprime mon inquiétude, mon impatience. Finalement, l'inspecteur téléphone à Katsina, la capitale de l'État dans lequel se trouve Rimi. Il lui faut une bonne vingtaine de minutes pour trouver son interlocuteur. Un siècle. À son correspondant téléphonique, il explique qu'il a dans son bureau un Français dénommé Francis Collomp qui prétend avoir été kidnappé par les islamistes d'Ansaru. Grâce à mes quelques notions de haoussa, je réussis à décoder la conversation. On lui confirme l'information, précisant que j'ai été enlevé le 19 décembre 2012. Les policiers qui m'entourent sont gentils, mais je les sens nerveux, comme s'ils avaient eux-mêmes la frousse. Soudain, la porte s'ouvre. En voyant les flics se lever, je comprends que l'homme est important. Sa présence me rassure aussitôt.

– Bonjour, monsieur Collomp, me dit-il. Je suis le DPO, le *district police officer.* Vous êtes en sécurité ici. Vous devez avoir faim. Souhaitez-vous un peu de poulet ?

Comme chaque fois qu'il s'agit de nourriture, j'exprime mes préférences. Pour la première fois depuis longtemps, je me surprends à sourire.

– Si ça pouvait être du mouton souilla, ça me ferait très plaisir…

Le DPO donne les instructions à l'un de ses hommes et on me rapporte rapidement un plat de mouton. Tout en m'expliquant avec le chef de la police, j'avale mon repas avec appétit. Malgré tout, je ne suis pas totalement rassuré. Je réponds prudemment. Je sais qu'Ansaru a infiltré les forces de police du Nigeria. La présence de l'un de leurs représentants dans ce poste de police n'est pas à exclure. Au bout d'un moment, le DPO téléphone à un supérieur qui, sans doute, lui donne des consignes. Il raccroche et m'indique qu'il va appeler l'ambassade de France à Abuja.

Un temps d'attente, puis il me tend le téléphone. Au bout du fil, c'est l'ambassadeur de France en personne, Jacques Champagne de Labriolle. Tout me paraît irréel. Il me dit bonjour, exprime sa joie de me savoir libre, puis, sur un ton plus solennel, tout en s'en excusant par avance des questions qu'il va me poser :

– Vous devez savoir, me dit-il, que les usages exigent que je commence par vous poser certaines questions afin de constater et de vérifier que vous êtes bien Francis Collomp. Je vous prie de m'en excuser, car j'imagine ce que vous avez vécu. Quel est d'abord le prénom de votre mère ?

– Suzanne.

– Son nom ?

– Labadie.

– Avait-elle d'autres prénoms ?

– À ma connaissance, non. Je ne lui connais que le prénom de Suzanne.

– Pouvez-vous me donner le nom de vos chiens sans m'en préciser le nombre ?

– Oui, dans l'ordre, les femelles, Alouette et Framboise, et le mâle, Chocolat.

– Une dernière question : vous utilisez un petit nom quand vous parlez à votre femme, quel est-il ?

Je suis embarrassé, car, en créole, ce nom désigne le sexe de la femme. Je reste silencieux une trentaine de secondes, avant de reprendre la parole :

– Je l'appelle chouchoute.

– C'est exact et je peux dire maintenant que vous êtes bien Francis Collomp.

À présent, son ton se fait plus enjoué :

– Je vais pouvoir vous expliquer le déroulement de ce qui va se passer pour vous. Dans un premier temps, on va vous transférer en voiture de Zaria à Kaduna[1], dans une base militaire où se trouve un mess d'officiers. C'est là que vous dormirez. Mais ça vous rapprochera déjà d'Abuja. Demain matin, le consul de France à Kano viendra vous chercher en voiture blindée et on vous ramènera sur Abuja.

Puis l'ambassadeur me demande si je vais bien. Il m'interroge sur ma santé, ma forme physique. Parfois, l'échange est interrompu par d'autres coups de fil. Des appels de Paris sans doute. Notre conversation est décousue, mais je m'en moque : je suis rassuré par ce qu'il m'annonce. Ma seule inquiétude tient à ce poste où je suis interrogé. Il est si proche de mon lieu de détention. Il est près de 20 heures. Cela fait à peine deux heures que je me suis échappé. La bande d'Ansaru est forcément à mes trousses. C'est impossible autrement. Il faut qu'on déguerpisse au plus vite. En attendant, sans doute, que le convoi s'organise, l'ambassadeur poursuit sa conversation amicale. Il veut savoir si, au commissariat, on m'a donné à manger. Je lui réponds que j'ai eu droit à un bon plat de viande. Il s'inquiète de savoir ce dont j'ai besoin.

– Je suis en tenue de sport, je n'ai ni pantalon ni chemise.

L'ambassadeur répond aussitôt :

– Le consul fera le nécessaire à Kaduna. Comme je vous l'ai dit, on vous ramènera dès demain à Abuja où vous passerez un examen médical dans une unité du groupe Total. Ils emploient huit cents personnes au Nigeria et disposent d'un centre médical capable de faire des examens pointus. Ils verront si vous pouvez être rapatrié en France par avion.

N'étant pas très sûr des policiers qui m'entourent, je demande conseil à l'ambassadeur.

1. Située dans le nord du Nigeria, Kaduna, 2 millions d'habitants, est aussi la capitale de l'État du même nom.

– Pouvez-vous me dire ce que je peux raconter aux autorités nigérianes et ce que je dois taire ?

Sa réponse est sans appel :

– Vous ne dites rien.

– C'est difficile de ne rien dire !

– Tenez-vous-en au strict minimum. Demain, le consul de France qui viendra vous récupérer à Kaduna vous donnera des consignes plus précises, mais, pour le moment, ne leur parlez pas trop. Je vous souhaite bon courage. Vous en avez eu beaucoup pour vous évader, vous n'en aurez pas besoin d'autant dans l'attente que nous vous évacuions. Normalement, un avion vous ramènera à Paris dès demain soir.

Il raccroche. Les policiers de Zaria reprennent le cours de ma déposition. Je suis à la lettre les consignes de l'ambassadeur. Pas un mot sur ce que je connais de mes ravisseurs. Encore moins sur mes observations que j'ai notifiées et codées sur la feuille de mon calendrier. Je ne leur donne aucune indication sur mes lieux de détention. Ils sont capables d'y débarquer en force dans la nuit, avec le risque de provoquer, dès le lendemain, une réaction très violente d'Ansaru.

Je sens le *district police officer* très impatient. Il engueule les auxiliaires, demande à l'inspecteur de vérifier si les forces spéciales sont en place. Ce dernier revient et répond que le poste est totalement sécurisé. Puis un coup de fil annonce au DPO que les voitures sont arrivées pour mon évacuation. Je ressens de nouveau une vague d'angoisse. Je veux partir au plus vite, mais l'idée de me retrouver dehors me terrifie. Je repense à tout ce que j'ai vécu le jour de mon enlèvement : le spectacle atroce de l'enfant tué, les policiers abattus, Esther cachée derrière le canapé, moi asphyxié dans le coffre de la voiture. Ma fuite, pour les hommes d'Ansaru, est une défaite. Ils vont vouloir la venger.

Alors que ce voyage nocturne devrait être un énorme soulagement, je me surprends, au moment de monter dans la voiture, à être gagné par la peur. Je sais que je ne suis plus maître des événements.

* *
*

Samedi 16 novembre, 22 heures, au domicile de Guillaume H.

Pour une fois, Guillaume H. passe la soirée chez lui, en famille. Il est installé devant sa cheminée quand vibre son téléphone sécurisé. Au bout du fil, le correspondant de la DGSE à l'ambassade de France à Abuja. Ce qu'il entend est sidérant : Francis Collomp, selon toute vraisemblance, s'est échappé. Il se trouve dans un commissariat de police de Zaria, dans le nord du Nigeria. Intérieurement, le chef de la cellule de crise est fou de joie, mais il ne cède pas à l'enthousiasme. Il doit déclencher toute une série de procédures. Il informe Bernard Bajolet, le directeur général de la DGSE depuis le mois d'avril, qui alerte l'Élysée et le ministère des Affaires étrangères. Il donne des consignes pour vérifier qu'il s'agit bien de Francis Collomp, fait envoyer des hommes sur le terrain à Kaduna pour procéder à sa récupération et mobilise tous ses contacts pour sécuriser l'environnement.

Très vite, des informations lui remontent. Une bande armée est aux trousses de Francis Collomp dans Zaria : probablement une cinquantaine d'hommes d'Ansaru. Il donne des instructions pour renforcer la sécurité du commissariat, exigeant que le transfert vers l'académie militaire du Nigeria à Kaduna se fasse au plus vite. Il sait que Francis Collomp ne sera pleinement en sécurité qu'une fois là-bas. Pour Guillaume H., c'est encore une longue nuit de veille qui s'annonce. Mais une belle nuit, cette fois, qui promet le partage d'une immense émotion. Il a toute confiance dans ses hommes pour sécuriser le transfert. Impressionné par ce que vient de réaliser Francis Collomp, il est impatient de lui parler pour le féliciter et en savoir plus.

À 22 h 30, la cellule de crise du Quai d'Orsay est informée par la DGSE que Francis Collomp s'est sans doute échappé. Tout doit être mis en œuvre pour le récupérer dès le lendemain à Abuja. Didier Le Bret, Annick Dienner et le docteur Christophe Schmit mobilisent aussitôt un avion médicalisé de la République. Une infirmière militaire est contactée. Le décollage aura lieu à 8 heures du matin. Le vol durera six heures.

* *
*

– On y va, monsieur Collomp !

Je récupère mon sac et suis le DPO et ses auxiliaires dans le couloir qui mène vers la sortie. Avant de franchir la porte, ils me demandent d'attendre un peu à l'intérieur. Je les vois sortir et inspecter les lieux. Puis ils viennent me chercher. J'ai beau être encadré par des policiers en armes, je suis horriblement nerveux, parcourant du regard tout le secteur. Dans l'épaisseur de la nuit, je ne vois rien, quelques lumières de maisons alentour et les ombres menaçantes de passants que je prends pour des tueurs. Les policiers me font rentrer dans une voiture ordinaire puis, à peine assis, me font signe d'en ressortir. Cette improvisation me panique. Ils n'ont pas l'air professionnels. On m'installe alors dans une Toyota Hi Lux à plateau. Cette voiture n'est pas blindée. Au moindre tir d'arme lourde, elle explose. À l'avant, ils sont deux : le conducteur et un responsable de la police. Sur la banquette arrière, je suis cerné par deux hommes armés de kalachnikovs. Alors que la voiture est toujours à l'arrêt, j'ai l'impression de revivre un cauchemar. Je me tourne sans cesse vers eux. Ils me sourient, mais ça ne suffit pas à dissiper mon angoisse. En regardant leurs armes, je me raisonne enfin. Elles ne sont pas pointées vers moi. Ils les tiennent droites entre leurs jambes, tout en surveillant les parages du regard. « Ce sont des flics, Francis, pas des assassins… »

Nous restons sur place de longues minutes. Pourquoi ne démarrent-ils pas ? Ils reçoivent ordres et contrordres. Ce désordre me panique. Finalement, nous partons, mais le véhicule s'arrête brusquement quelques dizaines de mètres plus loin. La route n'est probablement pas suffisamment sécurisée. Je gamberge : vont-ils réussir à sortir de la ville sans tomber dans un guet-apens ? Nous repartons.

Une voiture banalisée nous suit. Devant, il y a sûrement un autre véhicule pour nous ouvrir la route, mais je ne le repère pas. Le convoi fonce à plus de 160 kilomètres/heure sur des routes et des pistes qui me défoncent le dos. Le type au volant conduit plutôt bien, mais il se prend un peu pour Fangio. Je me dis que ce serait quand même con de m'être évadé pour mourir dans un accident de la route.

Au bout d'une heure vingt de course folle, la voiture ralentit enfin. Nous arrivons dans la base militaire nigériane annoncée par l'ambassadeur de France. Nous franchissons plusieurs chicanes. Elles sont destinées à empêcher que des camions ou des 4 x 4 ne foncent dans le casernement. Il est déjà 23 h 30. Je n'arrive pas encore à croire que je suis hors d'atteinte. Dans une salle de restauration, un militaire s'avance vers moi.

– Souhaitez-vous une boisson ?

– Oh oui, je veux bien une Heineken.

Onze mois que je n'ai pas bu une goutte d'alcool. Cette première gorgée de bière est un vrai bonheur. Ce n'est pas grand-chose, mais j'y vois un signe inouï de confort retrouvé. On m'installe devant un poste de télévision. Je me relève. J'ai besoin de marcher. Comme si je ne pouvais me défaire de cette habitude que j'ai prise de tourner comme un derviche autour de mon matelas. Dans ma tête, je reste un otage. Je suis sur mes gardes. Mes réflexes de défense et de survie sont à vif. Combien de temps vivrai-je avec ce sentiment d'insécurité ? Longtemps sans doute et cette seule pensée me jette dans le trouble. Dans la pièce, il n'y a que deux militaires. Soudain, un troisième homme rapplique. Il m'explique qu'on n'aurait pas dû m'installer là. On me ramène à la voiture et me conduit dans un autre bâtiment : la réception de l'hôtellerie du mess, un espace réservé aux gradés. Un officier en tenue, très grand, très maigre, qui parle français, m'accueille sur le pas de la porte.

– Bienvenue, monsieur Collomp, très heureux de vous savoir parmi nous.

L'officier enchaîne la conversation en anglais. Je lui demande si je peux avoir encore à boire : plutôt une Duda, la bière locale... Il ordonne aussitôt au personnel de service d'aller m'en chercher une.

– Je suis très ami avec le consul de France à Kano, vous savez, me dit-il. Je suis aussi lié à une amie du consul, une Libanaise qui est à la fois top model et membre de la police nigériane...

J'ai l'impression d'être dans un mauvais roman d'espionnage. L'officier appelle le consul au téléphone et me tend l'appareil. Le diplomate me confirme que l'officier nigérian est un ami. Il se réjouit de me parler.

– Je serai là demain matin de bonne heure, me dit-il, avant de raccrocher.

Quelques minutes plus tard, on me passe un autre appel venant de Paris. L'interlocuteur se présente. Il s'appelle Guillaume H. et suit mon affaire à la DGSE. Ses premiers mots sont chaleureux.

– Je suis vraiment très heureux de vous avoir au téléphone.

Cet homme me rassure sur ma sécurité. Il m'annonce que, pour mon retour à Abuja, je serai accompagné du consul de France à Kano, de deux agents de la DGSE et d'une personne des services nigérians.

– Bien sûr, conclut-il, je vais informer votre famille.

Je suis encore si troublé et si fatigué que je lui dis que ce n'est pas le plus urgent. Ce n'est pas de l'indifférence. J'imagine bien leur inquiétude, mais j'ai besoin de quelques heures de décompression. Il me faut un sas avant de retrouver la vie réelle.

L'officier me glisse qu'il serait peut-être temps que je me repose. Il est plus de minuit quand on me conduit à ma chambre, au premier étage du bâtiment. Le serveur qui m'accompagne me montre la salle de douche. Il disparaît puis revient avec une bouteille de bière et des petits gâteaux. Il m'annonce qu'on me réveillera vers 6 h 30 et me demande ce que je souhaite pour le petit déjeuner. Avant de se retirer et de fermer la porte, il m'adresse un grand sourire. Je m'assois au bord du lit. Je suis épuisé et submergé par l'émotion.

23

COMME DANS UN RÊVE

Peu à peu, je réalise que j'ai réussi à m'évader. Tout ce que je viens de vivre n'est pas une illusion. Jusque-là, je n'étais sûr de rien. J'étais sur la réserve, le qui-vive, convaincu qu'à tout moment un événement imprévisible allait me ramener à la case départ. Dans cette chambre, je commence juste à y croire. Je suis libre. Cette seule idée me tient éveillé comme s'il fallait que je la savoure pleinement, minute après minute. Je m'étends tout habillé sans trouver le sommeil. Je repense à ces onze mois de captivité. J'en veux terriblement à ce groupe de djihadistes, mais bizarrement, dans cet enfermement, j'ai l'impression d'avoir appris à apprécier les plus petites choses de l'existence : manger, marcher, s'habiller. J'ai vécu cette épreuve comme un défi physique et une aventure intellectuelle. C'est sans doute pour ça que j'ai tenu, que j'ai voulu m'évader, que je suis là, libre, dans cette chambre.

Je décide finalement de me déshabiller. Je pars m'examiner dans la glace de la salle de bains. Le miroir me renvoie l'image d'un homme que je ne connais pas : mon buste est amaigri, mes côtes percent sous la peau. Je me vois esquisser un sourire et me dire, avec cette manie de parler de moi comme si c'était mon double :

– Il a vraiment décollé, le père Francis !

Je me rassois au bord du lit. Je finis ma bière. Je me relève pour faire le tour de la chambre, pieds nus, mon verre à la main. L'habitude. Je vérifie que l'eau de la douche est chaude, puis je m'arrête devant la fenêtre. Je tire le rideau pour essayer de voir quelque chose dans la nuit. Elle est trop noire, je renonce. Je me rassois, j'avale deux petits gâteaux. Je garde le troisième pour le plonger, demain matin, dans mon café. Je ne me savais pas aussi économe et précautionneux. Il ne doit pas être loin de 2 heures du matin. Huit heures que je suis un homme libre. « Ça doit chauffer pour Abdul… » Je prends une douche, mesure ce privilège de pouvoir se laver à l'eau chaude. Puis je m'allonge sur le lit. Je déroule le film de mon évasion. Comme si j'étais spectateur. Enfin, je parviens à me dire, sans me laisser prendre par le doute : « Oui, j'ai réussi… »

Pour autant, le sommeil ne vient pas. Je suis plus calme, mais j'ai encore besoin de bouger. Je m'examine de nouveau dans la glace. Je ne parviens pas à reconnaître le type qui est en face de moi. Ma maigreur me sidère. Je me rallonge sur le lit et me mets à rêver de pêche au gros. Quand je suis sur le bateau, à la Réunion, je ne pense plus à rien, tous les soucis s'évanouissent. C'est le moment, dans ma vie, où je me sens le plus libre. Je suis impatient de retourner en mer. La nuit s'avance. Je songe enfin à Anne-Marie et à ma famille. Ce ne sont que des flashes rapides. Au fond, je suis surtout un solitaire. J'espère que la détention n'a pas trop aggravé ce trait de caractère. Quelle va être ma vie désormais ? Je ne sais pas. Quelque chose de nouveau commence. J'en ai la certitude.

À 6h40 du matin, on vient cogner à ma porte. Je suis levé, lavé et habillé depuis un bon bout de temps. J'ai même longuement marché dans la chambre. Après avoir avalé mon café, je descends au rez-de-chaussée, à la réception. La télévision est allumée. Là encore, je ne peux m'empêcher de marcher et de tourner en rond en attendant l'arrivée du consul. L'officier supérieur qui m'a accueilli hier soir me rejoint. Il m'interroge sur cette première nuit de liberté. Je lui avoue que j'ai peu dormi.

– Le consul et votre escorte sont en route, dit-il. Ils ne devraient plus tarder.

Même si j'éprouve une immense fatigue, je respire beaucoup mieux. L'air, soudain, me paraît plus pur. Cela doit être ça : le sentiment physique de liberté.

* *
*

Le consul a une trentaine d'années. Il est plus petit que l'officier nigérian. C'est un ancien militaire, jovial, très gentil, assez musclé. Je me dis qu'il doit faire du sport. Avec moi, il est tout de suite chaleureux. Heureux de me voir. Admiratif même devant mon évasion, parce que, dit-il, il mesure le risque que j'ai pris. On ne traîne pas. Nous montons tous les deux dans une Toyota berline 4 x 4. Le chauffeur conduit calmement. Dans la voiture suiveuse, l'officier supérieur a pris place, accompagné des deux agents de la DGSE. Pendant le trajet, le consul s'enquiert de tous les détails de mon histoire.

– La police nigériane veut vous entendre à Abuja, mais vous ne direz rien sur les lieux de détention et le profil de vos ravisseurs. Vous réserverez toutes les précisions aux services français que vous verrez à Abuja puis à Paris.

Avant d'arriver dans le centre de la capitale, nous nous arrêtons devant une maison. Il est 9 heures du matin. La Libanaise dont l'officier m'a parlé nous y attend. Elle nous accueille avec son mari qui semble être un entrepreneur. C'est une belle femme de vingt-cinq ou trente ans. Elle me fait la bise. Je ne peux m'empêcher de regarder son magnifique décolleté. Elle embrasse aussi le consul. Toujours en mouvement, elle ne tient pas en place. Le couple me propose du linge. Pendant qu'elle détourne la tête, j'essaye un pantalon. Le jean ne me va pas. Le consul en a un autre dans le coffre de la voiture. Il va le chercher. Je le passe. C'est beaucoup mieux. Il me fournit aussi une chemise à carreaux. Puis la Libanaise m'apporte du pain.

– Je l'ai préparé spécialement pour vous. C'est du pain libanais parfumé au thym…

La galette me rappelle ma Provence natale. J'en mange un morceau tout en dévorant cette femme du regard. Après onze mois d'enfermement, voir une aussi belle fille produit un sacré effet. Devant ses questions, précises, insistantes, je reste pourtant prudent. Trois quarts d'heure plus tard, nous repartons. Le rendez-vous avec la police nigériane est fixé à 10 heures. Le trajet est bref. La Libanaise et son mari sont du voyage.

– Voilà, c'est ici, me dit le consul en désignant un grand bâtiment blanc.

Nous entrons dans l'immeuble. Dans l'escalier, une dizaine de journalistes, micros en avant, me sautent dessus.

– Comment avez-vous fait ? Comment peut-on échapper à Ansaru ? Êtes-vous en bonne santé ?

Les agents me protègent, repoussant vigoureusement les reporters. Nous arrivons dans une immense salle dont les portes se referment derrière nous. Le grand patron de la police nigériane fait son apparition. Il s'assoit en face de moi. Il est accompagné d'un interprète qui parle bien le français et traduit en anglais. Parfois, il glisse des mots de haoussa que j'arrive à comprendre. Le consul est juste derrière moi, un peu décalé, sur la gauche. L'interrogatoire commence dans une ambiance tendue. Un vrai passage à la moulinette. Le flic est habile, il connaît bien son boulot. Ses questions sont insidieuses. Il cherche des renseignements précis sur les voitures que j'ai pu remarquer. Il veut des détails, des numéros d'immatriculation. Je sais que je ne dois pas trop parler, mais je lâche quand même quelques infos pour l'aider dans son enquête. Je lui montre même la feuille de calendrier sur laquelle j'ai tout noté et codé. Il la saisit d'un geste brusque et ne veut plus me la rendre. J'insiste pour la récupérer. Il me promet qu'il le fera plus tard.

Le consul intervient.

– Pourquoi ne pas faire de photocopie ?

– Nous n'avons pas de photocopieuse couleur, répond le grand chef.

Je décide de lui faire confiance. Je lui laisse la feuille. Devant son insistance, je lui donne des indications sur la villa de Kano. Je lui parle de la mosquée toute proche, des antennes de l'aéroport. Un des types présents s'exclame :

– Mais je sais où c'est !

Je ne peux m'empêcher alors de leur donner ce conseil :

– N'y allez pas avec des gros bras en fonçant dans le tas ! Prenez le temps de bien étudier les choses…

Ma remarque déplaît fortement au chef de la police. Il hausse le ton :

– Nous ne sommes pas des enfants de chœur, monsieur Collomp, nous savons ce que nous avons à faire. Nous connaissons notre métier !

J'en ai sans doute trop fait. Je leur présente mes excuses. Le consul, alors, prend la parole pour essayer d'écourter l'entretien.

– M. Collomp est très fatigué. Nous devons nous rendre dans le centre médical de Total, où il doit être examiné, puis à l'ambassade de France. Nous voulons le rapatrier le plus rapidement possible.

J'apprécie l'intervention du diplomate. L'échange devient vraiment fastidieux. Le chef de la police finit par céder.

Nous sortons de la pièce et reprenons la voiture du consul pour rejoindre les locaux du groupe pétrolier.

– Nous allons vérifier votre état de santé, me dit le consul. Si tout va bien, comme je le pense, vous repartirez le soir même dans l'avion du ministre des Affaires étrangères.

Je suis un peu estomaqué par cette nouvelle. Le diplomate m'apprend que Laurent Fabius quittera un voyage officiel du président de la République en Israël pour venir me chercher personnellement.

*   *
*

Centre médical de Total,
à Abuja.

Il est un peu plus de 15 heures quand Annick Dienner et le docteur Christophe Schmit, membres de la cellule de crise du Quai d'Orsay, arrivent au centre médical. Didier Le Bret, leur patron, est resté à l'ambassade de France pour coordonner les opérations de retour. Les deux envoyés spéciaux du ministère des Affaires étrangères découvrent l'ex-otage en caleçon, en plein examen. Ils lui ont apporté deux tablettes de chocolat : une au noir, l'autre au lait. Depuis onze mois, Francis Collomp leur est si familier qu'ils ont l'impression de retrouver un proche. Pour établir son bilan de santé, le docteur Schmit prend le relais, assisté de deux autres médecins. Il leur faut environ deux heures pour réaliser un check-up complet. Même s'il n'en doutait pas, le docteur Schmit est impressionné : Francis Collomp est très amaigri, mais son état général est excellent. Il est la preuve vivante qu'il n'y a pas de corrélation entre le temps de détention d'un otage et sa santé. Le plus important, en réalité, est le respect de sa dignité.

Certes, Francis Collomp a subi une terrible épreuve, une longue période d'angoisse et de peur, mais il n'a pas été maltraité physiquement. Son corps ne porte aucune trace de mauvais coups. Il a pu s'alimenter, un peu, et surtout s'hydrater. Enfin, il n'a pas vécu que dans l'obscurité. Francis Collomp a su se préserver, traverser ces onze mois en se battant sur les bons terrains : l'hygiène et l'alimentation. La modestie de cet homme frappe les membres de la cellule de crise. Son sourire aussi. Il parle avec des mots simples, raconte sans forfanterie sa détention et son évasion. Combatif, il est déjà impatient de retrouver une vie normale.

* *
*

Pendant ce long examen médical, j'ai bien sympathisé avec les deux personnes de la cellule du Quai d'Orsay, Annick, une femme charmante, et Christophe, le médecin. On ne se quitte plus. Ensemble, nous repartons vers l'ambassade où je suis attendu. On me confirme que Laurent Fabius s'est envolé de Tel-Aviv et doit arriver d'un moment à l'autre à Abuja. C'est dans son avion que je rentrerai à Paris. En attendant, l'ambassadeur a organisé une petite réception pour m'accueillir. Nous arrivons, escortés, en voiture blindée, devant cette belle maison de couleur claire de deux étages prolongée par un jardin. Elle est située tout près de l'Assemblée nationale nigériane et de Maitama Avenue. Les autorités sont prudentes, car Abuja n'est pas à l'abri d'attentats islamistes. À gauche du portail sécurisé, je remarque que les arbustes sont parfaitement taillés. Le signe, pour moi, que tout revient dans l'ordre.

Le dîner est prévu assez tôt, à 18 heures, notre départ en avion étant programmé à 21 heures. Mais le ministre des Affaires étrangères a fait savoir qu'il serait en retard. Son avion attend une autorisation de survol de la Libye. Sur le perron de l'ambassade, je suis accueilli par la secrétaire particulière de l'ambassadeur et l'attaché militaire, le colonel Paul Danvy. On m'introduit dans un salon magnifique. On me propose un drink. Je demande un whisky, sec, sans glaçons. J'adore le whisky. Surtout les douze ans d'âge avec une odeur de tourbe. Annick Dienner me présente Didier Le Bret, le chef de la cellule de crise du Quai. Le consul est à ses côtés, ainsi que la belle Libanaise et son époux. L'ambassadeur, lui, est occupé par le problème d'avion qui retarde le ministre. J'apprends que, par précaution, un avion médicalisé est arrivé de Paris. Mais je suis suffisamment en forme pour éviter un retour en transport sanitaire.

Soudain, alors qu'une vingtaine de personnes attendent dans le salon, apparaît l'ambassadeur, Jacques Champagne de Labriolle. Il est en poste depuis bientôt deux ans à Abuja. J'ai compris que c'était un spécialiste des questions africaines. Cet homme aux cheveux blancs, qui doit avoir entre 55 et 60 ans, me salue chaleureusement. Il m'informe qu'on va me délivrer un passeport d'une validité d'un an et qu'on me le remettra lors de mon départ à l'aéroport. Puis il m'entraîne à part. Les autres personnes, spontanément, s'éloignent de nous. Nous engageons la conversation sur un mode détendu, amical. Comme moi, il aime beaucoup l'Afrique. Il y a fait l'essentiel de sa carrière diplomatique. Il illustre ses propos en évoquant les lettres d'Afrique de Guy de Maupassant, cette terre que l'écrivain appelle « Orient », « terre des sages, terre chaude où on laisse couler la vie, où on arrondit les angles », reprend l'ambassadeur. C'est l'Afrique que je connais, que j'aime. Pas celle d'Ansaru et des marchands de mort.

Après tous ces mois de solitude, j'apprécie l'élégance et la culture de ce serviteur de l'État. Il me rappelle mon frère universitaire, Denis. Ce sont des personnes avec lesquelles on a le sentiment de s'élever. Je songe que nous, dans le monde de la technique, nous ne fréquentons pas souvent des gens comme ça. Mon univers a rarement été peuplé d'hommes ou de femmes cultivés. L'ambassadeur me fascine. Mon cerveau est en éveil. Un vrai moment de bonheur, le premier depuis que je suis redevenu un homme libre. Cet homme aime les autres, il m'interroge sur mes voyages, sur les pays où j'ai travaillé, il en connaît très bien certains. J'ai l'impression que mon existence excite sa curiosité. Plein de finesse, il comprend que j'ai besoin d'une conversation qui me fasse oublier ce que je viens de vivre. Je lui suis reconnaissant de ne pas me harceler sur mes conditions de détention alors que tout le monde, depuis vingt-quatre heures maintenant, ne cesse de m'interroger sur mes onze mois aux mains d'Ansaru. Cet entretien, à lui seul, justifie mon évasion, mon amour de la vie, mes sentiments pour l'Afrique, mon désir forcené de retrouver la liberté. J'en oublie ma fatigue.

Alors que l'aide de camp de l'ambassadeur vient l'informer que l'heure du dîner est arrivée, il lui répond :

– C'est tellement intéressant, cette discussion avec Francis, que je n'ai pas vu passer le temps !

Je demande à me laver les mains. À mon retour, je constate que l'on m'a placé juste en face de l'ambassadeur. C'est, paraît-il, le protocole. Je suis heureux, car nous allons pouvoir continuer notre conversation. Sur la nappe, j'admire la multitude de couverts, de verres en cristal. Devant mon air étonné, l'ambassadeur me livre une explication :

– Cette table dressée est aussi une manière de bien représenter la France.

Mise en bouche, entrée, deux plats au choix, dessert excellent, grands crus : mon retour dans le monde civilisé a quelque chose d'irréel. Je ne suis pas sûr d'en mériter autant. Après tout, je ne suis qu'un type ordinaire qui a réussi à se tirer d'une sale affaire. D'ailleurs, maintenant que tout est terminé, je n'aspire qu'à retrouver ma vie d'avant.

Pendant le dîner, on nous confirme que l'avion de Laurent Fabius a pris du retard, mais qu'il faut, malgré tout, nous mettre en route pour l'aéroport. La belle Libanaise et son mari, qui ont participé au repas, me saluent très amicalement. Je me retourne une dernière fois sur la beauté de cette femme qui, je dois l'avouer, m'a fait un peu tourner la tête. Je plaisante en moi-même : « C'est ça aussi, Francis, le retour à la liberté ! » L'ambassadeur me fait monter dans sa voiture. Arrivés à l'aéroport, nous gagnons le salon VIP d'Air France. En me voyant arriver, le représentant de la compagnie se rend compte que je ne suis muni que d'un sac en plastique pour transporter mes affaires.

– Air France n'est pas riche, me glisse-t-il, mais je vais vous trouver un sac à dos convenable !

L'attente, finalement, est moins longue qu'annoncée. Un quart d'heure plus tard, l'avion de Laurent Fabius atterrit. Mon nouveau passeport en poche, je franchis les postes de police. Toujours accompagné par l'ambassadeur, je me dirige vers le tarmac et le Falcon du ministre. Pendant ces quelques mètres, je ressens, de nouveau, une bouffée d'angoisse. Je regarde de tous côtés, redoutant une attaque-surprise, le geste fou d'un fanatique. Je suis aux aguets, tendu, prêt à plonger au sol, dans un roulé-boulé désespéré. Sans doute n'ai-je pas craqué face aux tueurs d'Ansaru, mais une faille s'est ouverte en moi, profonde, qui va me fragiliser pendant longtemps. Devant moi, deux Falcon : l'avion sanitaire et celui du ministre que je vois soudain descendre de la passerelle. Laurent Fabius serre la main de l'ambassadeur qui, aussitôt, me présente. Le ministre me regarde droit dans les yeux. Il me donne l'accolade, puis me dit :

– À la suite de votre évasion, bon retour dans votre mère patrie !

Évasion : ce mot ne m'échappe pas. Dans la bouche de Laurent Fabius, il prend même toute sa dimension. Cette fois, je prends vraiment conscience de ce qui m'est arrivé. Nous ne restons pas longtemps sur le tarmac. Je salue l'ambassadeur, cet homme extraordinaire que je n'oublierai pas. Puis nous remontons dans l'avion, le ministre, ma pomme, les membres de la cellule de crise et deux agents de la DGSE. Dans la carlingue, on me propose un brancard qui peut faire couchette. Laurent Fabius, lui, dispose d'une chambre à l'arrière de l'appareil. Très vite, nous décollons. Il est 22 heures. J'en ai fini avec le Nigeria. Je n'y reviendrai sans doute jamais. Une émotion immense me submerge. En regardant la nuit par le hublot, je songe à mon chantier de Rimi, à mes éoliennes, à tous les ouvriers avec lesquels j'ai travaillé. Je pense à Esther aussi. Le consul de Kano me l'a confirmé : elle est en vie. Je souris.

Je me demande si je la reverrai un jour quand le ministre me dit :

– Venez donc vous asseoir en face de moi…

24

RETOUR À LA VIE

Laurent Fabius et moi avons besoin de repos, mais l'envie de discuter est plus forte. Le patron de la cellule de crise du Quai d'Orsay, Didier Le Bret, est debout, à côté de nous. Au bout de quelques minutes, par discrétion, il se retire.

– Je vous laisse entre vous, je vous prie de m'excuser.

Très simple, le ministre me met à l'aise. Il me pose mille questions sur mon métier. Nous revenons aussi sur ma captivité et sur les dernières heures que j'ai vécues. Il paraît très sensible à l'épreuve que j'ai subie. Je lui avoue que j'ai un peu hésité quand, au téléphone, l'ambassadeur m'a demandé le petit nom que je donne à ma femme. Il éclate de rire ! Je lui montre mon petit carnet et lui explique mon projet de voiture à mini-éoliennes. Il me dit :

– Vous devriez faire le concours Lépine.

Puis nous parlons longuement d'Ansaru. Je lui confie que je ne trouve pas de mots assez durs pour qualifier ces fanatiques. Il approuve et m'explique que la France a décidé de combattre sans relâche les islamistes, comme elle le fait au nord du Mali. L'un et l'autre nous tombons d'accord pour dire que leurs actions portent de graves préjudices à l'Afrique, qui a, surtout, besoin de sortir de la misère. Je lui raconte ma vie, mes voyages, nous parlons de Pompidou, de Giscard, de Mitterrand. Il écoute, attentif, sans jamais jouer au ministre. Je trouve cet homme profondément bon. À un moment donné, il me confie qu'il doit téléphoner à sa femme. Je me lève sur-le-champ pour le laisser seul. Il me retient par le bras.

– Mais non, vous pouvez rester !

Laurent Fabius explique alors son programme. Il demande à son épouse de lui préparer des vêtements car il passera juste en coup de vent avant de retrouver le président de la République en Israël.

Deux ou trois fois dans la conversation, alors qu'il souligne mon courage, je récuse le mot de héros. Je n'aime pas ce terme. Je n'ai voulu qu'une chose : sauver ma peau. L'héroïsme, c'est s'oublier pour venir au secours des autres, c'est prendre le risque de perdre son existence pour sauver des vies. Je n'ai sauvé que moi-même. Ai-je l'altruisme qui fait les héros ? Je n'en sais rien. Mon seul souci, à présent, c'est de redevenir un anonyme. Un quidam. Je le dis à Laurent Fabius. Avec un sourire, il me répond :

– Plus jamais vous ne serez un quidam.

Puis, alors qu'il termine sa tasse de thé, et moi mon verre de Perrier, il ajoute :

– Il commence à être tard, il faut bien aller se coucher…

Le ministre disparaît au fond de l'avion. Avant de m'allonger sur le brancard, je demande l'heure. Cela faisait quatre heures que nous discutions ! J'essaye de trouver le sommeil. Impossible. Épuisé, mais toujours très nerveux, je passe le reste du vol les yeux ouverts.

* *
*

À 6 heures du matin, l'avion atterrit à Villacoublay, en région parisienne. En sortant de sa cabine, le pilote nous indique que la température au sol n'est pas supérieure à trois degrés. En riant, je lui dis :

– Avec mon blouson léger, je vais me geler !

Aussitôt, il me prête le sien. J'aimerais le garder tant il est confortable. De son côté, Laurent Fabius me rappelle que c'est le Premier ministre Jean-Marc Ayrault qui s'apprête à m'accueillir, le président de la République étant en voyage en Israël. On m'informe aussi que mes sœurs et mon frère, venus de Puget et d'Aix-en-Provence, sont présents. Seule Anne-Marie n'a pas eu le temps de rejoindre Paris. La porte du Falcon s'ouvre. Je descends doucement l'échelle. Sur le tarmac, le Premier ministre me donne l'accolade.

– Je suis heureux, me dit-il, de votre retour sur votre et notre sol.

Pendant plusieurs secondes, je le remercie. Puis j'embrasse mes proches : Denis, mon frère, sa femme Colette, et mes deux sœurs, Marcelle et Georgette. Je suis réconforté par leur présence. Intérieurement, je commence à ressentir une vraie fierté d'avoir réussi mon coup. Je n'en dis rien, car, encore une fois, je n'ai fait que sauver ma peau. J'ai juste réussi à surmonter ma peur pendant ces onze mois. Et j'ai trouvé la brèche. Rien de plus. On me présente de nombreuses personnalités militaires. Mais je flotte, entre rêve et réalité, incapable de me concentrer sur ce qui se passe.

Très vite, j'embarque dans une voiture escortée de motards. Direction le Val-de-Grâce où je dois subir de nouveaux examens médicaux. Le cortège file à toute allure. À l'arrivée, les policiers descendent de leurs bécanes et me serrent la main. Je ne peux m'empêcher de les féliciter :

– J'ai apprécié le slalom, les gars, chapeau !

* *
*

Les examens réalisés par les médecins du Val-de-Grâce n'ont révélé aucune anomalie. Ansaru n'a pas réussi à détruire ma santé physique et psychologique : c'est ma deuxième victoire ! Toujours sous escorte, je quitte l'hôpital en voiture pour me rendre au Novotel du 15e arrondissement, le long de la Seine, pas loin de la Maison de la Radio. Nous rentrons par les cuisines pour éviter la nuée de journalistes, puis on m'accompagne dans une chambre où se trouve Anne-Marie. Elle est enfin arrivée de la Réunion. Nos retrouvailles sont joyeuses. Tendres. Lové dans ses bras, je mesure combien elle a souffert pendant ces longs mois. Je ne pouvais pas imaginer une chose pareille. Elle me parle d'une forme de violence, d'inquiétude mortifiante : l'incertitude sur mon sort, la peur de me voir mourir, l'angoisse qui, dit-elle, dérègle les sens et vous fait croire que tout le monde vous ment.

Avec Anne-Marie, on se dit que la vie a triomphé, qu'elle va reprendre son cours, mais que bien des plaies seront à panser, chez elle comme chez moi. Le soir, ma belle-famille nous rejoint à l'hôtel pour dîner. L'ambiance est festive, mais j'ai l'impression qu'on ne me regarde plus de la même manière. Je me sens observé comme un animal de foire ou de zoo. Je repousse toute discussion sur ma captivité, en leur disant :

– J'ai retrouvé la lumière, le reste ne compte plus.

Autour de la table, le brouhaha devient difficile à supporter. Je ne suis plus habitué à un tel niveau sonore, à tous ces rires qui se répondent, s'entrechoquent. Je comprends cette joie partagée, mais j'ai besoin de silence, d'intimité. Le repas terminé, nous décidons de regagner notre chambre. Avant de nous coucher, nous prenons le temps de discuter. Anne-Marie m'explique tout ce que la Réunion a fait pour me soutenir. Cette mobilisation me touche infiniment. C'est bien mon île...

Le lendemain matin, en se réveillant, Anne-Marie me voit marcher en long et en large dans la chambre.

– Mais qu'est-ce que tu fais ?

– Rien, je marche…

Mon besoin de bouger est devenu irrépressible. Je suis devenu l'homme qui marche. Dehors, la meute de journalistes attend dans le froid, impatiente de croiser la bête. Autour de nous, le cirque médiatique a déjà monté ses tréteaux.

25

DÉBRIEFING

Dans la matinée, je suis discrètement exfiltré du Novotel, direction le siège de la DGSE, boulevard Mortier. Je rencontre Bernard Bajolet, le directeur général, et l'homme qui m'a téléphoné à Kaduna : Guillaume H. L'accueil est chaleureux. On me conduit au premier étage dans une salle bourrée d'informatique et d'écrans. Plusieurs personnes nous y attendent. Chacune d'elles a une spécialité : les armes, les téléphones portables, les transmissions, la linguistique. En se présentant, une femme me dit que son rôle est plus généraliste.

– Je m'attache au contexte, aux observations sur les lieux et les individus, aux détails des conversations…

Quand elle m'interroge, cette femme semble passer du coq à l'âne, mais son plan, en réalité, est très précis. Comme ses camarades, son exigence est impressionnante. Ils veulent tout savoir du mode opérationnel de mes ravisseurs, de l'enlèvement, des déplacements, de leurs moyens téléphoniques, de mes conditions de détention, des étapes de mon évasion. Ils me demandent aussi d'observer la plus grande confidentialité. J'admire ces gens de l'ombre. Ils sont modestes, leur dévouement semble sans limites. Peu à peu, je comprends les efforts et les moyens qu'ils ont déployés pour me libérer. Je m'en suis sorti seul. Mais plus je les vois, plus je me dis qu'ils auraient réussi à me tirer de ce guêpier.

Après la DGSE, c'est au tour des agents de la Direction générale de la sécurité intérieure, la DGSI, de me questionner. Eux s'intéressent plus particulièrement aux ramifications des groupes islamistes sur le territoire, aux filières de recrutement des djihadistes, aux circuits de financement. Dans le cadre de la lutte antiterroriste, pour les aider à travailler, ils me demandent de porter plainte contre Ansaru.

– Vous n'avez qu'à signer ici, me dit un fonctionnaire en me tendant un procès-verbal.

J'ai l'impression, cette fois, que mon histoire s'achève. Il va falloir que j'apprenne à vivre avec. Cette deuxième manche, je le sais, ne se comptera pas en mois, mais en années. Je m'y prépare en redoutant les soubresauts possibles d'une telle épreuve. En attendant, je préfère penser à ces hommes qui, dans le plus grand secret, ont tout fait pour me libérer. J'ai devancé l'appel, mais ils m'ont ramené à bon port. Je ne les oublierai jamais, ces grands serviteurs de la France : les responsables de la cellule de crise du Quai d'Orsay, les membres de la DGSE, le consul de Kano, l'ambassadeur de France à Abuja. Des gens… fooormidables, aurait dit Stromae, mon ami chanteur.

* *
*

Les mois ont passé. Je n'ai rien oublié. Et je n'oublierai jamais. Mon devoir est de témoigner pour alerter, mettre en garde. Il faut sans cesse rappeler la folie de ces barbares. Ils veulent détruire la liberté. Aujourd'hui, j'en sais, plus que jamais, la valeur. Peut-être qu'avec l'âge la plaie se refermera plus vite. Je veux profiter pleinement du temps qui me reste à vivre. Une telle aventure est probablement plus difficile pour des otages plus jeunes que moi, qui ont toute la vie devant eux. Et que dire de ces deux cents jeunes filles enlevées par Boko Haram au Nigeria ! S'en remettront-elles un jour si elles échappent à leurs tortionnaires ?

Le jour où j'ai appris qu'en Algérie, Hervé Gourdel, mon compatriote et voisin des Alpes-de-Haute-Provence, avait été décapité, je n'ai pas pu fermer l'œil de la nuit.

* *
*

Progressivement, mon existence a repris son cours. Les lendemains ont parfois été difficiles. Combien de fois me suis-je heurté à des questions administratives et bureaucratiques ? Au bout de trois mois de détention, le paiement de ma retraite a été interrompu. Comme si j'étais mort ! Cette situation a entraîné un blocage de mon compte bancaire et provoqué un fichage à la banque de France. Je suis donc un otage mauvais payeur. Je n'arrive pas à en rire. Depuis mon évasion, je vais ainsi de démarche en démarche comme un coupable qui devrait réparer ses fautes et se faire pardonner. J'ai même dû prendre un avocat pour obtenir l'indemnisation prévue par l'État.

Je n'ai pas d'amertume, mais la colère que j'ai accumulée contre mes kidnappeurs ne retombera jamais.

26

DEMAIN

En avril 2014, au lycée de Bois d'Olive, à la Réunion, je rencontre une quarantaine d'élèves. Certains préparent leur bac, d'autres sont en BTS d'énergie nouvelle. À l'invitation du professeur de technologie, je leur fais un exposé technique sur les éoliennes, puis nous échangeons pendant plus de deux heures sur l'espoir que représentent les énergies renouvelables pour la planète. Deux heures de pur bonheur ! Quelques semaines plus tard, je reçois ce courrier du professeur :

« Bonjour, monsieur Francis Collomp,

« J'espère que votre séjour en France se passe bien et que vos projets avancent comme vous le souhaitez. Je tenais à vous remercier pour votre venue au lycée Bois d'Olive, et vous faire part de l'impression de mes élèves.

« À l'unanimité, les élèves ont fortement apprécié votre intervention, ils m'ont dit qu'ils ont reçu un électrochoc en vous écoutant, car cela a changé l'attitude de la majorité d'entre eux face au travail. Ils sont nombreux maintenant à venir au CDI pour lire et se documenter, ils prennent le temps de consulter *Sciences et Vie* au minimum une fois par semaine.

« Ils regrettent cependant de ne pas avoir été plus actifs et participatifs lorsque vous posiez des questions, même s'ils connaissaient très souvent les réponses. La raison qu'ils m'ont donnée est qu'ils étaient vraiment impressionnés de vous avoir en face d'eux pour la première fois. Que c'était un grand honneur pour eux et qu'ils avaient peur de ne pas répondre correctement. En résumé, ils étaient un peu stressés, mais très heureux.

« [...] Au nom des élèves, du personnel du CDI qui vous a accueilli, de la direction du lycée, et de moi-même, je vous transmets un gros et chaleureux MERCI. »

Si seulement le monde fou dans lequel nous vivons ressemblait à ces élèves. Si cette soif de savoir était partagée, si ce bonheur de la connaissance se répandait, la haine que soulèvent certaines religions, demain, disparaîtrait. Les hommes comprendraient ce que je réalise, chaque jour un peu plus, depuis que j'ai retrouvé la liberté : la vie est une fête.

* *
*

POST-SCRIPTUM

À l'heure où je termine ce livre, l'horreur me rattrape. J'apprends qu'à Paris des journalistes de *Charlie Hebdo*, des juifs, des policiers, dont Ahmed, un musulman, ont été froidement assassinés par trois hommes se revendiquant du djihad. J'ai le sang qui se glace en apprenant que ces criminels sont de jeunes Français qui ont grandi en région parisienne. J'ai la rage en pensant qu'on n'a pas pu les surveiller ces derniers mois. Je suis bouleversé par le courage des hommes du GIGN et du Raid et par la réaction inouïe du peuple français. Le cauchemar, pourtant, ne me lâche pas. Il s'acharne même. La même semaine, dans le nord du Nigeria, une ceinture d'explosifs posée sur une petite fille de dix ans provoque un carnage dans un centre commercial, et plus de deux mille villageois sont massacrés par les islamistes.

REMERCIEMENTS

Merci à tous mes amis et collègues qui m'ont aidé dans cette épreuve.

Merci à Elie Chouraqui, Denis Jeambar, Laura Philippon, Marie Ridoux et Vanadis Feuille pour leurs encouragements et leurs précieuses contributions.

Merci à Bernard Fixot et Édith Leblond pour leur engagement.

Merci à Renaud Leblond pour la forme qu'il a donnée au récit.

Merci aux animateurs de RFI, Juan Gomez, Annie Gasnier, Claudy Siar, Assane Dfiop, et à Boris Toumanov, de La Voix de la Russie, qui, pendant ces longs mois, m'ont rélié au monde.

Merci à Stromae pour ses chansons formidables qui m'ont réconforté et donné du courage.

Merci à tous ceux qui, en métropole et à la Réunion, m'ont soutenu pendant ma captivité.

Merci à tous les serviteurs de l'État qui, dans l'ombre, mènent une lutte sans merci contre le terrorisme.

NOTE DE L'ÉDITEUR

Après avoir encouragé Francis Collomp à raconter son histoire, Elie Chouraqui tournera une adaptation cinématographique de *L'Évasion* fin 2015.

ANNEXES

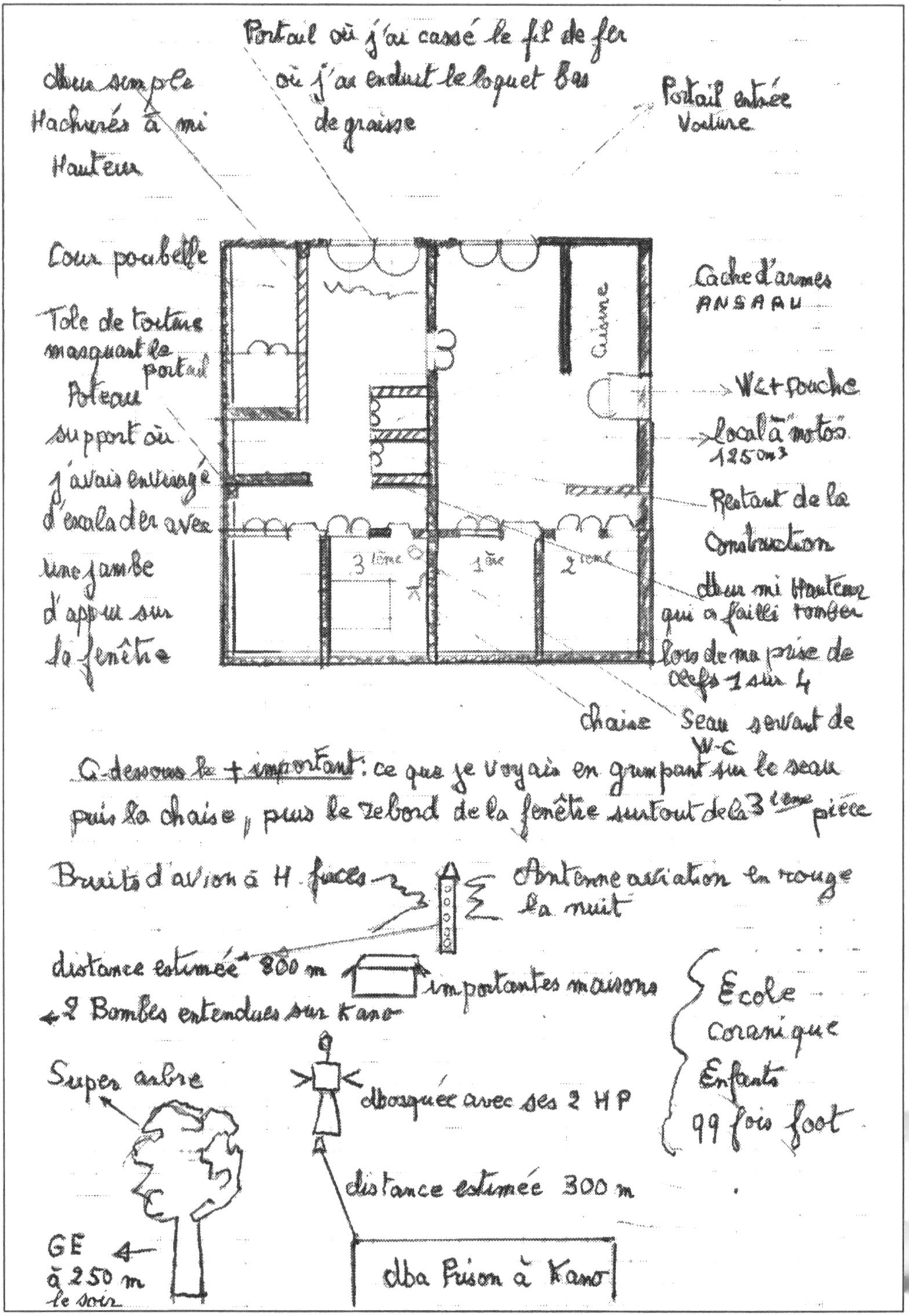

Lieu de détention à Kano, dessiné et commenté par Francis Collomp.

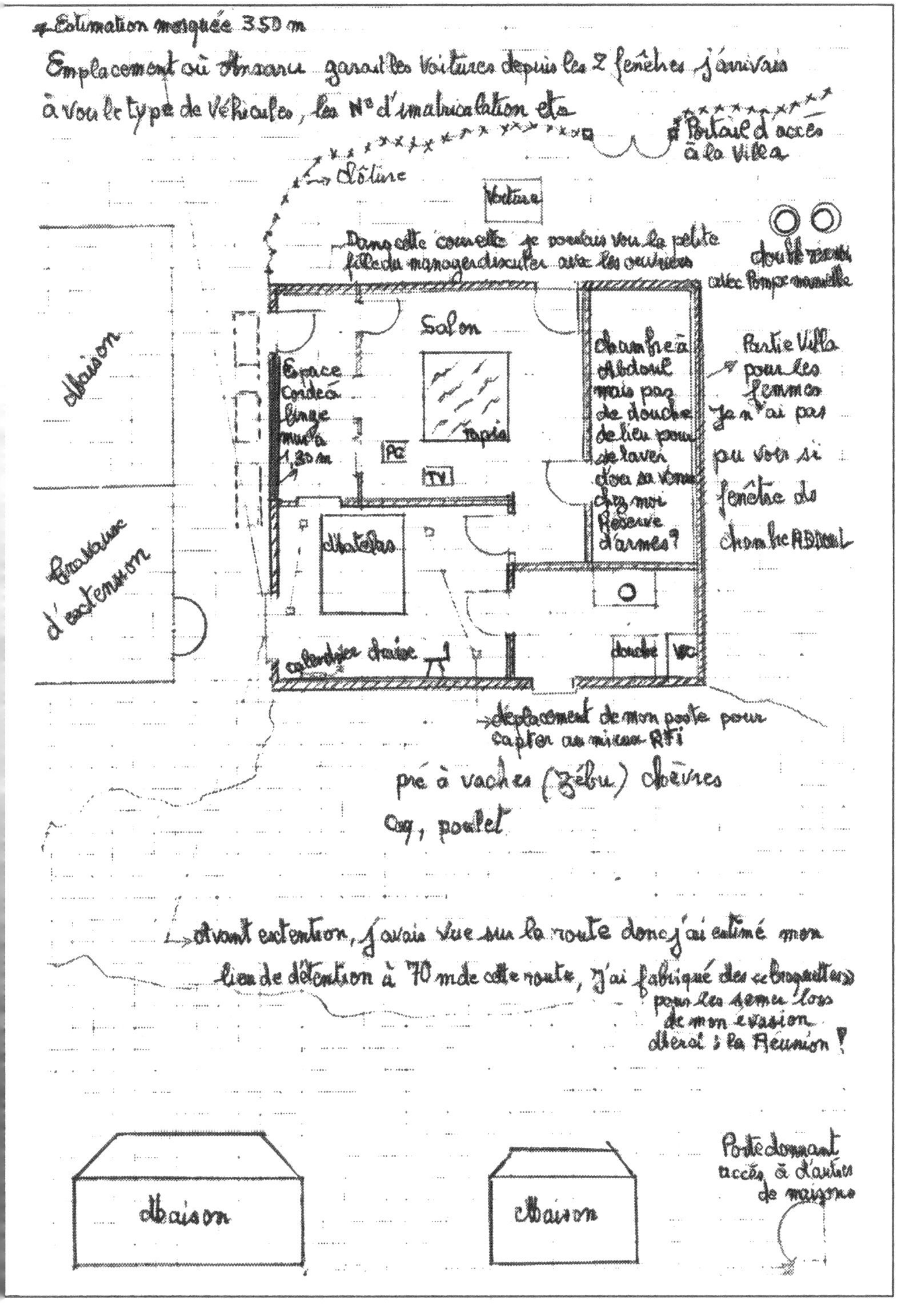

Lieu de détention à Zaria, dessiné et commenté par Francis Collomp.

TABLE

CET OUVRAGE
A ÉTÉ ACHEVÉ D'IMPRIMER
SUR ROTO-PAGE
PAR L'IMPRIMERIE FLOCH À MAYENNE
EN FÉVRIER 2015

N° d'édition : 2932/03
N° d'impression : 88114
Dépôt légal : février 2015

Imprimé en France